Vorwort

Teil 1: Development is coming soon

Unter dem Eindruck der anhaltenden Debatten über Migration und Integration habe ich mich an meine Erlebnisse und Erfahrungen als Entwicklungshelferin erinnert, und sie erscheinen mir von so erstaunlicher Aktualität, dass ich davon erzählen möchte. Von 1996 bis 2000 habe ich als Beratungslehrerin für Social Studies am Teachers' Resource Centre in Ongwediva, Ovamboland, im Norden von Namibia gearbeitet, Tagebuch geführt und regelmäßig Rundbriefe an Familienangehörige, Freunde und Kollegen geschrieben, sie sind die Grundlage dieses Buches. Der Verständlichkeit und leichteren Lesbarkeit halber habe ich sie redigiert, eine gemeinsame Anrede (liebe Susanne) gewählt und thematisch Zusammengehörendes zusammengefügt, sie im Wesentlichen jedoch wörtlich übernommen.

‚Erinnern und sich neu erfinden' ist der Titel des Handbuchs von Jutta Martha Beiner zum selbstbiografischen Schreiben. Erinnern ist ein produktiver Prozess, bei dem ausgewählt, akzentuiert, häufig beschönigt, geglättet, sogar hinzuerfunden wird. Das trifft auch auf mich zu; beim Wiederlesen der Berichte war ich überrascht, von wie viel Frust sie zeugen, während in meiner Erinnerung fast nur positive Erfahrungen lebendig waren. Wenn ich jetzt die Berichte veröffentliche, können Leserinnen und Leser einen authentischen Eindruck von einem Leben im fremden Land gewinnen.

Ich bin gern in Namibia herumgereist, habe das Land seit 2000 alle zwei Jahre besucht, zum letzten Mal 2017.

Die meisten Städte und Regionen habe ich kennen und viele lieben gelernt. Die in diesen Jahren beobachteten Entwicklungen erscheinen als Einschübe. Meine Gefühle haben ihren Niederschlag in lyrischen Versuchen und Geschichten gefunden, von denen ich einige, passend zu den Berichten, eingefügt habe. Erfahrungen werden zu Geschichten und Gefühle zu Gedichten. Diese Texte sind wie die Berichte aus der Ich-Perspektive geschrieben, das Ich ist dabei nicht mit der Verfasserin gleichzusetzen, genauso wenig entsprechen die Figuren realen Personen.

Teil II. Gegenwärtig Vergangenes (Fluchtursachen)

Viele Kolleginnen und Kollegen im Ovamboland sprachen immer wieder von ihren Erlebnissen aus der Zeit des Unabhängigkeitskrieges, und ich wurde neugierig. Ich bin als Flüchtlingskind groß geworden, fühlte und fühle mich Geflüchteten nah und hörte gern zu, wenn meine Kolleginnen und Kollegen erzählten. Linda Nambadi sagte, nachdem sie mir die Bedeutung von Cassinga erklärt hatte: *„Wir haben so viel zu erzählen. Das müsste jemand aufschreiben, für unsere Kinder, für unsere Enkel. Ich kann das nicht, willst du das nicht tun?"* Damit gab sie die Initialzündung zu dem Buch: Speaking out. Namibians share their Perspektives on Independence, für das ich 27 biografische Berichte sammelte und bei Out of Africa Publishers 2005 in Windhoek veröffentlichte.

Diese Berichte zeigen anschaulich, was Menschen in Namibia

zum Widerstand, zum Kampf und zur Flucht bewegte, und wie es ihnen dabei erging. Die Ähnlichkeit zu Berichten von Flüchtlingen heute aus Eritrea, Syrien, dem Irak, Afghanistan sind auffällig. Deshalb habe ich Auszüge ins Deutsche übertragen, zum Teil gekürzt, zum Teil zusammengefasst. Interviewpartner waren Kolleginnen und Kollegen und Vorgesetzte, die mich auch an weitere Personen vermittelten. Ich bemühte mich, das Thema von möglichst vielen Seiten her zu beleuchten. Bei der Auswahl für dieses Buch habe ich mich auf Erzählungen zu Fluchtursachen beschränkt, allerdings in einem weiten Sinn, so dass die damalige Lebenssituation der Schwarz-Namibier ein Stück weit nachvollziehbar wird. Ich arbeitete nach der Methode der non-directive Interviews, ließ ein Tonband laufen und transkribierte die Texte. Alle Berichte wurden von den Interviewten autorisiert und sind in Speaking out mit einem Foto und einem einleitenden Text versehen. Darauf habe ich hier verzichtet.

„Wie alle Bücher ist auch das vorliegende Buch von dem Begehren angetrieben, etwas überleben zu lassen, Vergangenes zu vergegenwärtigen, Vergessenes zu beschwören, Verstummtes zu Wort kommen zu lassen und Versäumtes zu betrauern. Nichts kann im Schreiben zurückgeholt, aber alles erfahrbar gemacht werden." Das schreibt Judith Schalanski am Schluss ihres Vorworts zu ,Verzeichnis einiger Verluste' (Suhrkamp 2018, S. 26); in diesem Sinn möchte ich Leserinnen und Leser mit diesem Buch teilhaben lassen an einem Leben in der Fremde und mit Fremden, an der mühsamen Eingewöhnung und dem beglückenden Gewinn neuer Erfahrungen.

Teil 1: Development is coming soon

Vom Anfang

Entwicklungshelferin wollte ich werden, in Afrika, mit Mitte fünfzig. Ich wollte Afrikanern bei Bildungsaufgaben und mir bei meiner Lebensaufgabe helfen. Warum? Davon später. Für den Anfang genügt, dass ich mich entschieden hatte und mit meiner Entscheidung zufrieden, mehr noch, richtig froh war, mein Leben wenden zu wollen. Ich bewarb mich bei der Gesellschaft für technische Zusammenarbeit, Eirere, Care, dem Kinderhilfswerk, der Arbeiterwohlfahrt international, der Aktionsgemeinschaft Solidarische Welt und und und ... Hoffnungsvoll wartete ich auf ein Angebot, sah mich schon als Lehrerin in einem Urwalddorf unter einfachsten Verhältnissen inmitten freundlicher Menschen sinnvoll arbeiten, aber erhielt Absage auf Absage. Offensichtlich brauchte niemand Pädagogen und so alte Leute wie mich schon gar nicht. Alte Leute, altes Eisen, die sind nicht mehr belastbar, nicht mehr flexibel und stellen Ansprüche. Ich begann an mir zu zweifeln und mein Entschluss wankte bereits, als ich Herrn T. vom Diakonischen Werk traf und er mir riet:

„Fahren Sie los und gucken Sie sich um. Fahren Sie nach Namibia, fliegen Sie einfach mal hin. Sie haben doch große Ferien.

Seit das Land unabhängig ist, seit 1990, gehen Entwicklungshilfegelder darein, staatliche, kirchliche, es gibt viel zu tun, Sie werden etwas finden".

So flog ich in den Sommerferien 1994 von München nach Windhoek, sah beim Anflug auf den Hosea Kutako Airport die Sonne aufgehen, über einer struppigen, nachtdunklen Endlosigkeit, und landete pünktlich in grenzenloser Weite. Mit den anderen Reisenden lief ich durch die morgenkalte Luft über das Rollfeld auf das Flughafengebäude zu. Nach den Passformalitäten stand die Sonne hoch am Himmel, um mich war Helle. Ich stieg in den Bus zur 30 km entfernten Hauptstadt. So wie ich als Kind bei meinen ersten Zugfahrten das Gesicht an die Scheibe gepresst hatte, um alles Vorbeifliegende in mich aufzunehmen und sicher zu behalten, so saß ich hier an das Fenster gelehnt und blickte gebannt nach Osten auf die strohgelbe Steppe, deren Ende nicht auszumachen war. Weit weg im Nirgendwo löste sie sich in Dunst auf. Der Bus fuhr an einer Großfamilie spielender Paviane vorbei, und ich bangte um die über die Straße tollenden und sich balgenden Äffchen. Als ich einen Schwarm kleinster Vögelchen um einen Busch schwirren sah, ein Kolibristrauch am Straßenrand, hätte ich gern anhalten gerufen. Ich hielt den Bus nicht an, nahm die Kolibris in dem Gestrüpp aber als Vorboten meines neuen, fremden, bunten, bewegten Lebens. Am Gathering Point stieg ich aus, am allgemeinen Treff-, Park- und Taxi-Platz in der Innenstadt an der Kaiserstraße, heute Independence-Avenue, einer kleinstädtische Geschäftsstraße. Gegenüber das mindestens zehnstöckige Kalahari Sands Hotel, 1994 das höchste Gebäude in Windhoek, überragt nur von der Christuskirche, dem neu-klassizistischen Wahrzeichen aus deutsch kolonialer Vergangenheit, erbaut auf einem der höchsten Hügel.

Zur rechten Seite des Gathering Point der Zoo Park, fußball-
feldgroß mit einigen alten, mächtigen Bäumen, unter denen
mausgraue, mausgroße Vögel mit langen Schwänzen im Boden scharrten.

„Mausvögel", sagte neben mir eine hochgewachsene Frau auf
Deutsch, während ich dem Suchen und Picken der Vögel zu-
schaute. Sie war mit mir aus dem Flughafenbus gestiegen und
fragte:

„Wohin wollen Sie?"

„Ins Church-Guesthouse." Das war mir empfohlen worden.

*„Dahin will ich auch, wenn Sie mögen, nehmen wir zusam-
men ein Taxi."*

Sie kannte sich aus, war zum zweiten Mal in Windhoek, kam
aus Berlin, angefordert von der GTZ als Fachfrau für Alpha-
betisierung. Ich erzählte ihr von meinen Plänen.

*„Da müssen Sie mit Helgard P. sprechen, die koordiniert hier
die Entwicklungshilfe im Bildungswesen. Ich treffe sie morgen,
kommen Sie mit, ich stelle Sie vor."*

Helgard, klein, weiß blondiert, mit flinken Augen und schnellen Bewegungen, war eine dieser engagierten, idealistischen
Menschen aus der 68er Bewegung, die gegen jegliche Unterdrückung kämpften. Schon vor der Unabhängigkeit, noch
während des Kolonial-Krieges und ihres Lehramtsstudiums,
hatte sie das Land wiederholt besucht, hatte Freiheitskämpfer
kennengelernt und mit den Schwarzen unter der Apartheid
gelitten. Nun, nach der Beendigung ihres Studiums und dem
Ende der weißen Herrschaft, suchte sie ihre Vorstellungen von

Bildung in Namibia zu verwirklichen. Selbstbestimmtes, entdeckendes Lernen war angesagt, Schluss mit dem von Südafrika aufoktroyierten Lehrplan, kein stures Auswendiglernen mehr, sondern schülerzentriert sollte der Unterricht werden, Demokratieverständnis wecken, die Geographie, Kultur und Geschichte des eigenen Landes vermitteln. Das alles in englischer Sprache. Dabei mussten erstmal ausländische Fachkräfte helfen.

„Sie kommen wie gerufen", begrüßte sie mich. *„Der Himmel schickt dich. Würdest du in den Norden gehen? Ins Ovamboland? Keiner will dahin, zu weit ab vom Schuss. Keine Kinos und keine Discos, kaum Geschäfte, keine Dünen, keine Berge, keine Tiere, nur Rinder und Ziegen. Die größte Sandkiste der Welt ohne Meer. Da wohnen die meisten Menschen, es gibt nur wenige Schulen und kaum Lehrer, ausgebildete schon gar nicht"*. Helgard war weder in ihrer Begeisterung noch beim praktischen Organisieren zu stoppen. Ich fühlte mich wertgeschätzt, nur wenig irritiert, und freute mich.

„Nächste Woche fahren drei Pastoren nach Oshakati, der größten Stadt im Ovamboland, die können dich mitnehmen. Wohnen kannst du bei K.'s, das sind nette Leute, sehr gastfrei. Du kannst dir das Lehrerfortbildungsinstitut (Teacher Resource Centre/ TRC) angucken und dann entscheiden, ob du das machst. Beratungslehrer werden dort dringend gesucht".

Beratung in Lernmethodik und Unterrichtsdidaktik waren meine Fachgebiete als Studienleiterin in Schleswig-Holstein. In Namibia wurde ein gemeinschaftskundliches Fach eingeführt, das wie sein amerikanisches Vorbild Social Studies hieß und Kenntnisse in Erdkunde, Geschichte, Kultur und Politik ganzheitlich vermitteln sollte. Das interessierte mich, die Fachkenntnisse würde ich mir aneignen.

Die Fahrt in einem Pickup mit den drei Geistlichen begann nicht wie verabredet um 11 Uhr vormittags, sondern erst am Nachmittag. Wir fuhren auf der A1, einer zweispurigen Teerstraße durch die Buschsavanne Richtung Norden, vorbei an einigen kahlen Bergen, kamen nach vierzig Minuten durch den ersten Ort, fuhren weiter durch Grassteppe und Baumsavanne, lasen an Farmgattern deutsche oder einheimische Namensschilder, zählten die Warzenschweine auf dem gemähten Grasstreifen neben der Straße und erreichten nach dreieinhalb Stunden den zweiten Ort. Hier musste getankt werden und zu meiner Überraschung hielten wir auch noch vor dem Supermarkt. Die Pastoren kauften Kisten mit Orangen und Äpfeln, Toilettenpapier, Seifenpulver, Bohnen, Reis, Säfte und sehr viel Wasser. Im Ovamboland gäbe es dies alles nicht und hier sei es billiger als in Windhoek, wurde mir erklärt.

Als wir aus dem Supermarkt traten, war es stockdunkel. Ich stand und starrte in eine Schwärze, wie ich sie noch nie gesehen hatte, stand da und staunte und verlor mich in der hohen, samtenen, pechfarbenen Tiefe, der mit Smaragden gesprenkelten Leere. Dann entdeckte ich in der Finsternis über dem Dach des Supermarktes den Mond, wie eine zarte Schale aus durchsichtigem, goldschimmerndem Porzellan lag er da.

„Der Mond liegt ja verkehrt herum", sagte ich zu Mr. Tschombe. Wir hatten beide auf der Rückbank gesessen und uns die Lange-

weile mit lockerer Plauderei vertrieben, hatten uns alle paar Minuten ein Wort zugeworfen, hatten es nach Möglichkeit mit Ironie gewürzt, alberten beide gern.

„O nein", entgegnete er und seine Stimme klang jetzt ernst, *„unser Mond ist richtig"*, er sah mich an und ergänzte, wieder heiter, *„bei euch liegt er falsch"*.

Das zweites Mal hielten wir an der Grenze zum Ovamboland, an der Veterinärstation Oshivelo, wie es offiziell hieß. Alle mussten aussteigen, der Pickup wurde inspiziert, fast so gründlich wie mein VW vor Jahren an der Grenze zur DDR.

„Jetzt verlassen wir die ehemalige Kolonie Deutschsüdwest und kommen nach Afrika", erklärte Mr. Tschombe. Ich war zu müde, um mir das erläutern zu lassen, erlebte aber vom nächsten Tag an Afrika auf den Straßen als Durcheinander von bunt gekleideten Frauen, Hühnern und Ziegen, Kindern in Schuluniformen, Geschäftsleuten in Anzügen, Bettlern und Kühen.

Nach Mitternacht waren wir in Oshakati angekommen, ich wurde bei K's abgesetzt, die mich, wie Helgard angekündigt hatte, ungeachtet der späten Stunde herzlich empfingen, mich bewirteten, mir ihr Gästezimmer hergerichtet hatten und mich in den folgenden Tagen betreuten. K's wohnten in einem ehemaligen Kolonialherrenhaus, vor 50 oder mehr Jahren von den südafrikanischen Besatzern gebaut, Hitze aussperrende Wände aus dicken Lehm-Sand-Steinen, ein breiter, Schatten spendender Dachüberstand und ein doppelter Dachboden als Isolierschicht über der Zimmerdecke, dazu solide hölzerne

Fensterläden gegen die Sonne. Wenn ich das Haus betrat, legte ich die Hitze wie einen zu engen Wintermantel ab, atmete auf und fühlte mich frei in den weiten Fluren und Räumen, in gekachelten Bädern, auf kühlen Natursteinböden. Von der Veranda ging ich auf die Terrasse und in den großen Garten, überschattet von Marula- und Feigenbäumen; Bougainvilleas leuchteten rot, violett und orange.

Die zuständige Schulrätin, eine hübsche, elegant gekleidete Mitvierzigerin, traf ich in ihrem kleinen Büro an. Auf ihrem Resopalschreibtisch die namibische Flagge, an der Wand sehr groß das übliche Foto von Sam Nujoma, dem ehemaligen Freiheitskämpfer und jetzigen Präsidenten. Sie sprach engagiert von dem neuen Schulfach Social Studies, das von Klasse vier bis sieben unterrichtet werde und den Kindern ihre Heimat und Tradition nahe bringen solle. Auch aktuelle Probleme müssten angesprochen werden. Über Aids und Verhütung sollten alle Bescheid wissen. Sie habe selbst große Lust, das Fach zu unterrichten, als Schulrätin könne sie das leider nicht. Wenn ich das tun wolle, wenn ich Lehrer dazu befähigen könne, großartig. Ihre Begeisterung verstärkte das von Helgard bei mir entfachte Interesse.

Den Leiter des TRC traf ich in der Eingangshalle seines Instituts. Er saß tief in einem verschlissenen Plüschsofa zwischen dem Putzmann und Aini, der Rezeptionistin, trank Cola und plauschte. Der kleine, rundliche Mann rappelte sich hoch, begrüßte mich herzlich mit dem dreifachen Händedruck, führte mich in sein Büro und betonte, wie wichtig es sei, den Lehrern neue Lernmethoden zu vermitteln. Nur in einem offenen Lernklima könne eine demokratische Einstellung wachsen, da fehle ihnen allen die Erfahrung, großartig, wenn ich sie unterstützte. Das Institut, Teil des Campus der Universität in Ongwediva, vier langgestreckte Flachbauten aus der Kolonialzeit. Einen halben Meter vor die Hausmauern sind durchbrochene Isolierwände gesetzt, gut gegen die Hitze. Große Klassenräume und Büros mit großen Ventilatoren, viel Staub und mit Papieren überhäufte Schreibtische, hinter denen freundliche Menschen miteinander schwatzten. Zwischen den Gebäuden begannen die Korallenbäume zu blühen, der Frühling zog ein.

So einfach war es gewesen. Nach zwei Tagen hatte ich eine Perspektive, nach zehn Tagen Kontakte zu Kollegen und Vorgesetzten geknüpft und nach vier Wochen mein zukünftiges Wirkungsfeld, das Ovamboland, gesehen und mein Arbeitsgebiet, wenn auch nur oberflächlich, aber immerhin, kennengelernt. Ich war zufrieden; während meiner letzten Berufsjahre würde ich in Afrika sein, hier im Ovamboland, ich würde noch einmal etwas Neues machen, mit Lust etwas gestalten, Bildungsinhalte zum Wohl der Jugend aufbauen helfen, beitragen zu…, zu viel Schwärmerei verbot ich mir. Die Menschen begegneten mir freundlich, im TRC boten mir Kollegen und Kolleginnen aus Europa und Australien ihre Hilfe an. Ein Haus wie das der K.'s wäre wunderbar. Die Landschaft, Wüste und Savannen mit Makalani-Palmen und Mopane-Büschen faszinierten mich, ein Wochenende bei den Tieren im Etosha-Nationalpark versprach neue Erfahrungen und spannende Schauspiele.

Am Wasserloch

Die Wasserstelle bei Namutoni in der Etosha, ein großes Frei-
lichttheater: Die Bühne im Hitzedunst, leicht hügelig, sehr
hell, aus bröckelndem Kalkstein, zeitlos. Im Hintergrund auf
der weiten Salzpfanne vereinzelt dunkle Tupfen, Mopane-
Büsche, und in großen Abständen wilde Feigenbäume und
Akazien. Auf der Vorderbühne das Wasser, ein grünschwar-
zer Tümpel, Schilf bewachsen an der südlichen Seite, zur
anderen in flache Rinnsale auslaufend. Ein schmaler Sandstreifen trennt es von der Steinrampe vor den leicht anstei-
genden Zuschauerbänken. Ich sitze in der zweiten Reihe und
folge der Endlosschau.

Dem feuchten Dunst über dem Wasser nähert sich durch
den Vorhang aus Licht und Staub von rechts eine lange,
dunkle Huftierreihe, eins genau hinter dem andern, Zebras,
lautlos, kein Tritt zu hören, kein Stein klimpert. Das Leittier
hält auf der Bodenwelle über der Wasserstelle an, seine Reg-
losigkeit geht auf das nächste Tier und von diesem auf die
nachfolgenden über, augenblicklich stehen alle Zebras still.
Nur eins prescht vor, wie ein Hanswurst von hinten vorbei an
der schwarzweißen Formation bis vor das Leittier, wo es dann
doch anhält, gebremst von einer Unruhe links im Schilf. Die
Halme bewegen sich, werden hin und her gerüttelt; gespannt
blicke ich in das dunkle Grün. Zwei Impalas stürmen heraus
bis in die Bühnenmitte, die kurzen Schwänze aufgestellt, bu-
schig gefächert. Die Zebras ballen sich zu einem Knäuel zusammen, zu einem Ringwall, dicht aneinander gedrängt, eins

vom andern nicht unterscheidbar, ein vielfach gefaltetes Streifenmuster. Standbild für Minuten. Nichts geschieht, nur in regelmäßigen Intervallen von irgendwo ein Grunzen.

Ein Kori Bastard stolziert, den Kopf starr geradeaus, wie ein Schattenriss vor dem Hintergrund auf ein Ziel zu. Aus der Mitte des Streifenmusters heraus kommt Bewegung ins Bild, das Knäuel birst, das Muster platzt, fährt sternförmig auseinander, nimmt die Bühne fast vollständig ein, dazwischen zwei hellbraune Tupfen, die Impalas. Dann reihen sich, sekundenschnell, die Zebras wieder hinter dem Leittier ein. Von der Bodenwelle gehen sie, so aufgereiht, schräg hinab bis an den Saum des Tümpels, und eins nach dem andern tritt vor, Flanke an Flanke, an die zwanzig Tiere, wohl geordnet, ein neues Muster. Die Augen auf das Wasser gerichtet, halten sie an, nicht ungeduldig oder geduldig, sondern in ruhigem Selbstverständnis. Mücken schwirren. Ein Fisch schnappt Luft, die Zebras stürmen auf die Anhöhe zurück, bleiben diesmal in lockerer Ordnung stehen. Ich warte. Sie sammeln sich, treten ruhig ans Wasser heran, stellen sie sich eins neben das andere auf, dicht beieinander, keins senkt den Kopf, ihre Schatten sind kurz. Ein Springbock läuft von rechts auf das Wasser zu, die Zebras erschrecken, dasselbe Spiel, sie flüchten auf die Anhöhe, zerstreuen und sammeln sich, kommen wieder, bleiben reglos vor dem Tümpel. Von fern das Grunzen. Und dann, unendlich langsam, senkt das Leittier den Kopf, taucht das Maul ins Wasser, schlürft und schlürft, und auch diese Bewegung geht auf die anderen Tiere über, bis alle, den Kopf gesenkt, das Maul im Wasser, saufen. Ich höre, wie hinter mir eine Pepsi-Dose geöffnet wird, höre schlucken, Papier knistern, eine Kekspackung wird aufgerissen. Von den Tieren höre ich nichts. Ihre Leiber berühren sich, das Streifenmuster wird dichter, spiegelt sich im Wasser, ein dekoratives Fotomotov. Weitere Tiere rücken nach, drängen von hinten in die vorderste Reihe, es wird eng. Einige gehen tiefer in den Tümpel hinein, bis an den Bauch stehen sie im Wasser. Dann Gedrängel am Ufersaum, eine Störung, mit beiden Hinterhufen gleichzeitig schlägt das belästigte Tier aus. Ein kurzes, lautes, helles Wiehern, und alles stiebt auseinander, zurück zu den Mopanebüschen im Hintergrund, wo sich von neuem erst das Knäuel und dann die Reihe bildet, bis die Tiere abermals achtsam zum Wasser streben, auf der Anhöhe zögern, am Ufer anhalten und endlich ausdauernd saufen.

In der nächsten Szene treten Oryxe auf, in kleinerer Gruppe als die Zebras, auch sie eine geordnete Kette, in regelmäßigem Abstand ein Tier hinter dem andern. Mit langen Hörnern bewehrt, weniger schreckhaft als ihre Vorgänger, kommen sie schneller an das Wasser heran, senken sie schneller die Köpfe und trinken länger. Auch bei ihnen ein Gerangel, zwei Böcke stellen sich gegeneinander, Blickkontakt, sie stehen fest, messen sich minutenlang, gehen einen Schritt aufeinander zu, verharren mit gespannten Muskeln, dann höre ich die Hörner zusammen schlagen, ein dumpfes, lautes Krachen. Die Hörner verhaken sich, die Widersacher halten aus, Stille, nur von fern das Grunzen. Dann treten die Böcke zurück und wieder aufeinander zu, bleiben stehen, warten, und Krach, weit heftiger als zuvor. Lange Minuten später trennen sie sich, gehen gleichmütig auseinander; weit hinten zwischen den Akazien lösen sie sich im Hitzedunst auf. Und irgendwo das Grunzen.

Unter der höchsten Akazie bewegt sich ein dunkler Haufen, langsam wird er höher, größer, das Gnu stellt sich auf, grunzt anhaltend und kommt mit dem Gehabe eines Büffels bis in die Bühnenmitte, positioniert sich mächtig als Statue, zeigt sein Gehörn, die Mähne, die Nackenstreifen, bis es endlich nach rechts abdreht in die Kalkstein-Kulissen.

Einzelgänger die Schakale, wachsam, seitlich an den Springböcken und letzten Oryxen vorbei, laufen sie flink am Wasser hin und her, her und hin, senken immer nur kurz die Schnauze in den Tümpel und ohne Zögern eilen sie weiter.

In der Ferne, im hellen Hitzedunst über der Kalkebene ein großer Schatten, danach ein zweiter, und mehrere, im Näherkommen dunkler werdend, massige graue Körper, Höhepunkt des Schauspiels: Elefanten, viele. Nicht schnurgerade aufgereiht wie Zebras und Oryxe, sondern in lockerer Folge kommen sie, Jungtiere in der Mitte, scharen sich zwischen den Feigenbäumen und Mopanebüschen und stehen da. Der Leitbulle nur geht, tänzelnd die Füße vorwärts schwingend, dann die Fußsohle senkrecht von oben aufsetzend, lautlos, unverzüglich ins Wasser hinein, steht viele Minuten, bis er den Rüssel senkt und einen kurzen Schluck Wasser in den Rachen spritzt. Die großen Ohren fächeln die Luft, der Rüssel senkt sich wieder, ein zweiter Schluck und Pause, dann noch ein Schluck, Pause, Stille. Die Herde steht ohne sich zu rühren, auch die Jungtiere, Ohren und Schwänze hängen herab. Der Bulle säuft, ruht, säuft und ruht, säuft, genüsslich, bleibt in sich gekehrt, die Untergebenen warten. Plötzlich ein Schreien oder Brüllen, ein gewaltiger Urlaut kommt aus der Herde.

Ich schrecke zusammen, suche den Brüllhals. Das Leittier steht unbeeindruckt im Teich, wie fest gewachsen, ein massiger Brocken, ein unbeweglicher Klotz, der Durst längst gelöscht, steht er zeitlos, die Sonne zieht westwärts, bis es sich dann endlich doch bequemt und gemächlich, ohne Laut, zentnerschwer, mit schwingenden Füßen zu der Herde umkehrt. Jetzt sind die Mutter- und Jungtiere an der Reihe, auch sie ohne Eile aber geschwinder als ihr Oberhaupt und im gleichen tänzelnden Gang, erstaunlich behände bei ihrer Körperfülle erreichen sie die Wasserstelle, bleiben am Rand oder gehen hinein bis in die Mitte des Tümpels.

Als der Durst gelöscht ist, beginnt ein Spiel, sie spritzen und pusten, bewerfen sich und einander mit Schlamm, schlagen mit den Rüsseln auf einander, Wasserperlen und Schlammklumpen glitzern auf den Rücken. Die Jugend tobt im Bad herum. Eine Elefantendame macht sich an den Herrscher heran, krault ihm mit dem Rüssel die Nasenwurzel, er erwidert die Liebkosung, die Rüssel reiben einander, sie streichelt über seine Ohren, bis er erigiert. Ein Jungbulle fährt mit seinem Rüssel zwischen die Hinterbeine der Kuh, sie lässt es sich gefallen. Ein Elefantenwinzling findet die schlaffen Euter seiner Mutter.

Ein anderer Bulle stapft quer durch das Wasser bis auf den Sandstreifen an der Rampenmauer vor den Zuschauerbänken, wendet sich zum Schilfgürtel, schlingt den Rüssel um ein Büschel Halme, zieht und rupft und zerrt, bis es endlich gelingt, einige abzureißen und ins Maul zu schieben. Und wieder reißen, rupfen, fressen, und tiefer ins Schilf hinein, minutenlang kann ich ihn nicht mehr erkennen. Dann kommt er rückwärts aus dem Schilf heraus bis fast an die Zuschauerschutzmauer heran, mit einer dicken, langen Schilfgarbe quer vor dem Kopf vom Rüssel gehalten. Er dreht sich zu uns, ein einzelner Halm fällt auf den Sand. Er bleibt stehen, zieht mit dem Maul Büschel für Büschel aus der Garbe im Rüssel, kaut nachlässig alles weg, dann hebt der Rüssel den heruntergefallenen Stängel auf, schiebt auch ihn ins Maul, so dass er wie ein langer, dünner Schnurrbart bis über die grauen Schenkel grün herabhängt. So geht der Bulle ab.

Eine zweite Elefantenherde betritt die Bühne, wie die erste in lockerer Folge. Man trifft sich, man kennt sich, man kommuniziert elefantisch mit Rüsseln und Ohren, mit Leibern und Beinen. Irgendwann trennt man sich wieder, räumt gelassen das Feld und verschwimmt zu Schatten im Dunst zwischen den Mopane-Büschen.

Bei den Warzenschweinen geht die Sau in kurzen Trippelschritten voran, drei Ferkel brav hinter ihr drein, alle Schwänze senkrecht aufgerichtet, zum Bühnenrand wie eine hölzerne Dackeldame von einem Kleinkind gezogen oder wie die Figuren einer Schießbude.

Die Sonne taucht die Bühne in helles Rosa, das wird schnell zu Hellrot, Dunkelrot und schließlich Violett. Giraffen kommen zu zweit oder zu dritt im Passgang zum Tümpel, Klein-familien und Paare stehen da vor dem Abendhimmel.

Dann spreizen sie die Vorderbeine weit auseinander oder gehen in die Knie und neigen den Kopf, bis das Maul über dem Wasser ist und die Zunge hineinreicht. Auf dem Heim-weg umhalsen sich zwei Tiere.

Die Kudus warten lange im Gebüsch, bis die letzten Giraffen abgetreten sind, der Bock kommt hinter den Sträuchern her-vor, beäugt die Szene in alle Richtungen, zieht sich zurück, kommt vor, äugt, tritt hinter den Busch, bis der Raum endlich frei ist und er seine beiden Kühe und das Kalb gefahrlos ans Wasser heranlassen kann.

Nur die Hyäne - das aber erst nachts unter dem Sternenhim-mel des Südens und nachdem zwei Nashörner ihren Auftritt gehabt haben, die einzigen Tiere, deren Tritte das Kalkgestein klirren lassen - die Hyäne kommt ohne Zögern schnurstracks auf das Wasser zu, säuft ausdauernd, richtet sich auf, die Schnauze himmelwärts, wendet sich um und verschwindet.

Ich, Voyeur und Beobachter von einem Leben ohne Wissen und Zeit, verlasse Schauplatz und Schauspiel, beglückt und verstört, und fühle eine Sehnsucht nach dem verborgenen Gleichmut im flirrenden Spiegel von Sternen, Staub und Wasser, in dem ich nicht bin.

Die Ankunft

Alles hatte sich wie im Traum gefügt, da musste meine Entscheidung richtig gewesen sein. Helgard P. würde mich beim namibischen Erziehungsministerium anfordern, und dieses würde die Forderung, als Bitte oder Gesuch formuliert, an Dienste-in-Übersee, die evangelische Entwicklungshilfeorganisation, für die sie selbst arbeitete, weitergeben. Sobald die Regierung und Dienste-in-Übersee zugestimmt hätten, woran kein Zweifel bestehe, denn die Notwendigkeit für diese Stelle sei gegeben, das wüssten alle Beteiligten, sobald diese Formalitäten also erledigt seien, könne ich anfangen.

„Aber sei nicht ungeduldig", verabschiedete mich Helgard, *„so wie ich den Laden hier kenne, kann das schon ein Vierteljahr dauern."*

Zwei Jahre haben die Formalitäten dann gedauert, doch schließlich war eine Stellenbeschreibung formuliert und vom namibischen Erziehungsministerium in Windhoek, vom Schulamt im Ovamboland und auch von Dienste-in-Übersee in Köln genehmigt worden.

Als Beratungslehrerin für Social Studies sollte ich im Ovamboland arbeiten, dort auch wohnen, Namibia würde mich wie einheimische Lehrkräfte besolden, Dienste-in-Übersee darüber hinaus das Gehalt aufstocken und die Versicherungs- und Reisekosten übernehmen.

Das Dienste-in-Übersee - Dokument hatte ich stolz zu meinen Reiseunterlagen gesteckt.

In dienstlichem Auftrag als von der Regierung offiziell angeforderte Fachkraft kam ich am 24. September 1996 nach Namibia. Als ich diesmal nach einem Vierzehnstundenflug von Frankfurt über Johannesburg aus dem Flugzeug in den kalten Wind am Hosea Kutako Flughafen stieg, reihte ich mich nicht in die Endlosschlange der Touristen ein, sondern steuerte den Schalter für ‚Officials‘ an. Das Einreiseformular fragte nach dem Zweck der Reise. Vor zwei Jahren hatte ich ‚Tourist‘ angekreuzt, jetzt wahrheitsgemäß und mit einem kleinen Glücksgefühl ‚Work‘. Ein grober Fehler. Er kostete mich drei Stunden Warterei auf dem Flughafen und anschließend reichlich Ärger im Innenministerium. Keiner der Passkontrolleure wusste etwas von der heute anreisenden Beratungslehrerin für Social Studies im Ovamboland. Dabei hatte ich mir in der Nacht, als meine Beine zu lang waren, mein Kopf keine Mulde fand und mein Nachbar ununterbrochen vor sich hin schnorchelte, den Empfang durch Helgard am Flughafen, zwar nicht unbedingt mit Girlanden, aber doch mit einem herzlichen Willkommensgruß vorgestellt. Aber hinter der Glaswand der Passkontrollhalle war keine Helgard zu erkennen und an dem Schalter verstand keiner das Dokument, das meine Bestallung beschrieb, es war auf Deutsch, schlimmer noch: ohne namibischen Steinbockstempel. Kein Grenzbeamter war befugt, arbeitssuchende Ausländer einfach so ins Land zu lassen. Alle waren sehr freundlich und sehr ratlos.

Erst um fünf Uhr nachmittags lag ich dann da, im Church Guest House wie vor zwei Jahren, auf einer dünnen Schaumstoffmatratze, sah an verschlissenen Vorhängen vorbei durch ein vergittertes Fenster, zu müde um mich zu waschen, zu deprimiert um den Koffer zu öffnen, zu unruhig um schlafen zu können, nach der endlosen Fliegerei und dem mühseligen Beginn meines neuen Lebens. Wie dünn die Luft hier war, hatte ich vergessen, meine Nasenschleimhäute kribbelten, mit mir waren die afrikanischen Eisheiligen angekommen: -9° C. Ich fror.

Oshakati, den 10. Oktober 1996

Liebe Susanne!

Angekommen bin ich hier mit den Eisheiligen, inzwischen ist es Frühling geworden, und wie hell es ist! so ein verwaschen blauer Himmel. Die Bäume blühen weiß oder rot oder veilchenblau - das ist der Jacarander. Die Heizsonne und der Pullover - von freundlichen Menschen geliehen - können zurückgegeben werden. Heute fielen fünf große, schwere Regentropfen auf meine Terrasse. Lass mich vom Anfang berichten, wie es mir ergangen ist, zum Wichtigsten zuerst, zu den Formalitäten:

Visum und Arbeitserlaubnis seien in Namibia kein Problem, war mir in Deutschland gesagt worden. Ich hatte gewissenhaft alle Formulare ausgefüllt und vorschriftsmäßig an dienste-in-übersee geschickt. Die Passangelegenheiten würden von der Entwicklungshilfe-Organisation geregelt werden, darauf könne ich mich verlassen, hatte mir die dü-Sekretärin versichert. DENKSTE! Heute, einen Monat nach meiner Ankunft, habe ich mein Visum bekommen. Die Flughafenbeamten waren sehr freundlich, wussten aber nichts mit mir anzufangen,

telefonierten überall hin, wo ich sagte, und schließlich war Hel-
gard Patemann am Telefon. Meinen Ankunftstag, geschweige
die Ankunftszeit, kannte sie nicht, außerdem befand sie sich
grad auf einer Konferenz im Nachbarort, versicherte mir aber,
sie schicke augenblicklich Force, ihren ,handy-man', um mich
vom Flughafen abzuholen. Eine lange Stunde Warten bei ei-
nem Kaffee vor der Glaswand der kleinen Cafeteria ließ Watte
in mir wachsen.

Als Force kam, wusste er, was zu tun war (von meinem Über-
nächtigtsein und der Watte in mir wusste er natürlich nichts):
Zuerst einmal zu home affairs - dem Innenministerium, denn
das wichtigste sind gültige Papiere. Also eine Stunde Autofahrt
in die Stadt, und da war dann Mittagspause, noch eine halben
Stunde, und als wir drankamen: Visa werden nur vormittags
ausgestellt. Am nächsten Morgen: meine Papiere seien nicht
da. Mit Kopien, die ich in Deutschland erhalten hatte, arbei-
teten sie nicht. Wann meine Papiere angekommen seien? Ich
wusste nicht einmal, wo oder bei wem sie hätten ankommen
sollen, geschweige denn, wann.

Zwei Tage später ein wütender Anruf von einem Bürokraten,
einem schönen, glatten Mann aus dem Erziehungsministeri-
um, ich solle schnellstens mit meinem Pass zu ihm kommen.
Sein Büro erinnerte mich an das Einwohnermeldeamt in O.
im Erzgebirge, DDR, das ich bei jedem Verwandtenbesuch so-
fort nach meiner Ankunft aufsuchen musste, um meine Ein-
reisepapiere stempeln zu lassen. Hier wie dort winzige Räume
mit bedeutenden Schreibtischen. Nur lagen hier viele Papie-
re lose herum, während ich aus dem DDR-Büro rechtwinklig

ausgerichtete Ordner in Erinnerung habe. Der Schönling über-
goss mich eiskalt mit Anschuldigungen: illegal sei ich, überall
auf der Welt brauche man eine Arbeitserlaubnis, bevor man
ins Land komme, besonders in der Bundesrepublik, …wider-
rechtlich … Ausweisung … ungesetzlich … illegal… hagelte es
auf mich nieder. Ich dachte an die Asylsuchenden bei uns und
ihre Erfahrungen mit Behörden in ihren Heimatländern. In
dieser Stunde wäre ich gern geflohen, so wie es viele Afrikaner
nach Behördenkontakten und Verhören tun.

Zum Glück gibt es die deutsche Botschaft, die mir dann das
Visum besorgte, allerdings nicht in den versprochenen drei Tagen. In letzter Zeit seien viele Ministerielle und Staatssekretäre
ausgetauscht worden und mit einigen sei die Zusammenarbeit
schwierig, erklärte der Botschafter. Man wolle alles mit eigenen
Leuten abdecken, keine Ausländer mehr in den Behörden und
Betrieben haben, dabei sei das noch zu früh, vieles liefe einfach noch nicht.

Mit dem Visum wieder ins Erziehungsministerium. Ich hatte
dem schönen Mr. I. mit seiner glatten Haut und glatten Karriere
(Charakterisierung von Helgard) bei einem Besuch mein Füh-
rungszeugnis zeigen wollen, offizielles Zeichen meiner Recht-
schaffenheit gegenüber seinem Illegalitätsvorwurf, da musste
er herzhaft lachen, schüttelte sich fast eine Minute lang vor
Vergnügen, seitdem reden wir freundlich, fast freundschaftlich
miteinander. Vielleicht einen Monat würde es mit der Arbeitserlaubnis dauern, bestimmt vierzehn Tage, sie hätten so viele
Anfragen und müssten auch immer noch einmal nachfragen
und kontrollieren - die eine Behörde die andere, sagte er fast

entschuldigend. Heute bekam ich den Anruf, dass alles in Ord-
nung sei, die Arbeitserlaubnis sei schon mit dem Visum erteilt
gewesen. Jetzt brauche ich nur noch einen Arbeitsvertrag.
Barbara grüßt Dich aus einem sehr fremden Land.

Bis die erste Gehaltszahlung auf mein namibisches Konto einging, dauerte es noch ein Vierteljahr. Wie war es zu der Verzögerung gekommen, die mich einige Nächte nicht hatte schlafen lassen?

„Nun ja, das Dritte-Welt-Desaster", meinte ein dänischer Kollege. *„Nichts funktioniert, die können das einfach nicht, effektiv arbeiten, verwalten, man braucht ja nur mal in eins ihrer Büros zu gucken…"*

Die australische Kollegin sah das anders: *„Muss man verstehen, die sind niedergehalten worden, lebten in fremdverschuldeter Unmündigkeit, jetzt helfen wir ihnen, damit sie es lernen, das dauert seine Zeit, wir brauchen Geduld…"*

Weder der Däne noch die Australierin hatte Recht, der Fehler lag in Deutschland. Dienste-in-übersee hatte die Korrespondenz an mich und die betreffende Behörde an die Adressen in der soundso Straße geschickt, nicht aber an die ausgewiesenen Postfächer, so als funktioniere die Post auf der ganzen Welt wie in Deutschland.

Wer ein paar Tage die Entfernungen in Namibia im Wortsinn ‚erfährt‘, wer die verstreuten Behausungen und Kleinstsiedlungen sieht, erkennt die Unmöglichkeit einer Haus-Briefzustellung. Doch wer denkt schon so weit. Auch ich nicht.

Bei meinem Besuch 1994 im Ovamboland, bei meinen stundenlangen Fahrten durch Steppe und Wüste, habe ich die Rinder mitten auf der Straße, die Marktstände mit Bastkörben oder Mopanewürmern an den Straßenrändern, die vereinzelten Ovambo-Homesteads in den Hirsefeldern beachtet, fotografiert und zu Hause die Bilder Freunden und Kollegen gezeigt, aber habe dabei keinen Augenblick an postalische Probleme gedacht.

Wer Post erwartet, mietet ein Postfach bei einer Poststation, vielleicht in der Nähe, vielleicht im nächsten oder übernächsten Ort und leert es, wenn er mal vorbeikommt. Wer sich kein Postfach leisten kann, bittet jemanden, dessen Postfach im Bedarfsfall angeben zu dürfen. Schulleiter holten 1996 die Schulpost im Schulamt ab, möglichst wöchentlich, so sie ein Auto hatten und dieses fahrtüchtig war, auf jeden Fall aber – theoretisch – einmal im Monat. Die Behörden der Bezirksstädte beschäftigten Boten.

An meine Erdkundelehrerin Frau Weiß dachte ich, sie beschrieb uns vor 40 Jahren, wie geographische Bedingungen das Leben der Menschen prägen. Wenn es Wege und Straßen gibt, gedeiht der Handel, wenn es keine Verkehrswege gibt, ist überregionaler Handel nicht möglich. Dann hat man nur, was man sammelt, findet, anbaut oder jagt und erhält darüber hinaus vielleicht, was auf dem eigenen Rücken oder dem eines Esels getragen werden kann. Ob Getreide angebaut oder gejagt wird, hängt von Klima und Bodenbeschaffenheit ab und bestimmt den Speiseplan, der sich, das wusste unsere Lehrerin auch, erheblich auf die Gesundheit und Psyche auswirkt.

Namibia ist ein Wüsten- und Savannenland. In manchen Gegenden gibt es keine Brunnen.

„Warum nicht?" fragte meine Schwester bei ihrem Besuch, *„die kann man doch bohren."*

„Das Grundwasser ist oft salzhaltig."

„Man kann sogar Meerwasser entsalzen. Das wäre doch was für Namibia."

„Dafür fehlt Energie. Namibia kauft Energie teuer in Südafrika ein."

„Hier müssten Mengen von Solarenergie zu gewinnen sein."

„Nur in geringem Umfang ist das möglich, hat man mir erklärt, weil der Wüstensand, Glimmersand, Quarzsand, was weiß ich, zu aggressiv ist und die Photovoltaik Paneele zerstört."

„Und Gezeitenkraftwerke?" fällt ihr ein.

„Die kann sich nur ein reicher Staat wie Israel leisten. Wer investiert schon in Namibia?"

Das Ovamoboland ist eine Savanne, hier gedeiht das anspruchsloseste Getreide, die Hirse; im kargen Süden Namibias ist nur Schafzucht möglich. (Das Karakulschaf gab Farmern ein Auskommen, bis der WWF in den 70er Jahren die Persianermode ächtete, das führte 1991 zum Zusammenbruch vieler Karakul-Zucht Betriebe.) Im Ovamoboland und im Kavango werden Häuser aus Stöcken der Buschsavanne gebaut, die Stockhäuser; im felsigen Damaraland mit den lehmhaltigen Flussläufen findet man Lehmhütten. Dass an der Meeresküste in Namibia kein Fischfang betrieben wurde, obwohl der fischreiche Bengalenstrom dort entlang fließt, liegt an der baumlosen Namibwüste, es gab kein Holz für Boote. Auch Gottesvorstellungen, das lernte ich im Erdkundeunterricht, hätten sich im Urwald anders als in der Wüste entwickelt, wo Sterne die Richtung wiesen und die Vorstellung eines alleinigen Gottes nahe lag. Namibier ließen sich unschwer zum Christentum bekehren, weil ihnen die Vorstellung eines einzigen Schöpfergottes nicht fremd war. 90 % der Bevölkerung gehören einer christlichen Kirche an. Namibia hat mir gezeigt, bis in wie viele Einzelheiten Leben, Wesen und Denken der Menschen von der physischen Beschaffenheit ihrer Umgebung geprägt sind, noch weit stärker als ich nach meinem Erdkundeunterricht gedacht hatte. Ich wohnte jetzt im Ovamboland und musste mich gewöhnen. Wie würde es mir gelingen?

Vom Ankommen

Ongwediva am 22. November, 1996

Liebe Susanne,

wochenlang lebte ich ohne Geschirr und Kochtöpfe, ohne Handtücher, Bettwäsche und Schuhe zum Wechseln, ohne Musik und Bücher am Abend, denn zweimal verschob sich die Ankunft meiner Seekisten, weil das Küstenschiff von Cape Town, SA, nach der namibischen Hafenstadt Walvisbay nicht fuhr. Warum?

„Frag so was nicht. Gewöhn dir das ab", sagte Witta. Am 17. November statt am 18. Oktober habe ich die Kisten ausgepackt, zögernd, ich nahm Packen für Packen heraus, befühlte jedes

Stück, bevor ich das Zeitungspapier auseinander faltete, alles war heil, dank dir, Du liebe Einpackerin. Es wird wohnlich bei mir.

In den ersten beiden Wochen wohnte ich bei K.'s in dem ehemaligen Kolonialherrenhaus mit den dicken Lehm-Sandstein-Wänden, in dem ich mich bei meinem Erkundungsbesuch vor zwei Jahren so wohl gefühlt hatte. Dann erhielt ich einen Neubau zugewiesen, im Neubauviertel ‚Hanover‘, benannt nach der amerikanischen Baufirma Hanover. Mich umgibt der nackte Charme eines Geländes, auf dem noch kein Baum wächst und kein Busch Sichtschutz zum Nachbarn gibt, wo auf begrenztem Raum so viele Häuser wie gerade noch gesetzlich vertretbar platziert werden. Die Firma macht einen Reibach mit Billigbauten, Hitze stauende Betonwände ohne Isolierung, Wellblech-Flachdächer ohne Überstand, Fenster, die nicht schließen, ein kleiner Wohnraum (3m mal 5m), Teppichboden (bei dem Sand!), eine hoch ummauerte Terrasse, und das, wo ich so viel Platz um mich herum brauche! Unerträglich waren mir die schmutzig gelben Wände, wie in einem DDR-Büro fühlte ich mich. So schnell wie möglich wollte ich sie weißen lassen oder selber weiß streichen, mit der Hausverwaltung habe ich deswegen am Tag nach meinem Einzug gesprochen. Am Montagmorgen standen zwei junge Burschen auf meinem Grundstück. Sie wollten bei mir arbeiten, die Toilette reparieren. Meine Toilette war heil. Mit gemischten Gefühlen rief ich bei der Hausverwaltung an. Doch, das habe seine Richtigkeit. Ich hätte einige Reparaturen angemeldet und darum gebeten, die Zimmer zu streichen und das solle der Arbeiter jetzt ma-

chen, erklärte der Verwalter. Zwei Männer seien hier, sagte ich. *Nein, nur einer sei bei der Hausverwaltung angestellt, sprach es aus dem Hörer. Ich drehte mich zu den jungen Männern um, da stand nur noch einer neben mir, der zweite nickte kurz von der Straße her und war weg. Ob der junge Mann das denn könne, malen, fragte ich den Verwalter. Ja, der arbeite gut.*

Ich: „Ohne Werkzeug?" Das müsse er jetzt holen. Er habe erst nachsehen sollen, was zu tun sei. – „Gut." Ich bedankte mich und zeigte dem Arbeiter die defekte Dusche, die fehlenden Kacheln, die klemmenden Fenster und, das wichtigste, die Zimmer, die ich weißen wollte, um mich von dem Graugelb zu befreien, um mir die Illusion von großen Räumen zu verschaffen, um mich Zuhause zu fühlen. Ob er das machen könne, fragte ich ihn.

„Ja gewiss."

„Wann?"

„Jetzt." Er werde nur Farbe holen, er werde gleich zurück sein. Er ging und ich hoffte. Das war um halb zehn. Wie schön, wenn hier erst alles weiß ist, alles wird heller und freundlicher sein. Ich räumte das Wohnzimmer aus, die Stühle ins Schlafzimmer, nahm die Gardinen herunter, die Bilder ab, tat, was man für einen Maler halt so vorbereitet. Viel zu räumen war da nicht, ich wartete. Wartete. Um 11 h rief ich die Verwaltung wieder an. Der Arbeiter sei noch nicht da? Dann komme er gleich. Um 12 h stand er vor meiner Tür, einen kleinen, viertel gefüllten Farbeimer in der rechten Hand und seinen dreijährigen Knirps mit einem großen Pinsel an der linken. Er redete

Afrikaans auf mich ein und ich Englisch an ihm vorbei. Wieder musste ich mich an die Verwaltung wenden. Die klärte auf. Also, man habe keine weiße Farbe, wenigstens nicht genug, man bekomme in Oshakati auch kein Weiß, das gäbe es nur in Windhoek. Am besten sei, ich besorgte die Farbe, und wenn ich sie hätte, würde der Maler wiederkommen. - Zuviel Aufwand bei dieser Hitze, entschied ich.

Dass irgendetwas mal einfach klappt, habe ich noch nicht erlebt. Noch kein Tag ist wie geplant verlaufen, immer wieder ist alles neu und überraschend und meine Planungs- und Erledigungsmentalität unangebracht. Weil nichts klappt, bist du hier, sage ich mir. Zum Beispiel sollte ich Kleider tragen, etwas was was her macht - ‚dressed up' (gut angezogen) muss man sein. Keine Hosen, keine Jeans. Helgard hatte mich herumgeschleppt, beraten und vermittelt. Sie führte mich in ein afrikanisches Modegeschäft mit schönen Stoffen. Ein Kleid gefiel mir, es musste nur etwas geändert werden. Kein Problem, morgen könne ich es abholen. Am nächsten Tag war das Kleid kürzer aber nicht enger geworden. Als ich es zum dritten Mal anprobierte, saß es schlechter als vor den beiden Änderungen! Aber am nächsten Tag würde es bestimmt fertig und sehr schön sein. - Danke, ich trage es, wie es ist, ich gewöhne mich.

Am Freitagabend war es bei mir plötzlich zappenduster, kein Licht, und wenn hier kein Licht brennt und kein Mond scheint, herrscht absolute Schwärze. Ich suchte Streichhölzer, tappte zum Sicherungskasten, alles in Ordnung. Ich ging auf die Straße, die Nachbarhäuser hatten Licht, also war es nicht der übliche Stromausfall. „Ist deine Elektrizitätskarte aufgebraucht?"

fragte die Nachbarin. „Kriegst du bei der Gemeinde, am Mon-
tag." Mir fielen die Asylsuchenden in meinem Heimatort ein,
fünf junge Männer aus Angola, Zaire und Togo in einer Zwei-
zimmerwohnung über dem Kino. Auch sie mussten den Si-
cherungskasten mit Coupons füttern, runde, etwa fünf Mark
große Metallscheiben waren das, und einige Male stand der
Zairer vor meiner Tür, weil ihr Kasten auf null stand. Nun
stand meiner auf null und kein Nachbar konnte mir aushel-
fen. Mir standen drei stromlose Abende bevor. Keine Radiomu-
sik, kein Licht, kein Kühlschranksummen, alles Verderbliche,
bevor es am nächsten Tag heiß würde, aufessen.

Als die Gemeinde am Montagmorgen um 7.30 Uhr öffnete,
kaufte ich problemlos eine Elektrizitätskarte. Zuhause steckte
ich sie in den Kasten und knipste das Licht an. Nichts. Ich wie-
derholte den Vorgang. Nichts passierte. Ich drückte sie fester in
den Schlitz. Nichts. Noch einmal sehr vorsichtig, wieder kein Er-
folg. Ich wartete zwei Minuten. Vergebens. Ich steckte die Karte
anders herum in den Kasten. Umsonst. Nach einem halbstün-
digen Gefluche rief ich den Verwalter an. Er kennt mich seit
der gescheiterten Malaktion und sprach sehr freundlich und
gelassen, er schicke jemanden, der mir den Trick mit diesen
Karten zeigen könne. Ich lerne von dem jungen Mann, der
meine Wände nicht streichen konnte, weil es keine weiße Far-
be gibt, dass die Karte nur sekundenlang hineingesteckt wer-
den darf und zwar genau waagerecht. Beim Abschied sagt er
noch, er komme gern wieder, wenn ich Schwierigkeiten habe,
denn schwierig sei das schon, wenn man's nicht gewohnt sei.

Deine mit Mühsalen hadernde Barbara

Einschub: Zehn Jahre später kamen mir meine Kenntnisse im Handhaben dieser Magnetkarten in Erfurt zugute: ich konnte meiner Freundin zeigen, wie man damit eine Hotelzimmertür öffnet, gelernt in Namibia.

Am 18. Breitengrad Süd

Ongwediva am 29. November, 1996

Liebe Susanne,

der Tag heute ist nicht auszuhalten gewesen. Ich sitze unter dem Marulabaum auf meiner ummauerten Terrasse, gefangen in der Novemberhitze wie unter einer Käseglocke. Hitze umhüllt mich wie ein Kokon, der sich nicht aufbrechen lässt, legt sich auf die Haut, kriecht in alle Poren, unter beide Achseln, klebt die Arme an den Brustkorb, das Kleid an den Bauch, die Beine aneinander, sie kriecht in die Glieder, in die Muskeln und ich glaube sogar in die Knochen. Sie verlangsamt jede Bewegung, auch die meiner Hirnzellen, (die vielen Rechtschreibfehler in meinem 1. Brief zeigen es). Sie wabert um meinem Kopf herum, so dass ich meinen Krimi nicht verstehe. Sie verstopft die Lungen, kann nur flach atmen. Sie verhindert jedes Tun, ich sitze da, auch zum Stöhnen ist es zu heiß, und das geht den Schwarzen wie uns Weißen so. Ich möchte ins Freie, in die Savanne, aber die Hitzeschwaden sind zu dicht, zu dick, ich kann sie nicht durchbrechen. Kein Luftzug, kein Insektensummen und kein Vogellaut, keine Katze schleicht herum, keine Kinder spielen auf der Straße, der Nachbar hat die

Jalousien herunter- und sogar seinen Hund ins Haus gelassen. Dass es in Afrika heiß ist, haben wir in der Schule gelernt, aber was die Hitze mit den Menschen macht, mit der Natur und dem Leben! „Schütze dich vor der Sonne", sagte meine namibische Kollegin, als ich nach Oshakati aufbrach. „Wie?" „Nimm einen Schirm." Wirklich gehen hier sehr viele, meist Frauen, aber auch Männer, mit einem Schirm herum. Die Sonne muss man fliehen, wie man nur kann. Meine Kollegin Liz erzählte voll Stolz, dass eine Namibierin ihr neulich sagte, sie bewege sich wie eine Afrikanerin, langsam, weich, fließend. Keinen Schritt zu viel tun. Nie ohne zwingenden Grund nach draußen gehen. Für die kleinste Strecke ins Auto steigen, - was ich nicht will, aus Prinzip, aus Umweltgründen und aus Solidarität mit den Einheimischen. Kein vernünftiger Afrikabesucher wird braun. Ein junger Praktikant meinte, nach zwei Monaten Afrika könne er sich im Swimmingpool aalen, nun leidet er höllisch. Bevor ich hierher in den Norden fuhr, kaufte ich mir noch leckeren Käse und Butter, als ich ankam, schwamm mein Gepäck in einer Käsefondue. Die habe ich nie aus dem Auto gewischt, sie ist schnell zu Staub geworden. Nichts verschimmelt, nichts verfault, Gemüseabfälle mische ich unter die Büsche, mit Kompost ist nichts, Kekse bleiben immer knusprig. Als ich gestern den Wasserhahn mit dem blauen Punkt aufdrehte, das bedeutet auch in Namibia kalt, war das Wasser zum Haare waschen zu heiß. Wäsche braucht nie ausgewrungen zu werden. Wenn Ruth, meine ‚Ovambomatik', Expats, also die Ausländer, nennen – spaßeshalber und ein wenig rassistisch – eine Ovambo-Waschfrau so, wenn Ruth die letzte

Bluse aufgehängt hat, ist die erste zum Bügeln trocken. Meine Plastik-Badeschuhe habe ich zu Gartenschuhen erklärt und ließ die staubigen Dinger vor der Tür liegen. Als ich sie wieder benutzen wollte, war aus Größe 38 Größe 44 geworden. Von meinem Vater bekam ich als Schülerin sechs Zinnbecher geschenkt, du packtest sie in meine Seekiste, weil sie so hübsch seien, sagtest du. Ich habe sie selten benutzt, jetzt trinke ich täglich daraus, sie kühlen die Getränke etwas. Merke, eisgekühlte Getränke verstärkten das Hitzegefühl nur. Die schönen afrikanischen Tonkrüge werden in Erdhöhlen getöpfert, im Freien zerbröckelt der Ton sofort. Von meiner Terrasse aus sehe ich einzelne Rinder an Abfällen kauen, an den Papier- und Plastiktüten am Straßenrand. Sie erinnern mich an die Fotos von verhungernden Kinder in Biafra aus den frühen 80er Jahren. Dass ich heute schreibe - der Air-Conditioner, vor vier Wochen bestellt, ist nun, nach fünf Anläufen, installiert worden, er bringt die Raumtemperatur herunter auf angenehme 29°. Klimatisierte Räume haben allenfalls höhere Regierungsbeamte. Else sagt: Richtig heiß ist es noch nicht. Sobald es regnet, vielleicht schon im Dezember, wird es erträglicher.

Einschub: Nach einem Jahr hatte ich mich an die Temperaturen gewöhnt, und als mich meine Tochter nach zwei Jahren besuchte und die Tage vor Hitze kaum aushielt, zog ich mir eine Strickjacke an.

Und dann der Staub. Ovamboland - der schönste Sandstrand der Welt, nur ohne Meer. Mein Garten wie der feinste Dünen-

sand, feiner als der auf Sylt, mal heller, mal dunkler grau. Er weht durch alle Ritzen, dringt in alle Räume, Schränke und Kästen. Nach jedem Einkauf ähnelt das Händewaschen der Freude, die Kinder beim Spielen im Matsch genießen. Auch in den besten Geschäften sind alle Waren verstaubt. Jeden Morgen führt das Abwischen meines Küchentisches zu einem Erfolgserlebnis. Dass die Kopierer, Drucker und Videokameras immerzu defekt sind, … Hochtechnologie ist dem Staub nicht gewachsen.

Einschub: Auch daran gewöhnte ich mich. Ich ließ den Staub liegen und achtete nur darauf, ihn nicht durch hastige Bewegungen aufzuwirbeln. Das gelang, denn wegen der Hitze sollte ich mich sowieso langsam bewegen.

Und jetzt stelle Dir noch den Wind vor der Haustür vor. Windstill ist es zwar auch manchmal, und zwar nach zwei Uhr mittags, wenn es am heißesten ist. Meist aber weht es, so wie es halt auf tausend Meter Höhe weht. Zwei Tage lang habe ich einen Sturm erlebt, einen Nordseesturm, einen Nordwest-Sand-Sturm, Stunden um Stunden. Nur keinen Schritt vor die Tür! Autofahren wie im dichtesten Schneetreiben. Kannst Du Dir meine schönen neuen Gardinen (mit gummierter Sonnenschutzfolie auf der Rückseite) vorstellen? Ruth brauchte eine Stunde, um sie abzusaugen. Als ich am 10. Oktober von Windhoek herfuhr, sah ich hinter Otjiwarongo eine senkrechte Rauchsäule über die Steppe wandern. Ich verlangsamte, dachte, wie seltsam, dass ein qualmendes Feuer so senkrecht und

schnell dahinzieht, bis ich die nächste und dann noch mehre-
re Windhosen erkannte.

Ich fuhr also von Windhoek nach Oshakati, knapp 800 km
geteerte Straße, habe vier Städte durchquert, zwei bis drei Dut-
zend entgegenkommende Fahrzeuge gezählt und diese Wind-
hosen gesehen. Ich hielt mich an die Straßenmitte und fuhr
nicht über 120 km/h. Im Ovamboland wurde ich langsamer,
60 - 80, höchstens 100 km/h. Das Licht blendete. Die Straße
schmolz in gleißender Sonne, wie Du es vom Watt in St. Peter
kennst, wenn der Himmel in die Ebene fließt und kein Ho-
rizont eine Grenze setzt. Entfernungen sind nicht auszuma-
chen, genauso wenig die Geschwindigkeit, weder meine eigene
noch die entgegenkommender Fahrzeuge. Plötzlich laufen Zie-
gen über die Straße. Später steht da ein Esel.

Deine von Überraschungen lebende Barbara

Ongwediva, am 8. März 1997

Liebe Susanne,
das Wetter hat sich völlig geändert: seit Februar erleben wir die
regnerischste Regenzeit seit fünf Jahren. Ewigkeiten hat es nicht
so viel geregnet, und alles freut sich. Alles ist grün. Das Wasser
steht überall, rechts und links der Straße und auf der Straße.
Ein LKW mit Hänger, im Matsch steckengeblieben, blockierte
einen halben Tag die Hauptstraße. Bei meinem letzten Schul-
besuch wäre ein Amphibienfahrzeug angemessen gewesen. Ihr
kennt Bilder schwimmender Autos aus dem Fernsehen, als der
Rhein über die Ufer trat. Hier beleben bunte Autowracks die

grüne Landschaft, wirken nicht mehr wie Schrott und Unrat. Alle Oshanas stehen voll Wasser, weiße Lilien und kaminrote Amaryllen blühen im Ufersaum, groß, wie alles hier groß ist. Die Bäume wachsen in den Teichen und um sie herum schwimmen blau schimmernd hundert weiße Seerosen. Die Esel stehen bis zum Bauch im Wasser, und die Fischer ebenso. Dahinter gelbe Wiesen. Gestern traf ich eine junge Frau mit ihrem etwa zehnjährigen Sohn beim Angeln. Ihre schönen Beine fielen mir auf, sie trug Shorts. An einen Stecken hatte sie einen Nylonfaden geknotet, der Schwimmer ein wenig Papier, und an den Haken steckte sie Fleischstückchen. Alle fünf Minuten zog sie ein Fischlein aus dem Teich. Ihr Sohn - die ,Rute' nicht mal ellenlang, und die Schnur knapp einen Meter - zog anfänglich etwas zu früh und zu schnell, fand bald das richtige Maß und steckte ebenfalls Fischlein nach Fischlein, alles was mehr als daumenlang war, in seinen Plastikbeutel. Von meinen Nachbarn bekam ich letzte Woche forellenähnliche Fische geschenkt, aus dem Ruacana-Kanal geangelt, faserig, trockenes Fleisch.

Wenn es regnet, wird es kühler, manchmal windig, danach kommt die Sonne wieder durch die Wolkenschicht und sticht. Es wird schwül, und die Schwüle lähmt meine Kräfte, Glieder und Gedanken wie vordem die Hitze. Die wetterwendischen Wechselbäder bringen mir außerdem Schnupfen und Husten ein. Und Insekten. Entomologen fänden hier weite Forschungsfelder. Die verschiedenen Feuchtigkeits- und Wärmegrade schicken je anderes sehr farbenfrohes und formenreiches Getier an meine Lampen, Fenster und ans Moskitonetz, dunkle

Punkte oder braune Knöpfe schwirren da herum, streichholz-
lang braungelb Geringeltes, fingernagelgroß grün Leuchtendes
oder fast mausgroße, schwarze Käfer. Leider ist mein Hausge-
cko verschwunden. Dass ich gar keine Hemmungen fühle, das
Viechzeug zwischen den Fingernägeln zu zerquetschen oder
die Riesenkäfer dem Gockel als besonderen Leckerbissen zu-
zuwerfen! Auch Frösche gibt's, fingerhut- oder pflaumengroß,
mit seltsam kurzen Beinen, graugelbgrün längs gestreift, die
bringen mir meine Katzen ins Haus. ‚Glockenfrösche‘, die ich
aus Rundu kenne, höre ich manchmal, und Ochsenfrösche
habe ich auf dem ‚open market‘ gesehen, hähnchengroß, aus-
genommen und aufgeklappt wie Schmetterlingsfilets. Willst Du
mich nicht doch einmal besuchen?

Am Wochenende schreibe ich weiter, Barbara

Im letzten Abschnitt meines Briefes vom November kommt
das Licht vor. Das thematisierte ich bislang nicht, dabei ist
es das grundlegend Andere, Neue. Nach meiner zweiten Ankunft am Hosea Kutako Flughafen schrieb ich in mein Tagebuch: das Licht ist anders.

Bei meiner ersten Reise hatte ich das Licht vermutlich gar nicht
recht wahrgenommen, war zu beeindruckt von vielen Einzelheiten gewesen, um das Grundlegende zu erkennen, das
agens movens dieser anderen Welt. Immer wieder fesseln uns
Details, beobachten wir Auffälligkeiten, den Vorgarten in einer fremden Straße, den Leberfleck in einem Gesicht. Was aus
dem Rahmen fällt, bei einer Geschichte, bemerken wir; wir
hören bestimmte Sätze, picken Wörter aus einer Rede heraus

ungeachtet des Zusammenhangs. In Auseinandersetzungen haken wir bei Nebensächlichem ein, wenn es uns betrifft. Das Grundmuster, die herrschende Gesetzmäßigkeit übersehen wir leicht. Bei der Motivation, die uns etwas tun oder unterlassen lässt, ist es ähnlich, wir nehmen sie spät, häufig gar nicht wahr. Geheime Wünsche, innere Verletzungen, uneingestandene Ängste oder Begierden bleiben verborgen. Dann aber, wenn uns das Motiv für Handlungen oder Stimmungen in unserem Leben oder dem anderer bewusst wird (Goethe gebraucht den Begriff all-Beweger), verstehen wir, was zuvor dumpf im Ungewissen oder schier unverständlich war. Manchmal geschieht das unerwartet und plötzlich, dann wirkt das Verstehen wie eine Erleuchtung. In Namibia ist die Sonne der bestimmende Motor.

Die Sonne bestimmt den Tagesrhythmus. Vor dem Supermarkt sitzt eine Frau und verkauft Orangen. Ich brauche welche und gehe auf sie zu. Sie schläft. Ihre Nachbarin auch. Frauen hinter ihnen wecken sie.

„Sie sind müde?" frage ich.

„Nein, müde nicht, hungrig." Es ist zwischen vier und fünf Uhr nachmittags und sie hat noch nichts gegessen. An vielen Orten trifft man Leute, die vor Hunger schlafen: Kinder in der Schule, Lehrerinnen im Lehrerzimmer, Verkäuferinnen über den Tresen gelehnt, Wachpersonal auf dem Hocker vor der Bank zusammengesunken. Das ist häufig kein Zeichen von Armut, sondern vom Lebensrhythmus. Morgens, noch vor Sonnenaufgang, stehen die Frauen auf, denn was an Arbeit

geschafft werden soll, muss vor der großen Hitze getan sein. Die Kinder werden geweckt und zur Schule geschickt, sie selbst machen sich zur Arbeit chic und müssen früh an der Straße stehen, um einen Lift zu bekommen. Oder sie fegen das Haus, versorgen die Rinder, Hühner und Ziegen, gehen auf die Mahangufelder. Nach der Berufs- oder Feldarbeit muss Wasser geholt und Feuer entfacht werden, Mahangu wird gestampft, das habe ich probiert, es kostet mehr Kräfte, als ich habe. Dann wird das Mehl gesiebt, anschließend gekocht. Eine langwierige Sache. Gegessen wird spät abends nach Sonnenuntergang, und zwar reichlich, man ist ja hungrig. Für Mahlzeiten ist es morgens zu früh, mittags zu heiß und nachmittags schläft man vor Hunger ein.

Wenn ich morgens aufstand, war für die Bauarbeiter in meiner Straße fast schon Mittagspause. Alle wichtigen Gespräche, Verabredungen, Konferenzen oder Besorgungen müssen stattfinden, bevor die Sonne im Zenit steht, nachmittags läuft kaum noch etwas, die Mittagssonne lähmt.

Die afrikanische Sonne ist eine Tyrannin, sie herrscht mit Gewalt. Und wer lässt sich schon gern beherrschen. Also wehrt man sie ab, trägt Hüte und lange Kleider, entkommt ihr in dämmrige Räume, baut kleine Fenster, verschließt diese mit dunklen Vorhängen oder Jalousien, so man welche hat. Ich lebte in scharfen Kontrasten, im Halbschatten oder hellstem Licht.

Wie Licht wirkt, wissen wir von Fotographie und Film. Die Beleuchtung kann ein Gesicht freundlich und angenehm machen, aber auch krank, hässlich oder gar böse.

Auf der Theaterbühne lassen Scheinwerfer Requisiten einmal bedrohlich und in der nächsten Szene heiter wirken. Licht beeinflusst uns in ähnlicher Weise wie Musik, Musik vermag unheimliche Schauder in uns hervorzurufen, sie kann uns erschrecken, aber auch friedlich stimmen oder uns fröhlich und ausgelassen machen. An der Weihnachtsbeleuchtung einer Großstadt freue ich mich. Der Kauf einer Wohnzimmerlampe ist schwierig, weil wir uns für eine Stimmung entscheiden müssen. Wir kennen die Berichte von Folterverhören im grellsten Scheinwerferlicht. Die Lichtinstallationen von Dan Flavin faszinieren mich. Lichttherapien nutzen diese Wirkungen. Licht regiert das Sehen.

Die Sonne scheint in Äquatornähe nahezu senkrecht von hoch oben, nicht im Winkel von 45° oder 52°, sie lässt mich Menschen, Gebäude, Berge und Bäume neu sehen. Farben sind am Morgen frisch, mittags matt, kaum vorhanden, abends satt und kräftig und nachts erloschen. Konturen kann ich nur erkennen, wenn auch Schatten fällt, Entfernungen verschwimmen im Sonnenlicht.

In welchem Licht wir etwas sehen, beeinflusst unsere Wahrnehmung. Seit meiner Namibia-Zeit beschäftigt mich die Frage, was wir wie wahrnehmen. Da geht es zum einen um die Perspektive, die mir ein Detail oder auch die Umgebung, die Auf- oder Untersicht, die Front- oder Rückenansicht zeigt, wodurch ich verschiedene Seiten einer Sache kennenlerne. Wenn eine Perspektive verstellt wird, fehlt meiner Wahrnehmung ein Aspekt. Meine persönliche Perspektive als deutsche Frau in fortgeschrittenem Alter bestimmt die Geschichten und Berichte in diesem Buch, aber meine Erzählperspektive kann ich frei wählen. Mit dem Licht ist es anders.

Das Licht ist gegeben. Es fällt auf Gegenstände und verändert sie, gibt ihnen einen bestimmten Ausdruck, hellt ein Gesicht auf, taucht eine Landschaft in ein kaltes oder warmes Licht, oder verschattet sie und macht dadurch diese Landschaft selbst zu etwas Kaltem, Warmem oder Schattenhaftem. Desgleichen mit Kunstwerken, Maschinen, Straßen und Menschen. Unabhängig von meiner eigenen Sichtweise kann Licht Dinge hervorzaubern und völlig verschwinden lassen. Es verwandelt die Stunden der Tage vom Dämmergrau am Morgen zum Leuchten der farbenfrohen Frauenkleider auf dem Markt über das Verblassen der Häuser am Mittag zum gesättigten Glänzen der Rinder unter den Palmen am Abend bis zum Verglimmen in die Schwärze der dunkelsten Nacht. Das Licht rührt an die Zeit und bewegt die Tage, ich lebe in Kontrasten.

Licht über Oshanas

I
Milchiger Schaum des staubigen Tages
Licht, das den Häusern die Farbe nimmt,
den Pflanzen das Grün, dem Himmel sein Blau,
das die Stimmen der Frauen und Kinder aufsaugt,
so dass sie lautlos ziehen, marionettengleich,
hinter Ziegen und Rindern zum austrocknenden
Fluss, wo Fischköpfe geruchlos verwesen;
Licht dehnt meine sandfarbene Haut und
breitet sie über die Ebene hin.

II
Hinein gewoben in Licht
führt meine Straße in Sonne
die über mich hingeht
Angst Lust versengt
alles Wollen verbrennt
zu dunstiger Asche
die wolkig aufsteigt
über konturloses Land
bis sie endlich doch fällt
in das Rot der Nacht
wo Schatten wachsen
und das Singen beginnt.

Kulala Desert

Ich sitze am Steintisch und gewöhne mich, langsam.

Vor mir sind Sand und Staub ausgebreitet über weites Land, glatt gestrichen, knick- und faltenlos, ausgeleuchtet von dem starken Licht senkrecht darüber, keine Schatten, nichts ist gerichtet, nichts bereitet, kein Baum, kein Zaun, kein Mast, kein Weg, eine ungedeckte Tafel liegt Wüste vor mir bis an den Himmel heran,

und ich der einzige Gast.

Ich brauche eine Erfrischung und Bewegung, studiere die Karte und wähle den Trockenfluss, ockergelb mit Dornakazien, seitab tief eingegraben in sonnenheiße Fläche. Ich folge den Rinnen im Flussbett, suche nach Wasserspuren und finde verdorrtes Schilfgras, trockene Schoten, Spelzen, Grannen, ausgeleerte Schneckenhäuser, einen gebleichten Schädelknochen.

Mein Mund wird pelzig. Ich trotte weiter über Geröll, Schutt, verkrusteten Sand, hebe einen Kieselstein auf und lecke daran, Salz und Staub schmecke ich, lange.

Vor mir ein Verhau aus Dornen und wirrem Geäst, eine Riesenakazie, der Stamm mehrfach gespalten, das mittlere Astwerk hoch aufragend und ausladend, auf das Flussbett herab gebrochen die äußeren Zweige, knorrige Streben, sperrige Stecken im Sand.

Erschöpft, nach Schatten lechzend, setze ich mich auf die Astgabel; die Borke, grob gekerbt und eingerissen, drückt in die Haut. Wenige, sehr harte Blätter.

Ich blicke hoch ins Gezweig, dorniges Gitterwerk von dunklen Sparren und Astgebälk, zerborsten, zersplittert; zerhackt und geschunden von Winden und Stürmen, von Sand, Hitze und Frost, abgeschliffen und zugeweht wie das Zebragerippe vom Vortag, so sehe ich durchs hölzerne Knochengerüst - - - Himmel, sehr hell, zu mir kommen. Ich will ihn fassen, halten, steige auf aus dem Flussbett hinein in die Ebene, in das bleiche, zeitlose Land.

Aus der Ferne ziehen Oryxe auf, marionettenhaft einer hinter dem anderen, die langen Hörner spitz gegen den Himmel, die dunklen Leiber vor dem Wüstensand. Ich schaue, sauge Hitze auf und trinke Himmel und Licht.

Ewigkeiten

I

Einmal, an einem Mittwoch in N., fuhr ich geradewegs in sie hinein, in die Ewigkeit, mit meinem offenen Mazda, auf einer Sonne spiegelnden Asphaltstraße. Ich fuhr recht schnell, nach Okahao; alles um mich zog eilig und flach vorbei, dahin in die Weite; Halbwüste und Wüste. Sand und einzelne Hütten, mehr Sand, Palmen und Esel flogen vorüber, stoben auseinander wie der Schnee hinter einem Skiläufer aufstiebt und sich verliert oder wie bei Feuerwerksexplosionen die Funken auseinanderstieben, schwirrend aufleuchten und zu Nichts vergehen. Licht wehte auf Sonnensegeln herzu, Hitzewellen jagten einander und heulten im Sirenenton, wenn sie meine Wangen und Wimpern streiften. Ich beschleunigte wie um zu entkommen, gab Gas, fuhr rauschhaft schneller, raste trunken voran, und da, plötzlich, auf dieser Straße nach Okahao habe ich die Zeitgrenze durchfahren. Stillstand, alles hält inne, die Wolken, der Wind, das Licht, Esel und Autos regungslos, jede Bewegung ein Zustand, alle Zeit hinter mir, ich aus ihr herausgefahren, gefallen in die Ewigkeit hinein, die gleißt um mich, sehr weit, perlmuttern, liegt über dem Sand, den Palmen und mir in dem Mazda, durchdringt meinen Körper, mein Fühlen, und durchlichtet alles herum, sie blendet, dröhnt, und löscht Wollen und Streben, alle Ziele und Zukunft vergehen im Unendlichen. Ich fühle ihr Nichts das Sein. Ein Milan stand hoch vor dem Himmel.

II

Groß und eigenschaftslos war die Ewigkeit, die ich viel später in der Etosha erfuhr. Dort saß ich am Kalkrand, der sich als heller Gürtel durch die Landschaft zieht, ein Gürtel wie aus rissigem, viel getragenem Leder, durch den das graue Urgestein der Vorzeit als Unterleder durchbricht. Zu meiner Linken die Ebene bedeckt von einem sehr hellen Gewebe, irisierend, silberlichtgrün bis in die Ferne changierend, sich auflösend in Himmel, Haar und Ewigkeit. Zur anderen Seite Gestrüpp wie grob gewebtes Leinen, nichts als hartes, dorniges Braungrau. Und dort, wo es ist, wie es schon immer war, seit allen Erdzeitaltern und der Entstehung des Kontinents, wo es keinen Wechsel von Jahreszeiten und keine Geschichte gibt, nur das Pendeln von Nacht zu Helligkeit, von Dürre zu Regen, vom Kommen der Rinderherden und Gehen der Jäger, vom Aufbrechen der Straußeneier und Absterben der Bäume, wo sich alles zu Kreisen ordnet, wo Zeit nicht gebraucht wird und der Himmel den Horizont verschluckt, so dass sich Erde und Himmel verbinden und durchdringen, eins werden wie auf Bildern von James Turner - da war ich nahe der Freude, meine Haut durchlässig wie Licht, und kein Erinnern an keine Zukunft. Ich schaute ohne Schmerzen und hörte den Grundton der Erde.

Widrigkeiten

Ich kam ins Teachers' Recource Centre (TRC) und suchte einen Platz, also einen Schreibtisch und nach Möglichkeit auch ein Regal für die Aktenordner, Mappen und die Bücher, die Helgard mir gegeben hatte, damit ich mich über die Lehrplanarbeit, Fortbildungen, Programme und Fachinhalte informierte. Ich war zum Arbeiten da, aber es gab keinen Raum für mich. Mein deutscher Kollege Stefan führte mich herum und stellte mich etwa 30 Studienleitern und Studienleiterinnen vor, nur wenige Namibier waren darunter.

Im ‚open office' standen Schreibtische die kreuz und die quer, dazwischen dicht an dicht Kartons mit Büchern und Papieren, über die ich hinwegsteigen musste, um alle Kolleginnen und Kollegen mit dem dreifachen Handschlag zu begrüßen. Die Englisch unterrichtenden Briten hatten einen kleinen Raum für sich. Die meisten Fachkräfte kamen aus Dänemark, von IBIS entsandt, der staatlichen dänischen Entwicklungshilfe-Organisation. Sie unterstützten die Naturwissenschaften, vor allem Biologie, und hatten das Selbstbewusstsein von jungen Angehörigen dieses kleinen Volkes, die genau wussten, dass ihr Land die beste Entwicklungspolitik der Welt macht, dass sie die reichste Organisation hinter sich haben, dass sie großzügig Material kaufen und Fahrgelder auszahlen können. Außerdem war klar, dass sie als Naturwissenschaftler die wichtigsten Leute waren und deshalb keine anderen Organisationen neben sich brauchten. IBIS hatte seinen fünf dänischen Entwicklungshelfern und ihren sechs namibischen Mitarbeiterinnen einen weiträumigen Trakt gebaut, und da sie mit denselben Klassenstufen wie ich arbeiteten und da es zwischen Biologie und Social Studies viele Berührungspunkte gibt, fragte ich vorsichtig, ob ich bei ihnen unterkommen könne. Fehlanzeige. Schroff und ohne einen Grund anzuführen, wies mich Finn ab:

„No, it's not possible." Später fragte ich eine Dänin, warum sie sich mit der Zusammenarbeit so schwer täten.

„Wir haben uns viel Mühe mit allem gegeben, zum Beispiel mit unseren Prüfungsbögen, und sind stolz auf unsere Ergebnisse. Wenn wir zusammenarbeiten sollen, müssen wir Kompromisse eingehen; ich glaube, das wollen die meisten von uns nicht." Auf unserem Vorbereitungskurs in Stuttgart war darüber gesprochen worden, dass wir Entwicklungshelfer auch Eindringlinge seien, die in ein funktionierendes Sozialgefüge Unordnung bringen und die deshalb mit Widerstand rechnen müssen. Wie Recht unsere Seminarleiterin hatte, erfuhr ich am ersten Tag im TRC. Allerdings kam der Widerstand von unerwarteter Seite, nicht von Namibiern, sondern von ausländischen Mitstreitern, oder waren es Konkurrenten? (s. Anhang)

Ich suchte mir in den Schulungsräumen ein Tischchen und klemmte mich als Fünfzehnte ins Gedränge des ‚open office'. Zur Erholung fuhr ich an den Wochenenden in die Etosha oder zum Waterberg.

Frühstück am Waterberg

In aller Morgenruhe, nachdem das Tag-Begrüßungs-Gezwitscher der Vögel verstummt ist, frühstücke ich auf der Terrasse meines Wochenendbungalows in der Ferienkolonie am Waterberg. Die Fahrt gestern durch die endlose Ebene am Rand der Kalahari-Wüste war ermüdend. Das frische Grün des Tafelbergs tut meinen Augen gut und schmeckt Giraffen und Antilopen. Die Paviane kommen bis zu den Hütten und suchen nach Kuchen, Knochen und Grillhähnchenresten. Füttern streng verboten. Zwei Francolin-Hühner scharren im Staub herum. Ich ziehe die Höhenluft tief in die Lungen ein, genieße mein Müsli mit den frischen Mango-, Papaya- und Ananasstücken, trinke Tee und freue mich an den hellen Pastelltöne der wilden Feigenbäume, der Büsche und Akazien über rostroter Erde.

Da kommt über die Rasenfläche zwischen meinem und dem Nachbarhaus so ein dunkler, großer, fetter Kerl daher, geht ruhig, lautlos, Herr auf seinem Terrain, blickt kontrollierend nach rechts und links, nach oben zu der Dachrinne und dem Oberlichtfenster und um die Ecke der Terrasse auf meinen Tisch mit der Müslitüte, dem Teegeschirr und dem Obst, registriert alles so nebenbei, wie selbstverständlich, ohne etwas besonders wahrzunehmen, streift auch mich mit einem Blick, kurz, uninteressiert, wendet sich gelangweilt zur Nachbarterrasse und zieht gelassen weiter. Ich sehe ihn in den Büschen verschwinden, gieße mir die zweite Tasse Tee ein, gebe noch etwas Dickmilch zu dem Müsli und freue mich.

Sonnengesprenkel funkelt über die Steine der Terrasse. Ein Gelbschnabelkoko sitzt stumm, wie ausgestopft, in der Dornakazie. Nur ein Grey Laurie ächzt einmal beleidigt. Dann ist alles still. Kein Windhauch, kein Blätterraschen. Das Erdhörnchen macht Männchen, schaut sich mit großen Augen um und sucht sein Futter lautlos. Ich lausche der Stille, bis es hinter mir in meinem Bungalow kaum vernehmbar knarrt. Den Müsliteller in der Hand stehe ich auf, trete in die Tür und sehe: da hängt doch dieser massige Lümmel, dieser Lump, oben in dem schmalen Kippfenster. Den Kopf, den rechten Arm und die Schulter von draußen durch den Spalt unter der Scheibe gezwängt, ruckelt er das Fliegengitter hoch, drückt die Jalousie beiseite, drängt die linke Schulter nach, zieht seinen unförmigen Körper durch die Luke und drückt sich endlich mit den Füßen von dem Fensterrahmen ab, kommt ganz hinein in mein Zimmer und plumpst gewichtig und laut auf die in der Wand verankerte Tischplatte herab. Die bricht aus ihrer Halterung heraus, neigt sich zum Boden, und über die schiefe Ebene rutscht der Lorbas zwischen Safari-Prospekten, Nagelfeile, Sonnencreme, Quittung, Besuchsregel der Ferienkolonie, BH, Rotweinflasche, Führerschein, Korkenzieher, Kofferschlüssel und Gideonbibel auf den Boden herab. Beim Heruntergleiten greift er die Keksschachtel. Die Füße kaum auf dem Boden, schnellt er mit einem Satz über mein Bett auf den Obstteller zu, mit der freien Hand nimmt er meine letzte Banane und springt zurück auf die herausgebrochene Tischplatte unter dem Kippfenster, hopst herum, erst schwerfällig, dann wilder, hält inne, sieht sich um, über alle Wände hin. In der Terrassentür stehe ich. Ein Blick zum Fenster oben. Ein Blick zu mir. Dann schiebt er die Banane zwischen die Zähne, spannt die Schenkel, springt an der Wand hoch bis unter die Zimmerdecke und fasst in den Fensterrahmen. Mit dem Kopf versucht er den Spalt aufzuschieben, das gelingt nur fingerbreit. Mit der Kekshand stößt er die Jalousie zur Seite, sie fällt zurück. Mit dem Ellenbogen das Fliegengitter zu heben misslingt. Seine Füße suchen am Rahmen Halt und rutschen ab. Nur mit einer Hand hängt er da. Aus weit aufgerissenen Augen irrt sein Blick über die Wüstenei auf dem Fußboden, sucht den Fluchtweg, gleitet an den Zimmerwänden entlang, jagt vom Fenster über das Bett zur Wohnungstür, dann zur die Terrassentür, da trifft er mich. In der Falle. Kein Entkommen. Ich versperre den Ausweg. Einen Sekundenbruchteil lang sehe ich oben am Fenster das dunkel düstere Gesicht, noch immer mit der Banane zwischen den Zähnen. Unter den zotteligen Brauen die großen, grauen Augäpfel. In der faserigen Zeichnung der Iris das trübe Dschungeldickicht, aus dem er kommt. Seine Pupillen ein tiefes Loch, gegraben von Hunger und Gier, ein unersättliche Abgrund. Sein Blick trifft, zuckt durch meinen Körper, lähmt meine Hände und Beine, löscht das Denken. Seine Angst schießt er in mich hinein. Das Dschungelgewirr seiner Augen fesselt mich und saugt mich in den schwarzen tierischen Grund.

Bei meiner Ankunft am Vortag hatte ein Halbwüchsiger, ein schmächtiger Junge, getroffen von diesem leeren Drohblick, gellend aufgeschrien, so laut kreischend, dass ein Wärter, der Kellner, zwei Putzfrauen, der Wildführer und mehrere Touristen gelaufen waren, um zu retten. Sie retteten sein Handy, das der Pavian, weil nicht essbar, ins Gras geworfen hatte.

Bei meinem letzten Besuch hatte so ein Blick die neue Kellnerin am zweiten Tag ihres Dienstes morgens beim Aufwachen getroffen, als sie noch nichts wusste von Pavianen, die hungrig in Hütten eindringen. Gelähmt blieb sie unter ihrer Bettdecke versteckt, starr über Stunden, bis Kollegen sie fanden und ihr mit Worten und Streicheln halfen, sich endlich doch aufzurichten und weiter zu leben.

Der Blick so eines Mordshungrigen traf eine junge, schwangere Touristin, als ihr Mann auf einem Bergpfad nach Vögeln suchte. Sie in der Wildnis, im vermeintlich sicheren Haus, fühlte diesen düsteren Abgrund in dem Untier. Ein fremder bellender Bauch bedrohte, was in dem ihren wuchs, so dass sie hastig zu packen begann, und als ihr Mann ermüdet heimkehrte von seiner Vogelsuche, zwang sie ihn zur Flucht. Sie fuhren noch in derselben Stunde davon.

Und als mich dieser Blick trifft, mich, die Barrikade vor dem Ausweg, mich, die Quelle seiner Angst, hätte ich eine Pistole in der Hand, ich zielte genau zwischen die schwarzen Löcher in dem Schrecken auslösenden Gesicht und schösse durch die niedrige Stirn und die Schädeldeckel hindurch, hinein in die bedrohliche Höhle, dass der Knochen barst und das Furchterregende vernichtete. Das Hirn, mit Grauen und Blut vermischt, ergösse sich über all den Kram auf der zerbrochenen Tischplatte und dem Fußboden, vermischte sich mit meinem Shiraz und löschte Hunger und Entsetzen.

Die Angst wäre befreit und flöge davon zu den Vögeln im Busch.

Ich habe keine Pistole in der Hand, nur einen Müsliteller, und stehe, von den Augen dieses Tieres gebannt, blindwütig da. Dann kehrt Erkennen zurück, zu mir und dem Pavian.

Ich gebe den Fluchtweg frei. Der Affe aber, schneller als ich, lässt den Fensterrahmen los, fällt zur Erde, immer noch die Banane im Maul und die Kekse in einer Hand, springt auf die Haustür zu, drückt die Klinke mit der anderen nieder und ist weg. Draußen läuft sein Gefolge mit der Müslitüte, dem Obst und der Teekanne über meine Terrasse hinter ihm her. Ein Nachzögling springt vom Dach und schleckt von der Dickmilch. Verächtlich dreht er ab, hinein in den Busch, in dem die Vögel nun wieder singen.

Ongwediva, am 10. März, 1997

Liebe Susanne,

von Mühen und Widrigkeiten wirst Du in diesem Brief lesen. Sechzehn Leute für Vorschule, Grundschule, Sonderschule, Mathematik in den verschiedenen Schularten und allgemeine Lehrerqualifikation sitzen, schwatzen, schlafen, arbeiten hier in dem nach Zement und Staub riechenden Raum voller Akten, Papieren, Unrat, Abfall, Blechschränken, Pressholzregalen, dunklen Tischen im Dämmerlicht. Ich brauche klares Licht, das weißt du, mag es nicht schummrig. Mein Tischchen passte nur in die Nische neben der Tür, weit weg vom Fenster.

Im Dezember ging die Neonröhre über mir kaputt! Mbodo, unser freundlicher Chef, versprach mir, sich zu kümmern. Nach einer Woche erinnerte ich ihn daran. Zweimal habe er schon nachgefragt, sagte er, es sei sehr schwierig, es würde dauern, aber er wolle noch mal telefonieren. Vielleicht ist es mit den Neonröhren wie mit der weißen Farbe für meine Wände, im Ovamboland gibt es sie nicht. Bis Ende Februar arbeitete ich im Dämmerdunkel, dann bekam ich von Helgard die Nachricht, dass sie Geld für meine Arbeit habe. Toll! Ich werde eine Schreibtischlampe kaufen. Am folgenden Morgen zog ich los. Bei ‚Super Furniture‘ hatte ich Nachttischlampen gesehen, die auch auf einem Schreibtisch stehen könnten. Sie waren ausverkauft. Soll ich weiter erzählen? Von Möbel- zu Elektroladen, zu drei Supermärkten fuhr ich in dieser feuchten Schwüle von neun Uhr bis Mittag. Mein letzter Versuch im Continental Market. „Haben Sie Schreibtischlampen?“

„Was?“

„So Lampen, die man auf einen Tisch stellen kann?“ frage ich zögernd.

„Ja.“

Unglaublich. Einfach ‚ja‘ sagt die Verkäuferin. Ich hoffe, zweifle, meine Füße schaukeln hinter ihr her. Sie führt mich zu einem Regal mit - Petroleumlampen. Mein hysterisches Lachen muss sie irritiert haben.

Bevor ich nach Afrika fuhr, fragtest Du, und nicht nur Du, wovor ich Angst habe. Vor der Kulturlosigkeit, antwortete ich. Ich hatte nicht gewusst, dass sie aus fehlenden Schreibtischlampen besteht. Wozu Schreibtischlampen?

Es gibt Lampen, Nachttischlampen in allen Schattierungen des Rotlichtmilieus, Kristall- und Tiffani-Imitate en gros, die zweckmäßigen Milchglaskugeln unserer Nachkriegszeit und für die Homesteads – Petroleumleuchten. Über Arbeitsplätzen sind Neonröhren. Wenn sie kaputt sind, braucht man nicht mehr zu arbeiten, kann sich unterhalten und fühlt sich in der Gemeinschaft wohl. Für sich sein, allein mit einem Buch oder weißem Papier, in Gedanken und Vorstellungen vertieft - wie abartig, welch seltsames Bedürfnis! - Ich sehne mich nach einem Lampenschirm zum Schutz vor Unordnung, Hässlichkeit und Geschnatter, um in seinem Lichtkegel geschützt lesen oder schreiben und einfach für mich sein zu können.

Während ich schreibe, liebe Susanne, fällt mir auf, wie viele meiner Schwierigkeiten hier mit Räumen zu tun haben, nicht - oder viel weniger - mit den Menschen, der Sprache, dem Essen oder mit sonst etwas, sondern damit, wie ich wo bin. Ob Dir das auch so ginge?

Wohnlich wollte ich es mir machen, wo ich nun wohnte, ein wenig so, wie ich es gewohnt war, mit Büchern und Blumen. Ein vertrautes Bild, Farben nach meinem Geschmack, Fremdes kann ich anscheinend nur in kleinen Dosen verkraften, als verfremdenden Augenreiz. Aber hier ist alles fremd: das Wetter, die Landschaft, die Sprache; die Wege unbekannt und die Geschäfte ungewohnt, nie gehörte Geräusche, nie gesehene Nachbarn, seltsame Speisen, neue Gerüche. Mir fehlt das Gewohnte, der Blick in meinen Garten am Morgen, ein Brief von meiner Schwester, ein Telefongespräch mit meiner Tochter, Freunde, mir fehlt vieles.

Mir fehlt auch ein Auto, mir fehlt die Möglichkeit, mich einfach und schnell fortzubewegen. Die Transport-Probleme lernte ich schon kurz nach meiner Ankunft in Namibia auf dem Nationalen Fortbildungsseminar in Okahandja, eine Stunde nördlich von Windhoek, kennen. Ich trat in die helle Empfangshalle. Viele bunt, ja festlich gekleidete Frauen und Männer, fünfzig bis sechzig Social-Studies-Fachvorstände waren aus dem großen Land zusammengekommen, standen an, geordnet vor drei Tischen, um registriert zu werden, dann um den Zimmerschlüssel zu erhalten und drittens um Fahrgelder erstattet zu bekommen. Das war für mich spannend; jede und jeder der 50 bis 60 Teilnehmenden erklärte einzeln, wie sie oder er hergekommen sei und wieviel sie für Taxen oder das Mitgenommen-werden gezahlt habe. Viele waren einen Tag unterwegs gewesen, von Swakopmund an der Küste, von Keetmanshoop im Süden oder von irgendwoher aus dem Busch. Keine Quittungen, keine Belege, auf Gut und Glauben wurde der größte Teil des angegebenen Betrages ausgezahlt. Als ich verwundert nachfragte, sagte Helgard:

„Wir kennen die Entfernungen und Preise – und unsere Pappenheimer."

„Preise beim Trampen?"

„Ja. Wer kein Auto hat, muss per Anhalter fahren, anders geht es gar nicht. Und die Preise dafür liegen ziemlich fest, etwa 5 N$ für 10 km, von hier nach Windhoek …"

Ich weiß nicht mehr, wieviel es war. Reisen ist kostspielig, auch kürzeste Strecken, Besuche werden hoch geschätzt.

Am Ende meines Schulbesuchs im entfernten Elim gesteht eine

Kollegin:

„Als ich dich kommen sah, oh, ich war ganz aufgeregt, mein Herz pochte so doll, ich hab mich so gefreut", und ihr Kollege stimmte zu, ihm sei es genauso gegangen.

„Ich habe doch gesagt, ich komme", verwunderte ich mich.

„Ja, aber es ist doch soweit hierher. (165 km = 3,5 h) Bis jetzt hatten wir nie jemanden, der zu uns gekommen wäre, und wir haben doch so viele Fragen. Gut, dass du da bist."

Viele Kolleginnen wollten so vieles von mir wissen, Probleme und Fragen prasselten nur so auf mich ein. Viele brauchten dringend Lehr-und Lernmaterial, zum Beispiel Bücher, vor einem halben Jahr hatte ich sie bestellt. Lieferprobleme, Transportprobleme. Einen dreitägigen Workshop hatte ich für 40 – 50 Teilnehmer geplant, aber nur wenige kleckerten so nach und nach ins TRC herein. Gerade mal ein gutes Dutzend saß schließlich zusammen und zwei von ihnen schliefen auch noch ein, - die Anfahrt war zu ermüdend gewesen. Was war ich frustriert, hatte ich doch alles so sorgfältig vorbereitet. Am nächsten Tag erfuhr ich, warum die Teilnahme so gering war: Das Post-Auslieferungsfahrzeug war kaputt, es hatte die Einladungen nicht herumfahren, und auch keine Kreide, kein Papier oder die lang erwarteten Bücher bringen können. Transport-Probleme allenthalben, kein Wunder auf den unbefestigten Schotterstraßen mit den tiefen Schlaglöchern. Damals besaßen nur wenige Schulleiter ein Auto, um die Schulpost abzuholen. Die Lehrer und Lehrerinnen nahmen das gelassen, waren Hindernisse dieser Art gewohnt, besonders beim Reisen, und ließen sich die Laune durch solche Belanglosigkeiten nicht verderben. Allein Liisa schimpfte. Mütter besuchten die Veranstaltungen mit ihren Kindern und Liisas kleine Tochter hatte am Morgen gespuckt und war sowieso so dünn, nur Haut und Knochen. Ich sah Liisa mitleidig an und hatte dennoch Mühe, meinen eigenen Ärger zu schlucken.

Ich sollte die Schulen und Fortbildungszentren (resource centres) in den nördlichen Regionen, das heißt in einem Umkreis von etwa 200 km besuchen. Dafür musste mir ein Auto mit Allrad-Antrieb und ein Chauffeur gestellt werden.

„Wann ist das möglich? Dienstag um 8 Uhr?" fragte ich die Transportabteilung des Bezirksbüros, als die Telefonverbindung nach fünf Versuchen endlich zustande kam.

„Gewiss."

Und siehe da, am Dienstag stand um acht Uhr ein Regierungsauto vor dem TRC. Als ich einsteigen wollte, schüttelte der Fahrer den Kopf, er war für Mbodo bestellt worden. Um 10.30 Uhr wurde ich abgeholt. Für die nächste Tour forderte ich unbedingte Pünktlichkeit, denn fast zwei Stunden würden wir zu dem Schulungszentrum, bei dem ich um zehn Uhr angemeldet war, unterwegs sein. Acht Uhr, kein Auto. Viertel nach Acht, nichts. Mbodo telefonierte nach dem Chauffeur. Ja, noch vor neun Uhr werde er da sein. Gegen zehn Uhr kam er, musste dann erst einmal tanken, den Tankstellen war damals oft das Benzin ausgegangen. Als wir im Zentrum eintrafen, saß dort ein einsam Wartender, Reinhold - seit drei Stunden. Er habe erst gestern von meinem Besuch gehört. Die Kollegen und Kolleginnen, die mich sehr gerne sprechen wollten, habe man *inzwischen zurück in ihre Schulen geschickt, ob man sie holen solle? Man könne auch zu ihnen fahren? Dafür entschieden wir uns und arbeiteten froh gelaunt in einem Kreis engagierter Pädagogen, diskutierten auf Reinholds Wunsch Lehrmethoden und auf Wunsch der Schulleiterin mehr als zwei Stunden über Menschenwürde.*

Als ich später mit meinem eigenen Auto fuhr, konnte ich zwar pünktlich starten, war aber nie sicher, ob ich die Pisten zur jeweiligen Schule in der Savanne - in the middle of nowhere - auch fände oder ob ich irgendwo stecken bliebe, in der Trockenzeit im Sand, während der Regenzeit im Schlamm.

Schluss für heute, Deine müde Barbara

Nach einem halben Jahr war ich fix und alle. Ich konnte nicht einschlafen, und wenn, wachte ich stündlich wieder auf. Ich hatte fast zehn Kilo abgenommen und war miserabler Stimmung.

Über meine Terrassenmauer rankten Grenadillen, Passionsblumen, sie trugen üppig, mehr als ich essen konnte. Ich sehe Jungen auf mein Grundstück kommen.

„Gib uns Grenadilla."

„Nein", und irgendwie genuschelt, *„es sind keine da",* obwohl die Jungen die vielen Früchte sehen. Aber ich will nicht, will nicht angesprochen werden, mag dieses fordernde Betteln nicht. Stunden später kommen drei Mädchen vorbei:

„Baba, bitte gib uns Grenadilla." Ich dreh mich weg, antworte nicht, warte. Sie bleiben stehen. Ich pflücke eine Handvoll

Grenadillen, aber nur kleine. Freudige Augen:

„Danke."

Auf dem Bakkie vor meinem Grundstück steht die Fünfjährige von gegenüber.

„Hello, Baba, how are you?" Sie giert nach Grenadillen. Ich reagiere nicht.

Ich benehme mich herrisch, launisch, mal großzügig freundlich, mal abweisend hart, nach dem Motto: Hier kennt mich ja niemand, und komme mir vor wie eine verachtenswerte Kolonialherrin. ‚Wer hat, muss geben', heißt ein afrikanisches Sprichwort. Keine Redensart, sondern eine Regel sei das, habe ich von einem Zairer gelernt. Dessen Mutter ließ sich von ihrem Chauffeur durch Kinshasa fahren, hielt an jeder Straßenkreuzung und legte bedachtsam einige Münzen in die zum Empfang der Gabe trichterförmig zusammengelegten Hände von Kindern, Frauen, Alten. Der Vater wetterte dagegen, aber sie kehrte von ihren wöchentlichen Fahrten heim mit strahlendem Gesicht, gesättigt von dankbaren Augen. Auch ich habe, aber gebe nicht, rationalisiere meine Hartherzigkeit, denn daher rührt ja das Elend mit der Korruption, und mag mein mürrisches Gesicht in keinem Spiegel sehen.

Ich ging davon aus, dass Afrikaner die Aufgabe hätten, sich zu bilden, irgendwie, zu ihrem Nutzen, vielleicht aber auch zu meinem Nutzen, ich verstand mein eigenes Leben als eine mir zugetragene Aufgaben und fühlte mich damit sau-elend. Im TRC war ich noch bemüht, freundlich zu sein, das gelang aber nur krampfhaft. Ich verwechselte Termine, vergaß Verabredungen, verschusselte Notizen, richtete nichts aus.

Warum war ich hier?

Ich versuchte Reinold Rechnen beizubringen, 5 + 3 fragte ich. „7?" er sah mich groß an, „oder 8?" Was war bei Dyskalkulie zu tun? Ich wusste es nicht. Ich besprach mit Reinold die Aufgaben im Lehrbuch. Als er sie mir am nächsten Tag vorlegte, war ich erschrocken, wie wenig er verstanden hatte. Seine Unterlegenheit steigerte mein Überlegenheitsgefühl; ich sehnte mich nach einem Gespräch von gleich zu gleich und hatte ihm gegenüber ein schlechtes Gewissen, weil er mir so zugetan war. Hier konnte ich nicht unterrichten, in diesem Klima konnte ich nichts ausrichten, wenn die Autos im Schlamm versanken. Ich begriff die Leute nicht, ihr Verhalten nicht, ihre Sprache nicht. Verstand mich überhaupt jemand? Ich verstand mich ja selbst nicht. Was wollte ich eigentlich?

Ich wollte die Wünsche aller hier erfüllen, wollte hilfsbereit und anpassungsfähig sein und nicht nur so erscheinen. Ich war pünktlich bei den Workshops und musste oft früh um halb sechs Uhr losfahren, um gegen acht oder halb neun zu beginnen. Ich wurde gebeten, auf Pausen zu verzichten, damit die Frauen abends rechtzeitig zu Hause waren. Ohne oder nur mit einer kurzen Unterbrechung arbeiteten wir in der Regel sieben, manchmal mehr als acht Stunden, die Afrikaner und Afrikanerinnen ohne sichtbare Ermüdung und ich am Rande meiner Kräfte.

Ich wollte meine Gewohnheiten aufrecht halten, schließlich wohnte ich seit Jahrzehnten in ihnen.

Da mir die Menschen, das Wetter, Verkehr, Geschäfte und was nicht alles, ungewohnt waren, blieb ich mit trotziger Energie in meinem Tagesrhythmus, meiner Arbeitsweise und meinen Essensgewohnheiten wohnen. Ob ich mir eingestand, dass ich auch ein Beispiel für Zuverlässigkeit und Einsatzbereitschaft geben wollte?

Ich fühlte mich so elend, dass ich nach Windhoek fuhr und eine Ärztin aufsuchte, die mich untersuchte und anschließend sagte, vielleicht sei es für mich am besten, meine Koffer zu packen und zurück nach Deutschland zu fahren.

Als ich schwieg, fragte auch sie, was ich mich selbst gefragt hatte, warum ich hier arbeiten wolle. Über all den Widrigkeiten hatte ich es vergessen. Am folgenden Wochenende besann ich mich auf meinen Grund.

Zwei Gründe

Der Grund für meinen Entschluss lag in den Stellvertreterkriegen in Angola und Zaire, in Mozambique, Nigeria, und und und… Nachdem die meisten Kolonien während des Kalten Krieges Anfang der 60er Jahre unabhängig geworden waren, versuchten die Großmächte ihren Einflussbereich in den 70ern auf Afrika auszudehnen. In Angola wurden die Marxisten, die MPLA, von Truppen aus Kuba unterstützt, Soldaten Südafrikas halfen der antikommunistischen Unita. Kuba war der verlängerte Arm der Sowjetunion und Südafrika wurde von den USA subventioniert, in Angola kämpften Kuba und Südafrika stellvertretend für die Supermächte gegeneinander. Die Kämpfe eskalierten in den 1980er Jahren, der Krieg griff auf die Nachbarländer über und führte zu einer Fluchtwelle innerhalb Afrikas, nach Vorderasien und – auch nach Europa.

In meinem deutschen Heimatort lebten jetzt der während einer Revolte inhaftierte und von seinem Vater frei gekaufte Student aus Kinshasa, der aufsässige Sprössling eines Konzernmanagers, ein umsorgter Ministersohn, der gefährdete Sohn eines ermordeten Unita-Führers zusammen in einem Raum mit vier Stühlen, einem Tisch, zwei Doppelstockbetten und einem Spind. Im Nachbarzimmer der Notunterkunft waren der durchtriebene Dealer aus Lagos, der nach einer Schlacht in die Flucht getriebene Kämpfer aus Nigeria und der hoffnungsvolle Sohn eines oppositionellen Journalisten aus Togo untergebracht. Allesamt Großstadtkinder, bis auf den nigerianischen Kämpfer alle aus finanziell gesicherten Verhältnissen, sie telefonierten in ihrer afrikanischen Muttersprache und verständigten sich untereinander auf Portugiesisch, Französisch oder Englisch, aber keiner sprach Deutsch. Sie lebten in unserem Dorf ohne Geschwister und ohne Eltern, ohne Frauen und ohne Geld, mussten Münzen in den Elektroautomaten stecken, um Licht anknipsen zu können, mussten Fufu selber kochen, mit Gries statt mit Mais, und niemand räumte hinter ihnen auf.

Die Sozialarbeiterin in unserem Rathaus sprach etwas Englisch aber kein Französisch. Ich gründete einen Freundeskreis Asyl, und wir versuchten zu vermitteln, zu erklären, zu informieren. Wir besuchten die Afrikaner in ihrer Notunterkunft.

Ich fragte, wie es ihnen gehe. Sie waren misstrauisch, hatten in Diktaturen gelebt und kannten sich aus mit verschärften Interviews, mit Fragen, die harmlos begannen und mit Folter endeten, sie wussten um Unterdrückung und Spionage, sie waren höflich, aber sehr reserviert, fragten als erstes:

„Was wollt ihr von uns?" dann:

„Was macht ihr mit uns?" und nach einer längeren Pause:

„Wer hat euch beauftragt?"

Ich: *„Beauftragt? Uns beauftragt? Nein, niemand. Wir denken nur, wir wollen,… ihr braucht doch Hilfe. Die Sozialarbeiterin versteht kein Französisch und ihr kein Deutsch, da muss doch jemand übersetzen."*

Der Togolese: *„Wer sagt euch das?"*

Ich: *„Wir merken das. Nein, keiner sagt das, wir machen es von uns aus."*

Der Angolaner: *„Ihr kennt uns doch gar nicht. Was wollt ihr euch um uns kümmern? Bei uns zu Hause, wir kümmern uns um unsere Familie. Wir sorgen uns um unsere Eltern, sorgen für unsere Kinder, unsere Brüder. Um Fremde sorgen wir uns nicht."*

Ich: *„Und eure Nachbarn?"*

„Um die Nachbarn sorgen sich deren Familien."

Ich: *„Und Freunde?"*

„Ja, Freunde, das sind unsere Brüder. Alle Freunde sind Brüder. Das ist unsere Familie."

Misstrauen und Unverständnis verringerten sich, als ich uns als kirchliche Gruppe vorstellte. Ja, Missionare kümmern sich um andere, denen kann man trauen, halbwegs.

Vertrauen wuchs langsam, das erschloss aber noch kein Verständnis für unser Rechtswesen, für die Asyl-Verfahren.

Antoine, Angolaner, ein großes Kind, hoch gewachsen, schlaksig, immer freundlich. Sein Vater war Unitaführer gewesen, hatte Reden über die Demokratie gehalten, über Freiheit, Wohlstand und Amerika, hatte gegen die MPLA agitiert, hatte seine Ideen und Ideale mit den Parteifreunden diskutiert und dann Flugblätter verfasst, hatte sie drucken und von dem Sohn in Luanda verteilen lassen und war ermordet worden.

„Von der MPLA? Und wie? Erschossen? Kopfschuss?" fragte ich. *„Was fragen Sie? Was sollen die Fragen? (quelles questions)"* Er sah mich nur an.

Von drei Unita-Mitgliedern war die Leiche ins Haus getragen worden, durch den Straßenschlamm musste sie gezogen worden sein, so verdreckt war der schwarze Anzug, in dem er als Redner aufgetreten war, ein Schuh fehlte, das Hosenbein zerrissen, und kein Gesicht mehr. Im Knopfloch seiner Jacke steckte ein Zettel, ein abgerissener Fetzen Papier, schmutzig wie der Anzug, darauf stand: Dein Sohn kommt auch dran.

Antoine konnte das Haus nicht mehr verlassen und durfte niemanden hinein lassen. Er konnte nicht mehr durch die Vororte von Luanda laufen, es gab keine Flugblätter mehr zu verteilen. Das Loch im Schädel des Vaters wuchs und dehnte sich aus, wurde zur Leere um den Sohn herum. Des Vaters Blick und seine Stimme, seine Fußballfüße und Hände wurden begraben und er durfte den Leichnam nicht mit zum Friedhof tragen.

Warum nicht? Ich will aber, ich bin der Sohn, ich muss den

Leichnam tragen, wenigstens das. – Wenn du ermordet werden willst.

Kein Halt mehr. Gefühle weit weg, nur diese Leere im Haus. Und im Kopf keine Gedanken, alles unwirklich, fremd.

Antoines Mutter war zu ihren Brüdern gegangen, zu allen Vätern und Onkeln, und jeder hatte Geld gegeben, für ihren Sohn, für den Pass, das Flugticket, und nun war Antoine in Deutschland.

Ich: *„Hast du Beweise?"*

Antoine: *„Was für Beweise?"*

Ich: *„Für die Ermordung deines Vaters."*

Antoine: *„Was sind denn Beweise?"*

Ich: *„Polizeiberichte. Zeitungsartikel."*

Er sah mich an. So dumm bin ich mir noch nie vorgekommen, wie unter diesem Blick. Ich riet zu einem Anwalt, das hielt er nicht für nötig. Die blutigen Straßenkämpfe zwischen den MPLA und den Unita Anhängern waren doch bekannt. Ich wollte sein Statement mit ihm üben. Nein, er wusste, was er sagen musste, sie morden und er wird auch ermordet werden, in Luanda, unweigerlich, deshalb ist er hier.

Im Verwaltungsgericht in Schleswig, in dem Saal mit der hellbraunen Holztäfelung und den hohen Milchglasscheiben, vor dem Richtertisch, dem Beisitzer, Schriftführer …

Antoine: *Ja, ich heiße, ich bin aus… mein Vater wurde… ich musste weg… ich will leben….*

Der Richter: *Wo war das? Wann? Zeugen? Wer war dabei?*
Der Totenschein? Meldungen? Zeitungsberichte? –
Asylantrag abgelehnt.

Acht Jahre habe ich den Freundeskreis Asyl geleitet, wir haben Streit geschlichtet, Fernseher organisiert, Rechnungen beglichen, Putzmittel besorgt, Rechtswege gesucht, und mit den Jahren entwickelte sich wirkliches Vertrauen. Wir wurden eingeweiht in Familienprobleme, da wurde die Mutter krank, die Verlobte schrieb nicht mehr, ein Onkel starb, das Farmhaus brannte ab, der Bruder war verschwunden. Spät abends schmerzten die Herzensangelegenheiten am meisten, und so wurden wir sogar nachts aufgesucht, weil dies oder das war, oder jener so und nicht anders geredet hatte, weil der das gehört, getan, gedroht, erfahren, erlitten hatte, weil die Gefahr bestand, dass, weil nur heute noch die Möglichkeit gegeben war, dass vielleicht doch noch, und sicher wäre morgen alles zu spät.

Keiner der jungen Männer, dieser afrikanischen Studenten, wurde als asylberechtigt anerkannt, keiner war beruflich für ein Leben in Schleswig-Holstein qualifiziert, keiner lernte deutsch gut genug, um sich in unserem Ort wohl fühlen zu können. Ihre Situation erschien mir fatal. Für Antoine wäre es wichtig gewesen, unsere Regeln der Beweisführung und des Argumentierens zu kennen und darin geübt zu sein, um ein Gerichtsverfahren erfolgreich durchzustehen.

Gérome war einer der letzten Asylsuchenden, die 1987 zu uns kamen, fülliger als Antoine aus Angola, größer als Nick aus Nigeria und sehr viel dunkler, nicht braun, oliv oder bronzefarben, sondern wirklich schwarz. Seine Stimme klang warm, weicher als die der anderen, ein elaboriertes Französisch: *,Vous êtes comme ma mère. Ah, vous êtes ma mère. ‘*

Kaum dreißig Jahre alt, hätte er mein Sohn sein können. Aber ich wollte keinen afrikanischen Sohn, wollte nicht seine Mutter sein, wäre lieber seine Lehrerin gewesen und hätte ihm gern vor seiner Ausreise aus Kinshasa die deutsche Sprache und europäische Arbeitsweisen, Denk- und Lebensgewohnheiten so vorgestellt, dass er hätte entscheiden können, ob die Flucht nach Europa, nach Deutschland, ihm eine Lebensmöglichkeit eröffnen könnte.

Nachts tauchten ihre Geschichten in meinen Träumen auf und ich litt mit ihnen unter Heimatlosigkeit. Ihre Fremdheit weckte in mir das Gefühl, das ich als Flüchtlingskind nach dem zweiten Weltkrieg selbst erlebt hatte, das Gefühl, etwas Unwiederbringliches verloren zu haben und nicht und nie irgendwo dazu zu gehören. Weil ich war, wie ich war, weil ich schlesisch und nicht Platt sprach und weil ich nicht geboren war, wo ich zur Schule ging, deshalb allein schien ich keiner Achtung wert zu sein.

Le pain étranger est toujours amer. In der Fremde schmeckt jedes Brot bitter. Diesen Satz, von Gérome bei einer nächtlichen Autofahrt aus dem offenen Fenster hinaus ins Dunkle gesprochen, hörte ich fortan im Nachtwind um mich herum; und noch immer klingt er in mir. Den materiellen Sorgen konnten wir mit Zeit und Ideen beikommen, Fernseher, Kleidung und ein Fahrrad wurden gespendet, bei körperlichen Beschwerden halfen unsere Ärzte, aber den seelischen Nöten Adolfos, Nicks, Antoines, Géromes waren wir nicht gewachsen. Adolfos Frau litt, alleingelassen, unter massiven Depressionen, sie verkroch sich, sprach mit niemandem mehr, nicht einmal mit der engsten Familie, so dass ihre Schwester Adolfo bestürmte, ihr ein Visum zu beschaffen, - dazu sollten wir helfen. Nick erhielt Drohungen per Telefon, fast täglich, die unbekannten Stimmen ließen ihn nicht schlafen, zermürbten ihn zusehends, nach kurzer Zeit war er ein Nervenwrack, das kaum noch ein klares Wort sprach. Als ich ihm riet, nicht mehr ans Telefon zu gehen, sagte er, seine Mutter wolle ihn anrufen, sobald eine Verbindung vom Telefon ihrer Nachbarn zustande komme.

Während dieser Gespräche wurden mir die Schicksale der Menschen in der Notunterkunft im Mühlenredder wichtiger als meine Arbeit in der Aus- und Fortbildung von Lehrerinnen und Lehrern, die selber viel wussten und gut unterrichteten. Daraus erwuchs meine Motivation, statt weiter in Schleswig-Holstein zu arbeiten, mich nach Afrika aufzumachen und Menschen in Angola oder Zaire, in Togo oder der Elfenbeinküste zu unterstützen und darüber zu unterrichten, was sie in Europa, in Deutschland erwartete.

An einem warmen Märzabend 1994, so erinnere ich mich, saß ich auf meiner Terrasse und plötzlich war klar, ich wollte in Afrika Entwicklungshelferin sein. Die Entscheidung war in mir gefallen. Da war kein Abwägen, kein Für und Wider, aber ein Stück Abenteuerlust aus meiner Jugend, vielleicht Neugier auf die Heimat meiner Schützlinge oder war ich von dem Helfersyndrom infiziert? Was wissen wir schon über unsere inneren Beweggründe? – und ist es notwendig, sie zu ergründen? Seit damals bin ich überzeugt, dass es wichtig ist, Afrikaner in Afrika zu unterstützen, damit sie nicht aus Not ihre Heimat aufgeben und unvorbereitet in einem unbekannten Irgendwo landen.

Psychologisch geschulte Leser werden sagen, dass ich ein Abgrenzungsproblem hatte. Du littest mit ihnen und flohst vor diesem Mitleid. Eine Flucht, deine Entwicklungs-Hilfe, rufen sie mir zu. Auch das mag stimmen, denn wenn ich Grenzen setzte, zeitliche, kein Besuch nach 21 Uhr, kein Anruf nach 22 Uhr, oder räumliche, viele Flüchtlingshelfer geben ihre Adresse nicht bekannt, so grenzte ich doch ihre Sorgen nicht aus meinen Träumen aus. Not kennt kein Gebot. Grenzen zum Schutz der Privatsphäre sind geboten, Grenzen zum Schutz vor zerstörerischen Übergriffen sind zwingend notwendig, im privaten Bereich, in der Öffentlichkeit und für Staaten. Aber wie diese Grenzen aussehen und welche Regelungen erlassen werden, um Sicherheit und Freiheit, Offenheit und Schutzbedürfnis zu vereinbaren, ist von den jeweiligen Situationen und Akteuren abhängig. Fairer Handel, Reisen, Besuche, Austausch von Erfahrungen und Ideen, von Kultur und mehr als alles andere Gespräche und Verhandlungen von diesseits und jenseits einer Grenze sind notwendig, Dialoge zwischen den Betroffenen über das Trennende, Entzweiende, über die Bedürfnisse und Nöte jeder Partei. An dem Märzabend auf meiner Terrasse mit dem Blick in den Abendhimmel hatte ich mich für den Entwicklungsdienst entschieden.

Was für eine komplexe und zweischneidige Sache Entwicklungshilfe ist, wusste ich noch nicht und hatte nur geringe Bedenken wegen meines Alters; nicht, dass ich mir die Aufgabe nicht zugetraut hätte, eher aus der Furcht, ,man' (wer immer ,man' war) würde sie mir nicht zutrauen und mich folglich nicht zulassen. Ich wollte die Not, die ich selbst mit den Nöten der Flüchtlinge hatte, wenden und wandte mich von ihnen ab, um mich nicht völlig vereinnahmen lassen. In gewisser Weise floh ich mit der Hoffnung, die Not von Menschen in Westafrika ein Stück weit zu mindern, so dass ihnen ein Schicksal wie das Antoines oder Géromes erspart blieb.

Dass es dann nicht Westafrika, sondern Namibia wurde, lag an den Kriegswirren, wegen derer so viele junge Männer ein Asyl suchten. Keine Organisation riskierte es, Entwicklungshelfer nach Zaire oder Angola zu entsenden. Namibia hingegen wurde nach seiner Unabhängigkeit 1989 von vielen Ländern, besonders von seiner ehemaligen Kolonialmacht Deutschland, unterstützt.

Die Vorbereitungszeit bei der evangelischen Organisation ‚dienste-in-übersee' brachte mir unvorhergesehene Erfahrungen. Im vorgeschrittenen Alter von Mitte fünfzig glaubte ich, mit der Entwicklung meiner Persönlichkeit fertig, also gefestigt zu sein, und lernte nun neu, was Entwicklung bedeuten und was die meine sein könne.

Ich fand mich in einem Kurs zusammen mit sieben anderen neugierigen, abenteuerlustigen, politisch interessierten Frauen und Männern. Ein heller Seminarraum, eine Flipchart, auf die vom Fenster das Licht fällt:

Entwicklung – Hilfe lese ich. Wir sitzen im Stuhlkreis, erzählen von den Beweggründen, nach Bosnien, Kolumbien, Jordanien, Botswana, Namibia zu gehen. Hilfe sei notwendig in Bogota, wo die Kinder..., in Botswana, wo die HIV-Rate,... in Zimbabwe würden Behinderte einfach... Ohne Schulbildung geht doch gar nichts..., kein Mensch kümmere sich um... da müsse man…

Die Seminarleiterin: *„Sie wollen also Not lindern, Not-Leidenden helfen, und Sie glauben, dazu berufen zu sein, Sie meinen, das zu können?"*

„Nun, wir bereiten uns ja darauf vor. *Sie vermitteln uns doch die notwendigen Kenntnisse."*

Die Seminarleiterin: *„Was wollen Sie entwickeln?"*

„Das Umweltbewusstsein." „Demokratieverständnis." „Ernährungsgrundsätze." „Hygieneregeln." „Ökonomie, Wirtschaftlichkeit." „Familienplanung." „Achtung …"

Die Seminarleiterin: *„Meine Damen, meine Herren, das einzige, was Sie werden entwickeln können, sind Sie selbst",* und nach einer quälend langen Pause spricht sie weiter:

„Sie erhalten die Gelegenheit, fremde Lebensformen kennenzulernen. Sie werden Verhältnisse und Menschen erleben, wie es Ihnen hier nie möglich wäre. Sie werden sich entwickeln, Sie werden sich anpassen müssen."

Ankommen

In diesem Land ist der Himmel zu hoch, das Licht zu hell, sind die Farben zu blass, die Menschen zu dunkel, die Zikaden zu laut, und nachts streichen Fledermäuse fiepend durch meine Träume. Ich stopfe mir die Ohren zu. Das nützt nichts. Im Nachbarhaus wird der Lautstärkeregler bis zum Anschlag hoch gedreht. Marimba Rhythmen in einer Endlosschleife, ein hölzernes Blasrohr fährt dazwischen, Schlagzeug und Rohr prallen gegeneinander, unzählbare Wiederholungen, keiner gewinnt. Meine Zehen wollen den Rhythmus aufnehmen, den der Marimba; sie finden ihn nicht. Die Finger versuchen es. Vergeblich. Das Blasrohr schlägt quer. Die Marimbas bleiben ungerührt, immer wiederkehrend klingen sie irritierend wechselvoll. Das Rohr, einer schnarrend näselnden Flöte ähnlich, passt nicht und doch. Ich probiere seinen Rhythmus mit dem rechten, dann mit dem linken Fuß, auch mit beiden, es gelingt nicht. Ich klopfe mit den Fingerkuppen auf das Laken, mal mit der Flöte, mal mit den Klangstäbeschlägeln, finde mich kurz ein und gerate sofort aus dem Takt - und habe den Einsatz des Chores überhört. Ein Vorsänger fordert ihn zu verstörend fröhlichem Lärm heraus, wiederholt noch und noch gutturale Laute, und ich verstehe nichts. Jetzt vibrieren auch noch Basstrommeln durch meinen Bauch, in meiner Brust, steigen bis unter die Stirn, wo schon die Marimbatöne zwischen dem Fledermausgefiepe wirbeln. Ich werfe mich herum, schlage die Arme auf das Gesicht, über den Kopf und ins Moskitonetz, verheddere mich im Laken und stoße es herunter von der Matratze, heraus aus dem Bett.

Was tue ich? Was soll ich hier? Wer bin ich hier? Das kann ich nicht. Das schaffe ich nicht, nie und nimmer. Habe mir zu viel zugemutet, mich übernommen. Wusste nicht, wie laut die Nächte sind. Niemand hat mir gesagt, dass ich die Musik nicht ertragen kann. Ich liege auf der zu schmalen Liege in der zu stickigen Luft unter dem Moskitonetz. Am Morgen werde ich im Office sagen, ich finde mich hier nicht zurecht, kann mich nicht einfügen, beherrsche die Instrumente nicht, verfehle den Arbeits- und Lebensrhythmus, spüre nur diese Polyrhythmen im Bauch, im Kopf, und die lassen mir keine Ruhe, so dass ich mich nicht hineinfinden, ich meine, nicht konzentrieren kann und mich auch niemals werde einlassen, ich meine, konzentrieren können.

Nein, unmöglich, ich kann doch meine Unfähigkeit nicht mit einem Rhythmus begründen, weder mit meinem, noch mit dem aus den blechernen Lautsprechern im Nachbarhaus, oder woher auch immer, aus der Umgebung jedenfalls, der allernächsten Umgebung, das ist so störend, verstörend. Genau. Das erkläre ich, ich sei verstört, und deshalb kann ich hier nicht arbeiten und muss bedauerlicherweise, wirklich, es tut mir sehr leid, und ich wollte wirklich, ich wollte wirklich es wäre anders, aber ich muss aufhören. Ich gebe auf, gehe zurück, dorthin, wo der Himmel grau, die Luft feucht und der Mond richtig herum steht und nicht auf dem Rücken liegt wie hier, wo ich auf dem Rücken liege, unter dem Moskitonetz, damit mich keine Mücken beißen. Dabei gibt es jetzt gar keine Mücken. Das Netz ist überflüssig.

Ich schlage es zurück und atme frei die kühle Nachtluft ein.

Das Radio ist still, die Fledermäuse höre ich nicht mehr, nur den dunkelwarmen Unkenklang vom Fluss her, an dem ich gesessen habe, jeden Abend, vom ersten Tage an, in der Dämmerung, wenn die Mädchen Wasser holen und die Jungen ihre Rinder heimwärts treiben. Ich habe die Sonne untergehen lassen, rotgolden, hier, in meinem Dorf.

Auf der Tagschwelle in der Heja Lodge

I

Am Morgen
füllt Stille die Leere
zwischen den Hütten und Häusern
den Sträuchern und Büschen
zwischen See, Veld und Wolken
ein glasklarer Quader
eine weite Halle
darüber der Himmel
sehr hoch
und weit oben.

Auf meiner Schwelle
hör ich das Steppengras
lautlos beten.

II

Dunkel der Morgen
tonloser Hohlraum
zwischen den Häusern
frostig und klar
mit Sorgfalt umrissen
breit wie das Veld
und lang keine Stunde
ragt er hoch auf
über die Dornakazien
und Gipfel der Berge
zum sternleeren Himmel
in den sehr schnell
die Sonne steigt und
die Stille frisst.

Heimisch werden

Anpassung, da begegneten sich die deutsche Vorbereitungs-leiterin und meine Ärztin in Namibia. Wenn ich einen besonderen Grund hier zu sein habe, dann müsse ich meine Gewohnheiten ändern, sagte sie ernst und erkundigte sich einfühlsam nach meiner Arbeit, meinem Tagesrhythmus und Speiseplan. Ich sei gewohnt, mittags zu essen, aber dazu sei es zu heiß, ich könne hier kein Vesperbrot herunterschlucken, gestand ich.

„Aber hartgekochte Eier", sagte sie, *„oder Nüsse und Trocken-obst".* Und was denn geschähe, wenn ich eine halbstündige Pause ansetzte und mich in dieser Zeit in mein Auto legte oder in den Schatten eines Baumes.

Zurück aus Windhoek ließ ich die Sonne gewähren und wurde nachsichtiger. Meine Ungeduld, mein Bedürfnis nach Perfektion, mein Geschmack und meine Ordnungen hatten das Ankommen behindert, verstörten meine Umgebung und machten mich stumpf gegenüber Neuem. Warum denn müssen Kleider passgerecht sitzen und Wände weiß sein? Zu viel Überflüssiges schleppte ich mit mir herum. Ich streifte eine Gewohnheit nach der andern ab und ließ fallen, was mich beschwerte. Ich gab mir Mühe langsam zu gehen und mich ruhig zu bewegen, ließ Prinzipien Prinzipien sein und fuhr bei Hitze auch 50 Meter mit dem Auto, breitete mittags eine Decke neben meinem Schreibtisch auf den Boden, streckte mich lang neben die überfüllten Kartons und aß die Hähnchenbrust zu Ingwer-Kürbis am Abend.

Was mich ärgerte, ärgerte mich mit der Zeit nur noch im Kopf, bereitete kein Herzklopfen und keinen trockenen Hals mehr. Ich wurde gelassener.

Ongwediva, 15. Juli 1997

Liebe Susanne,

Inzwischen fühle ich mich im ‚open office‘ wohl und freue mich täglich auf das morgendliche Begrüßungsritual: allen Anwesenden drücke ich einzeln beim ‚How-are-you-I-am-fi-ne-what-about-you-I-am-fine-also-how's-the-day?-the-day's-fine-what's-the-weather-like-the-weatehr-is-fine‘ dreifach die Hände. Alle sind - wie das Büro - offen, haben mich freundlich empfangen und ihre Kartons aus der Ecke neben der Tür geräumt, damit mein Tischchen hinein passt. David mag ich besonders, einen humorvollen, herzlichen Engländer, Sonderschulleiter, der wie ich nicht zu Hause auf die Pensionierung warten will. Mit Rose, einer fröhlichen, hellen, jungen Frau, auch aus dem UK, gehe ich nach der Arbeit nach Hause, sie wohnt nur wenige Häuser von mir entfernt, und wir genießen beim Sonnenuntergang (sun down), einen ‚sundowner‘, einen Amarula. Ein schwedisches Ehepaar, hilfsbereit und freundlich, lädt Expats zu Yoga-Stunden und Kulturabenden ein. Freitags wird gemeinsam gekocht und köstlich gespeist, am Sonntagmorgen treffen sich die Bewegungshungrigen zum ‚early-morning-walk‘ durch die Savanne und am

Sonntagabend essen alle Expats, die nichts anderes vorhaben, in Rocha's portugiesischem Restaurant und reden von gleich zu gleich.

In diesem Brief will ich Dir von der Freundlichkeit der Menschen hier erzählen. Als ich mich 1994 für die Aufgabe entschied, fragte ich mich, wie ich als Weiße und Deutsche in Namibia aufgenommen würde, die Kolonialzeit war gerade mal vier Jahre vorbei.

Schon nach dem ersten Tag meines Aufenthalts beunruhigte mich die Frage nicht mehr. Agnes, die Haushälterin meiner Pension, eine junge, sehr hübsche, ruhige Frau, empfing mich im Church Guest House offen und so herzlich, so dass ich mich sofort wohl fühlte. Sie half mir, mich in der Stadt zurechtzufinden, erklärte mir, wie ich mich im Büro des Innenministeriums verhalten sollte, und erzählte von ihrer kleinen Tochter. Nach 14 Tagen war ein freundschaftliches Verhältnis zwischen uns gewachsen, und ich konnte sie fragen:

„Sag mal, ich bin doch eine Weiße und Deutsche und du bist eine Herero und du bist von Anfang an so freundlich zu mir gewesen?" Und sie, ruhig und selbstverständlich:

„Ich mag die Deutschen. Mein Großvater war ein Deutscher".

Ähnlich erging es mir bei Henriette !Gonteb, einer Pfarrerswitwe aus Khorixas:

„Weiße sind nicht gleich Weiße und Deutsche nicht gleich Kolonialherren".

Dass Afrikaner freundlich sind, hat mich bei unserer Asylarbeit für sie eingenommen, und hier bestätigt sich das täglich.

Wer immer an meinem Garten vorbeikommt, Mädchen, Junge,
Mann oder Frau, jedes Kind, alle grüßen. In den Geschäften,
auf der Straße, im TRC, alle haben ein gutes Wort für einander
und sehen sich freundlich an. Statt wie bei uns „Hallo, wie
geht's? Gut, und selbst?" wird hier die oben beschriebene For-
mel „Hello, Madam, (oder in Oshivambo: Memme), how are
you? - I am fine, thank you. And how are you? - I am also
o.k., thank you" überall und immerzu zelebriert. Ob es an dem
mehr an Wörtern, an dem langsamen Aussprechen oder dem
Tonfall liegt, ich fühle Wohlwollen und fühle mich wohl.

Man hilft, wo es nötig ist. Als alleinlebende, rückenkranke Frau
brauche ich keine Angst zu haben, schwer heben und tragen
zu müssen, jeder Vorbeigehende hilft, wenn es nötig ist. Ohne
auf ein Danke oder Trinkgeld zu warten, sind die Jungen ver-
schwunden, die mir meine Seekisten ins Haus geschafft haben.
Fidelis, mein junger Nachbar, hilft mir beim Auspacken. Auf
meiner Terrasse sieht er zerbrochene Tontöpfe.

„Brauchst du neue?" fragt er mich, „ich kann dir welche be-
sorgen, meine Großmutter töpfert." Am Sonntag darauf fuhr
er mit mir zu seinen Großeltern ins ‚Dorf' (homestead), die
Großmutter war noch in der Kirche. Nur der Großvater war
da, aber er konnte mir keinen Topf verkaufen, ich müsse wie-
derkommen, wenn seine Frau da sei, dann werde er mir auch
ein Huhn geben. Ich ließ mir noch das homestead zeigen und
erklären und kam am folgenden Sonntag wieder, bekam das
Huhn und Ovambo-Töpfe erster Qualität, zwei kaufte ich,
einen dritten bekam ich geschenkt; im August solle ich wie-
derkommen, dann werde sie mir einen ganz großen machen,

jetzt sei keine Töpferzeit.

Ihre Tonkrüge verschönern meine Terrasse. In den Sand vor der Terrassenmauer habe ich Sukkulenten gepflanzt, einige scheinen anzukommen. Mit langen, hellen Gardinen, zwei kleinen, bequemen Sesseln und einem sechseckigen traditionellen Holztisch, der nur wenig quietscht, habe ich mich eingerichtet. So bin ich mittlerweile gern in meinem Haus und auch im open office.

Heute Nachmittag kamen zwei Mädchen an meiner Terrasse vorbei und boten Limonen an, die kleinen für 10, die großen für 20 Cent. Ich gab jedem 1 Dollar und nahm mir 4 große und 7 kleine, mehr konnte ich nicht tragen und werde ich so schnell auch nicht verbrauchen. Nein, erklärte die Ältere, für 1 N\$ bekäme ich 5, denn eine koste 20 Cent, und von den kleinen müsse ich 10 nehmen. Sie zählte die Früchte in meinen Händen zweimal genau nach, das seien nur 7! Ich bekam die fehlenden Limonen aufgeladen und noch drei dazu, als Geschenk! Was machte es da schon, dass mir meine Gartenschaufel geklaut worden war und dass, als ich am 24. Dezember einen Reifen wechseln musste, beide Ersatzreifen verschwunden waren!

Die Autowerkstatt hatte am Heiligabend keine Reifen vorrätig. Ich erklärte, dass ich über Weihnachten weg fahren wolle. In nur drei Stunden bekam ich einen neuen Reifen, der eigentlich für jemand anderen reserviert worden war. Aber ich brauchte ihn jetzt, da hilft man.

Ob mir meine Hühner auch gestohlen würden, fragte ich Fidelis.

„Nein, Hühner stiehlt man nicht. Das gehört sich nicht." (That's not in our tradition.) „Wenn man Hühner stiehlt, ist man ein Dieb." Ansonsten lernte ich, ist alles öffentlich Zugängliche für die Allgemeinheit da, wie früher bei uns die Allmende. So traf ich einmal beim Nachhausekommen eine junge Frau mit ihren Kindern in meinem Garten an. Sie pflückten sich die Grenadillen, Passionsfrüchte, von meiner Terrasse.

„Das sind meine", sagte ich ärgerlich.

„O, entschuldige, das wusste ich nicht." Sie legte die Früchte zurück auf den Gartentisch, auch die der Kinder, und ging mit einem freundlichen Gruß davon.

„Die Gartenschaufel musst Du wegschließen", sagte Fidelis, „und den Reifen anketten." Dem Rat folgte ich.

Auf der langen Fahrt nach Swakop nahm ich eine Anhalterin mit.

„Sie kommen aus Ongwediva?" fragte sie mich, „da sind Sie ja schon lange unterwegs, Sie müssen müde sein; soll ich fahren, und Sie ruhen sich aus?" Sie zeigte mir ihren Führerschein, und eine Stunde lang ließ ich mich chauffieren.

Auf der Rückfahrt über Outjo nach Ruacana, auf einer endlos langen, endlos öden Schotterstraße durch immer gleichen Mopanebusch ohne Ortschaften oder Farmen fing mein Bakkie an zu schlingern. Nur eine Sekunde lang hoffte ich, es könne der Sand sein, auf dem man wie bei uns auf Schnee fährt. Aber ich kenne diese eigenwillige Lenkradbewegung schon zu genau, um mich täuschen zu können.

Also halte ich am Straßenrand und besehe mir den Schaden, das linke Hinterrad ist platt. Jetzt stehe ich da, neben meinem Auto, auf dieser Straße durch den Busch im Kaokoland, allein unter der Sonne. Ich blicke die Straße rauf nach Norden und runter, woher ich komme, seit einer Stunde ist mir kein Fahrzeug begegnet. Ich horche in alle Richtungen, aber höre gar nichts, keinen Vogel, keine Ziegen, erst recht kein Motorengeräusch und auch keinen Hund, der die Nähe von Menschen signalisieren würde. Auf ein rettendes Touristen- oder Farmerauto kann ich nicht hoffen. Natürlich weiß ich, wie man Reifen wechselt, selbstverständlich habe ich Ersatzreifen und Werkzeug im Kofferraum, aber zwischen Wissen und Tun besteht ein nicht unerheblicher Unterschied. So stehe ich da neben meinem Mazda und blicke leer ins nirgendwo, habe das Gefühl zu schrumpfen, krame nach meinen Tempos, bin versucht, die Straßenkarte um Rat zu fragen, lege sie ungeöffnet auf den Beifahrersitz zurück, ich weiß, wo ich bin, ,in the middle of nowhere', im afrikanischen Busch. Da knackt es neben mir und aus dem dichten Gestrüpp heraus tritt ein junger Bursche, stellt sich neben mich, sieht auf den geplatzten Reifen und fragt:

„Haben Sie einen Platten?" Ich gucke ihn an, da kommen noch zwei Jungen und einer fragt:

„Haben Sie Werkzeug?" und der andere:

„Wo ist der Ersatzreifen?" Ich öffne den Kofferraum und frage die Jungen, ob sie schon mal einen Reifen gewechselt hätten. Sie schütteln den Kopf, nehmen den Ersatzreifen aus der Halterung und wickeln den Wagenheber aus. Inzwischen haben

sich an die zehn Jungen und auch zwei Mädchen um meine Panne geschart. Kaum mehr als eine Viertelstunde brauchen die drei Erstankömmlinge, diese zukünftigen Automechaniker, um nach meinen Anweisungen den Reifen zu wechseln. Ein vierter, jüngerer, steht aufmerksam dabei, während die anderen Jugendlichen mich und mein Auto begutachten, lachen und schwatzen. Als ich den drei tüchtigen mit je einem Dollarschein danke, sagt der erste, auf den jüngeren deutend, der Kleine müsse auch etwas bekommen. Sein aufmerksames Zuschauen hat den dreien geholfen und muss belohnt werden, lerne ich. Als das geregelt ist und wir alle noch einmal zufrieden auf den gewechselten Reifen schauen, sagt der erste der Burschen zu mir:

„Jetzt sind Sie froh, nicht wahr. Sie hatten ja solche Angst." Ja, merke ich, er hat Recht, und ich staune wieder einmal über das feine Gespür für die Befindlichkeit der Mitmenschen, das ich bei vielen Afrikanern erfahren habe.

Liebe Susanne, habe ich Dir schon Oshakati beschrieben, das Einkaufszentrum für den Norden Namibias und den Süden Angolas? Inzwischen kenne ich mich halbwegs aus. Stell Dir eine Straße im mittleren Westen Amerikas vor, so wie Du sie aus Breitwandschinken kennst: sehr hell, sehr weit, in der Mitte Asphalt, rechts und links breite Sandstreifen, Platz für Fußballfelder, viele bunte Werbetafeln, das ‚Coca Cola Emblem' an allen kleinen Cucashops, herumliegende und fliegende Plastiktüten. Ziegen rupfen an spärlich staubigem Gestrüpp, Esel fressen Pappkartons und Zahnpasta-Verpackungen und Kühe

Zementsäcke. Die Supermärkte erkenne ich an dem Leben davor. Jungen und junge Männer lungern herum und manche strecken einem ihre mit goldglänzenden Armbändern, Reißverschlüssen oder Ledergürteln behängten Arme entgegen. Die Frauen sitzen im Hausschatten auf dem sandigen Boden und verkaufen für 1 N$ Äpfel, Zwiebeln oder Kartoffeln, immer zehn zu einer Pyramide aufgetürmt, manche haben Raupen, marinierten Mais, gedörrten Fisch oder Erdnüsse auf quadratisch zugeschnittenen, bierdeckelgroßen Papptellerchen im Angebot.

Zwei Baumärkte und viele Bottle-Stores gibt es, die ‚Continental'- Supermärkte führen Kleiderstoffe, Kekse, Batterien, die besagten Petroleumlampen und Teller und Becher aus Email, die mir aus meiner Nachkriegskindheit vertraut sind. Ich muss, wie ich es aus der DDR kenne, alle Geschäfte regelmäßig abklappern, um vielleicht doch das, was ich zu brauchen glaube, einmal zu ergattern, und wenn dann irgendwo Gartenstühle oder Kleiderbügel eingetroffen sind, heißt es: sofort zugreifen. Eine Lampenfassung bekomme ich vielleicht bei ‚Cymot', wo's auch Fahrräder und etwas Werkzeug gibt, aber nur vielleicht, man schickt mich weiter in einen Elektroladen, den ich nicht finde.

Zum Glück ist immer jemand da, der mich führt. Mit der Lampenfassung habe ich aber nirgends Glück, nicht einmal in dem Notnagelgeschäft für alle Nöte, für alle Leiden und Schmerzen, der Apotheke. Wenn man etwas braucht, was nirgends zu finden ist, wird man am ehesten in einer Apotheke fündig.

Statt einer Lampenfassung kaufte ich eine Duschhaube, denn

ohne Kappe darf man in keinen Swimmingpool gehen. Nach einer Badekappe fürs Haar fragte ich die Verkäuferin, sie ging und nach einiger Zeit hatte sie eine Duschhaube gefunden. Ich war glücklich und guckte weiter im Laden herum; da kam sie wieder; nahm mir die gelbgepunktete Haube aus der Hand, tauschte sie gegen eine mit roten Punkten und sagte:
„Nimm diese, die ist hübscher."

Hinter der Wildweststraße gibt es einige Quer- und Seitenwege mit den Häusern der südafrikanischen Besatzer aus der Apartheidszeit, in denen heute Wohlhabende und privilegierte Regierungsvertreter wohnen, auch Familie K., bei der ich mich so wohl fühlte. Jedes dieser Anwesen wird von mindesten drei, oft fünf oder noch mehr Hunden bewacht. Ferner hat Oshakati ein Krankenhaus, zwei Hotels, auch für Europäer geeignet, einen Flugplatz für private Flieger, das Militärcamp, in dem mein Kollege Squash spielt, eine Zweigstelle von UNAM, der namibischen Universität, eine Filiale des ‚Namibian', der auflagenstärksten Tageszeitung, zwei Banken, eine winzige, an zwei Nachmittagen in der Woche geöffnete Bücherei nahe dem Ortsrand, dort wo die Straße zum Sandweg wird und Wellblechhütten die Häuser ablösen. Noch weiter draußen, schon in der Steppe, einfachste shacks.
Wichtig ist ‚Omatala', der große offene Markt, auf dem von Autoreifen über Brennholz und Zahnbürsten mit allem gehandelt wird, was Ovambos brauchen. Lampenfassungen gehören nicht dazu. Von hoch gespannten Leinen hängen Bahnen wunderbar bunter Kleiderstoffe herab, ich schlängele

mich zwischen ihnen hindurch, befühle diesen und jenen, da streckt sich mir vorsichtig eine Faust entgegen, öffnet sich und auf dem hellen Handteller liegen blitzende Glassplitter, ‚Diamonds‘, flüstert der Bursche, ‚true diamonds‘. Vielleicht waren es Bergkristalle, habe nicht genau hingesehen, nur den Kopf geschüttelt, da ist er verschwunden. Wer weiß, wenn es ‚grass‘ gewesen wäre, vielleicht hätte ich zugegriffen, es soll unserem Hanf gleichkommen. Mein Nachbar Fidelis kaufte mir hier den Hahn für meine einsamen Hennen und bittet mich eindringlich, nicht noch einmal ohne männliche Begleitung auf den ‚omatala‘ zu gehen.

Einschub: Auf meinen Reisen seit 2003 fuhr ich auch jedes Mal nach Oshakati. Nach dem Ende des innerangolanischen Bürgerkrieges 2002 erhielt der Grenzhandel zwischen Angola und Namibia einen spürbaren Aufschwung, die Wirtschaft floriert, die Handelsmesse in Ongwediva expandiert jährlich. Schon 2005 waren die Hauptstraße vierspurig und an jeder größeren Kreuzung Ampeln installiert. Baulücken wurden geschlossen, und es flogen keine Plastiktüten mehr herum. 2010 war die Stadt nicht wieder zu erkennen: Straßenlaternen, Palmenkübel vor der Apotheke, zum Teil gepflasterte Bürgersteige, schon lange keine Rinder und Ziegen mehr vor den Läden, stattdessen Müllcontainer und Papierkörbe. Die Kleinhändler dürfen ihre Waren nur noch auf den Märkten feil bieten, der berüchtigte ‚omatala‘ ist geschlossen, seit 2007 gibt es einen neuen, eingezäunten und streng kontrollierten 'open market'.

Die meisten shacks sind grell bunten Einfamilienhäusern gewichen, riesige neue Supermärkte, ungezählte Baumärkte, Tankstellen, Versicherungen, aber kein Kino oder Theater.

2017 besuchte ich auch das TRC und wurde überaus herzlich von den drei verbliebenen ehemaligen Kollegen und Kolleginnen begrüßt. Die Fortbildung ist dezentralisiert worden, weniger Menschen arbeiteten hier, keine Ausländer mehr.

Die Region habe bei der letzten Jahresabschlussprüfung landesweit den zweiten Platz belegt, erzählte mir die Chefin stolz. Sie führte mich herum, die Raumnot ist behoben, Platz gibt es reichlich, hell war es, sauberer und ordentlicher sahen alle Räume aus. Auch Transportprobleme gibt es seltener, inzwischen haben Schulleiter und auch die meisten Lehrer ein eigenes Auto. Dank der Smartphones können Informationen schnell weitergegeben werden, technisch ist die Kommunikation untereinander und mit den Behörden einfach geworden.

Liebe Susanne,

noch eine kleine Geschichte: Titel: Wassergeld. Seit dem 1.11.1996 wohne ich im Haus Nummer 2659 der Neubausiedlung in Ongwediva. Die Miete zahle ich dem Besitzer Mr. J. Mutowa, für den Strom kaufe ich Magnetkarten bei der Gemeinde, für Wasser und Abwasser soll ich monatlich eine Rechnung bekommen. Bekomme ich aber nicht, nicht im Dezember, nicht im Januar, noch nicht einmal im Februar. Da schlägt mein staatsbürgerliches Gewissen und treibt mich auf die Gemeinde.

„Guten Tag, ich möchte mein Wasser bezahlen."

Große Ratlosigkeit. Das Haus Nr. 2659 ist nicht im Computer. Ich will trotzdem bezahlen. Ja, sie werden sich kümmern. Namen und Adresse lasse ich zurück und warte afrikanisch angemessen einige Wochen. Im April rührt sich mein Entwicklungshelferinnen-Gewissen. Als solche habe ich dem Staat und seiner Verwaltung zu helfen, wenn nötig auch auf die Sprünge zu helfen. So bin ich wieder auf der Gemeinde und bestehe darauf, mein Wasser zu bezahlen. Die Hausnummer 2659 ist noch in keiner Liste aufgetaucht. Was tun? Warten. Suchen. Reden. Warten. Reden. Warten. Schließlich findet jemand eine Rechnung, ich zahle 48,30 N\$, mein Gewissen freut sich und wartet auf die nächste Rechnung. Doch es gibt keine im Mai und keine im Juni.

Ende Juni komme ich eines Mittags nach Hause, und meine Putzfrau läuft mir aufgeregt entgegen, es sei kein Wasser da.

„Na, das passiert öfter, macht nichts, wenn das Wasser wieder läuft, werde ich fertig putzen."

„Nein, nein, Ma'm. Männer waren da, die haben das Wasser abgestellt. Sie hätten ihre Wasserrechnungen nicht bezahlt."

Da geht mir doch der Sonnenhut hoch. Ich rufe die Gemeinde an, die hat Mittagspause. Ich rufe den Hausbesitzer an, er beruhigt mich, ich solle unbesorgt sein, er werde das regeln. Kurz nach 2 Uhr ruft er zurück, er habe mit der Gemeinde gesprochen, ich brauche nur hinzugehen und alles zu erklären, dann würde das Wasser wieder angestellt. Na gut. Ich gehe zur Gemeinde, und es folgt einer der denkwürdigsten Dialoge in Namibia.

- Mein Wasser ist abgestellt worden.

- Ja, Sie haben die Rechnung nicht bezahlt.

- Ich habe keine Rechnung erhalten.

- Ja, die haben Sie nicht bezahlt.

- Ich kann keine Rechnung bezahlen, wenn ich keine bekomme.

- Wenn die Rechnung nicht bezahlt ist, wird das Wasser abgestellt.

- Aber ich muss eine Rechnung bekommen, um bezahlen zu können.

- Das tut uns leid. Fehler kommen vor.

- Dann stellt das Wasser wieder an.

- Das geht erst, wenn es bezahlt ist.

- Sie haben mir keine Rechnung geschickt.

- Ja, Entschuldigung. Aber Sie müssen bezahlen.

Wenn die Rechnung bezahlt ist, wird das Wasser wieder angestellt.

Es ist Juni und noch sehr heiß, ich schwitze und sehne mich nach der Dusche.

- Sobald die Rechnung bezahlt ist, wird das Wasser wieder angestellt? Gut. Geben Sie mir die Rechnung.

Was soll ich zahlen?

- N$ 1.293,17. - Da geht mein Hut hoch bis an die Decke.

- Wie das? Die monatliche Gebühr beträgt keine 50 N$.

- Das sind 743,17 N$ Wassergeld + 50 N$ Gebühr + 500 N$ für den Wiederanschluss.

Ich will die Rechnung sehen. Die ist im PC. Dann möge man sie ausdrucken. Die PC-Sekretärin sei nicht da. Ob sie das nicht selber machen könnten?

„Das dürfen wir nicht."

„Dann machen Sie jemanden ausfindig, der das darf."

„Das kostet 1 N$ für die Kopie."

Wir rufen den Hausbesitzer an, verhandeln und schimpfen hin und her. Schließlich wird der Besitzer 500 N$ für den Wiederanschluss und 50 N$ für die Bearbeitung bezahlen. Ich soll 743,17 N$ Wassergebühr blechen. Warum 743,17 N$?

Keine 400 N$ dürften es sein, aber meine Sehnsucht nach stundenlangem Duschen hat sich zu einem heftigen Verlangen nach Wasser gesteigert, so dass ich mein Scheckheft heraushole.

„Nein, Schecks nehmen wir nicht."

„Ich werde Geld holen, und dann, bitte, stellen Sie das Wasser wieder an."

„Heute geht das nicht mehr, die Klempner haben Feierabend."

Liebe Susanne, ich denke, das reicht. Oder soll ich erzählen, dass ich weiter auf mein Duschbad verzichten musste, dass ich mir Trinkwasser von den Nachbarn borgte, dass ich noch dreimal auf der Gemeinde war, bis mir einfiel, dass ich mich an die höchste Stelle wenden sollte und mich bei der Bürgermeisterin anmeldete. Sie war sehr freundlich und erklärte mir in einem langen Gespräch,

- dass viele Hausbesitzer, um Steuern zu sparen, ihre Häuser nicht anmeldeten,

- dass die Gemeinde nicht wisse, welche Häuser bezogen seien,

- dass auch das Haus 2659 nicht gemeldet gewesen sei,

- dass in den letzten Jahren so viele Bürger Wasser verbraucht hätten, ohne zu bezahlen, dass die Gemeinde sich schließlich

nicht anders zu helfen gewusst habe, als die Haupthähne aller
säumigen Zahler abzudrehen.

Die im April gezahlten 48,30 N$ seien übrigens nicht für mein
Haus, sondern für ein ganz anderes gewesen. Die Summe wer-
de mit der nächsten Rechnung ausgeglichen.

„Bitte, ärgern Sie sich nicht. Fehler kommen vor." Erleichtert
ging ich duschen.

Noch eine Riesenerleichterung: Für den östlichen Bezirk erhielt
ich die Genehmigung, mit meinem eigenen Auto zu den Work-
shops zu fahren.

Einschub: Im August 1997 bekam ich eine Mahnung, ich wurde verwarnt, weil ich keine Straßensteuern bezahlt hatte. Ich
wusste nichts darüber. 1998 wollte ich pünktlich zahlen. Gleich
im Januar ging ich zur Verkehrswacht. Nein, ich könne jetzt
nicht zahlen. Das Straßensteuersystem werde umgestellt.

„Kommen Sie später wieder, vielleicht im Mai oder Juni."

Liebe Susanne, das Schönste habe ich mir für den Schluss des
Briefes aufgehoben: Seit dem 1. Juli habe ich einen ‚Counter-
part' (= Gegenüber), also einen namibischen Partner für mei-
ne Arbeit. Moses ist 32 Jahre alt, aus dem hintersten Busch,
hat dort, an der Grenze zu Angola, den Krieg erlebt. Er ist ein
besonnener Mann, der mitdenkt, fleißig, einsatzfreudig und
ehrgeizig ist, allerdings mit niedriger Qualifikation. Ich bin
sehr froh, meine Vorhaben mit ihm durchsprechen zu können,

überhaupt jemanden zum Sprechen bei der Arbeit zu haben. Wir beide konnten in ein anderes Büro umziehen, nicht mehr fünfzehn, nur vier Leute arbeiten darin, es ist angenehm ruhig, viel heller und wir haben Platz. Nur dem Schmutz und Staub, den nicht ablaufenden Waschbecken und überlaufenden Toiletten sollten wir zu Leibe rücken, vielleicht. Als ich letzte Woche in Windhoek war, hat Moses meine Katzen, Hühner und Pflanzen versorgt. Nichts ist vertrocknet.

Deine sehr zufriedene Barbara

Die Höhle der Ndonga

Shilongo und ich stiegen durch Dorngestrüpp auf steinigem Pfad bergan zu der Ghaub-Höhle in den Bergen östlich von Otawi. Er ging vor mir, sein Körper gerade gewachsen, aufrecht, kraftvoll, ruhig.

Wir arbeiteten seit einem Jahr einvernehmlich zusammen, ergänzten uns, prüften unsere Papiere wechselseitig, korrigierten und lobten einander, ich als Entwicklungsberaterin seines Projektes. Ich kannte seine schmale Stirn, den feinen Nasenrücken mit den weiten Nasenflügeln und seine schmalen Hände, aber ihn kannte ich nicht. Verschlossen blieben mir seine ebenmäßigen Gesichtszüge, unbeweglich saß er mir an unserem Schreibtisch im Büro gegenüber. Seine Haut glatt wie poliertes Holz, Schutz gegen Vereinnahmung. Er hörte mir zu, beobachtete mich, stellte mir ein Glas Wasser hin, bevor ich sagte, dass ich durstig sei, erklärte mir bedrohliche Geräusche im Busch oder die finstere Miene eines Kollegen, so dass ich meine Ängste verlor. Er achtete meine Vorliebe für Ruhe, stellte mir die notwendigen Arbeitsmittel zurecht und beriet mich vor einem Gespräch mit Vorgesetzten. War er in meiner Nähe, fühlte ich mich sicher in dem fremden Land. Umgekehrt kannte ich seine Befürchtungen und Ziele nicht, nichts las ich in seinen Augen, verborgen war mir der Grund, auf und aus dem er so ruhig lebte. Ich wäre gern eingedrungen zu seinen Innenbildern und schämte mich dieser Neugier ohne Zuneigung. In der Hoffnung, er würde sich auch ein wenig öffnen, hatte ich von meiner Familie gesprochen. Er hatte geschwiegen.

Ich hatte ihn zu mir eingeladen; eine Gegeneinladung war nicht erfolgt. Von der Bedeutung seiner Familie, von den Traditionen der Ndonga, seiner Ethnie, von den Befreiungskriegen, die er als Kind mit- und durchgemacht hatte, wusste ich nichts. Die Ndonga sind wenig zugängliche Leute, bisweilen abweisend, so wie ihr Land mit den Dornakazien, der weglosen Steppe und den heißen Winden.

In der letzten Woche hatte Shilongo überraschend vorge-schlagen, mir die Ghaub Höhle zu zeigen. Schwer zu erreichen sei sie, ein gutes Stück oberhalb meines Wochenenddomizils gelegen, so drei bis vier Stunden Fußmarsch bergan, nach Norden zu. Ich war gespannt, denn ich wusste, dass die Höhle während der Apartheid Verfolgten als Versteck gedient hatte. Auch als Versammlungsraum und Waffenlager war sie genutzt worden. Und ich freute mich über den Vorschlag, denn ich ahnte, wie demütigend es für seine Familie gewesen war, als weiße Menschen den Zugang zu dem Berg erzwangen.

Wegen der Hitze brachen wir früh auf. Shilongo beobachtete alles, die Menschen auf den Hirsefeldern unterhalb unseres Pfads, die Berge und Ziegen, mich. Hier war er aufgewachsen, war mit jedem Baum, jedem Felsbrocken vertraut, die Senken und Bergrücken benannte er, die Wildspuren las er vor, zwei-mal führte er mich einen Wildwechsel entlang. Aus einem Dornenbusch pflückte er ein Kraut heraus und gab es mir, es roch angenehm frisch, aber fremd. Diese Gegend also war Shilongos Zuhause, das Gebirge seine Aura, Teil seines Seins.

Während wir durch wegloses Land wanderten, malte ich mir aus, dass er als Kind mit seinen Geschwistern dem Vater in die Höhle nachgepirscht war, dass die Kinder in den Gängen und Hallen gespielt und geforscht hatten. Ich folgte ihm über Hänge, die für Stunden kein Ende nahmen, wir gingen an Gesteinsnasen und Felskuppen vorüber, deren Namen ich nicht nachsprechen konnte. Wir liefen durch lichten Baumbestand, dann lange Zeit durch den Busch. Ich wurde durstig, er wartete, solange ich trank. Wortlos ging er weiter, mit federnden Schritten, schwingenden Armen, weich in den Hüften, bis er endlich irgendwo an dichtem Gestrüpp vor einer Felswand anhielt, sehr gerade dastand, fest auf dem felsigen Grund, der Blick ins offene Land. Mit einer Handbewegung hieß er mich stehen bleiben und ruhig sein, er schaute lange. Dann wies er unbestimmt über die gleichförmige Gegend und sagte leise, wie zu sich selbst: Ndongaland. Ich sah nur Hügel, Büsche, glatten Fels.

In der Felswand hinter uns ein senkrechter Riss. Die wilden Dornen wehrten sich gegen meinen Zutritt, kratzten mich heftig, zausten mir das Haar, hielten mein Bein fest und zerrissen meine Jeans. Shilongo umging das Gestrüpp seitlich, strich sanft über das widerborstige Gezweig, griff unter haariges Gebüsch, hob es an, zog es langsam auseinander, bis es seinen Widerstand aufgab und wir hindurchkamen. Er stieg auf einen Felsvorsprung, schmiegte sich an den glatten Stein, erreichte den schmalen Spalt, schob sich hinein und kam zurück, um mir zu helfen. Ich rutschte auf Knien, er hievte mich hoch, zog mich nach oben vor die Öffnung. Ich schöpfte Atem, zwängte mich seitlich mit der Schulter voran in den Felsgang, drang ins Unbekannte vor und tiefer ins Höhleninnere, kam in eine dumpf feuchte Schwärze, die mir sekundenlang die Sinne nahm. Ich hielt inne, rang nach Luft. Schwüle bewegte sich um mich, strich mir leicht über die Stirn und die Augen, war an Wangen und Hals zu spüren. Über meinem Haar ein leises, kaum wahrnehmbares Rauschen, Huschen und Flattern, wehte endlich meine Befangenheit fort, befreite die Sinne, so dass ich den beißenden Geruch wahrnahm von frischem Kot, abgelagert auf hart gewordenen Exkrementen, Kot, hundert-, tausend-, aber tausendfach geschichtet, zu Stein gewordenen in den vielen Zeitaltern der Erde seit dem Eozän im Tertiär vor mehr als 50 Millionen Jahren. Shilongo zündete Kerzen an und erleuchtete den Raum, aus dem wir, die Eindringlinge, Scharen von Fledermäusen und Flughunden gescheucht hatten. Es war eine Art Vorhalle oder Vorhof, überraschend weit mit unzähligen Wölbungen, Bögen, Neben- und Seitenhöhlen, Löchern, schrundigen Wänden, glitschig feucht je tiefer wir hineingingen. Hier roch es weniger scharf, eher fremdartig, faulig und frisch. Feuchtigkeit fühlbar an den Wänden und unter den Sohlen. Dann ein dunkler See, groß, in Stein gefasst. Wir kauerten nieder, blickten ins spiegelnde Schwarz, tauchten die Hände ein. Da blitzte was auf, flitzte herum, zuckte, blinkte hell hier entlang und dort weg, bleiche embryonenhafte Wesen, Larven, winzige Lurche, aus der Tiefe vorschnellend und in sie hinabstoßend, über- unter und durcheinander, die kreuz und die quer, lichtes Gewirr, Sekundenblitze, silbrige Kommas, erneutes Aufwühlen, Rucken, Schwinden und Leuchten, ungeordnet, andauernd und lautlos, endlose Lust, auf der Suche nach Nahrung, Paarung, Wachstum und Wandlung. Nichts war zu fassen, keines zu fangen, ich wusch meine Hände, meine staubigen Füße und fühlte mich leben.

Shilongo hatte einen weiten Gang erleuchtet. Konsolen ähnelnde Stalagmiten, gleichmäßig in langer Reihe gewachsen, wurden sakrale Kerzenhalter. An ihnen vorbei führte er mich ins Innerste, ins Heiligtum, den Ahnensaal, einen Dom von herrschaftlicher Größe und Tiefe, Ehrerbietung und Andacht fordernd, Stalagmiten vom Umfang eines tausend Jahre alten Baobab, Stalaktiten wie die Streben von Notre Dame, eine Halle voll Macht, Dunkel und Stille. Hier hatte Shilongos Großvater seinen Enkeln von den Urgroßeltern, den Vorfahren und Ahnen gesprochen, hatte ihnen die Geschichte von der Größe und den Geheimnissen der Ndonga feierlich weiter gegeben und hatte ihnen eingeschärft, dass Geheimnisse geheim sind. Wir gingen herum zwischen den Säulen, kühl, im gedämpften Licht, Bernsteinglanz im Kerzenschein, kein Ende, keine Begrenzung erkennbar, weiter und höher stieg der Blick aufwärts, folgte gebieterischen Türmen hinauf in endlose Schwärze; schweifte über bizarre Formen, majestätische Throne, Diwane und Baldachine, Stufen, Treppen, Balkone und Brüstungen, Girlanden, golden schimmernd. Frei ging ich umher, heiter und leicht wurde mir, alles war geordnet und richtig an seinem Platz, seit Ewigkeiten gewachsen, für alle Zeiten ruhend, Raum und Schutz gebend. Hier war gut sein.

Shilongo drängte zum Aufbruch. Als wir ins Nachmittagslicht traten, blickte ich in sein offenes Gesicht, die Augen spiegelten das Land ringsum. Auf dem Rückweg standen die Büsche in kräftigem Grün, die Erde wurde rostrot, die Felsen warfen scharfe, dunkle Schatten, Felsvorsprünge leuchteten weiß hervor. Die sinkende Sonne spielte bernsteinfarben auf Shilongos Haut, Ruhe strömte von ihm zu mir herüber, er führte mich heim.

Himmelwärts in N.

Heraus. Heraus aus dem Gewühle in der Hauptstadtstraße, dem Gestottere von Rot zu Rot und wieder Stopp. Heraus aus dem Gehupe am Ausspannplatz, aus dem Gedröhn in der Unterführung. Gedrängel vor der Zapfsäule, wie lange das dauert. Rauchende Arbeiter auf Reifenbergen neben Schrottfahrzeugen, verbeulte Farbeimer und Eisengitter, Baustahlmatten. Dieseldunst dringt durch die geschlossenen Lüftungsklappen. Endlich geht es voran. Sechsspurig die Ausfallstraße.

Lange fahre ich neben Natodraht bewehrten Mauern entlang, ab und zu geschlossene Eisentore, Wachmänner sitzen dösend davor; über einem blüht der Jacaranda hellblau. Die Straße wird vierspurig.

In der Vorstadt umsäumen hölzerne Zäune die Grundstücke. Korallenbäume leuchten vor bunt getünchten Häusern, Männer auf weißen Plastikstühlen, Kinder schreiben in den Sand, ein Junge wässert die Geranien in den Marmeladeneimern mit einem grünen Gartenschlauch. Die Straße zweispurig.

Als sich die Stadt öffnet, verliert die Straße den Mittelstreifen. Ich kurble alle Fenster herunter.

Die Matchbox-Häuser halten Abstand, drängen sich bei der Pumpe umeinander. Wenige Ziegen, der Bock steigt am Feigenbaum auf. Jeans und T-Shirts zwischen den Zweigen.

Frauen sitzen beschattet im Sand, flache Bastkörbe auf dem Schoß, Kleinkinder um sie herum, ein Hund bellt. Ich schalte das Radio aus.

Die Wellblechhütten bleiben zurück. An der schmal gewordenen Straße keine Bankette. Ich halte die Mitte, lasse den gestikulierenden Anhalter stehen, öffne das Verdeck weit, spüre den heißen Wüstenwind im Gesicht, am Hals und an den Armen. Mein Mund trocknet aus. Ich horche auf das Summen des Motors und fahre auf Sonne spiegelndem, silbernem Band schnurgerade, bis das Lenkrad vibriert. Schluss mit Asphalt, weiter auf Schotter, durch Mulden und Senken, über karge Ebenen voll sperriger Akazien, über Hänge und Hügel mit Felsbrocken und Euphorbien, und überall Geröll. Telegrafenmasten die ständigen Begleiter. So fahre ich drei lange Stunden auf den Himmel zu.

Als das Gelände ansteigt, hoppelt mein Auto durch Schlaglöcher im Kiessandweg ächzend aufwärts, nach Kurven geht es steil in die Höhe. Stacheliges Gestrüpp kratzt an der Fahrertür und greift durchs Fenster nach meinem Arm. Krähen künden den Gipfel an. Meine Nasenschleimhäute spannen, die Augen jucken, das Herz pocht. An der Sternwarte halte ich an, steige in lichte Unendlichkeit, wachse hinein in den Himmel, spanne meine Arme weit, weite die Flügel in mir und atme Lust. Ich singe lautlos bis in die Nacht, bis die Flughunde fiepen und mir Sternschnuppen zufallen.

Savanne

Ich trinke das Gelb
aus der Staude am Wegrand
presse es in die Samen-
kapsel des Anabaums
in seine grob gebogene
pelzige Schote wo
die Sehnsucht keimt
und Früchte bringt.

Ich pflücke den Duft
von den Zweigen
zerreibe zwischen
den Fingern das Harz
des Kameldorns herb
und fremd streiche
ich Borken in die
Linien der Hände
schreibe mein Land
in ihre Flächen
wieder und wieder.

Daan Viljoen

Kiesel knirschen
unter den Sohlen
millionenfach springen
aus stumpfem Staub
silberne Körnchen
mir in die Augen
zerfallender Feldspat
zeugt von Gondwana
vom Werden der Erde
auf der ich gehe
während der Wind
mir unter die Arme greift
wird das Steigen leicht
fällt von den Schultern
die Hitze des Mittags
zerstäuben Erinnerungen
zu glitzerndem Feinstaub.

Schließlich haben wir eine Hierarchie

Fast ein Jahr hat es gedauert, bis ich mich wohl fühlte, wo ich war, bis ich diese neue Welt nicht mehr als angereiste Europäerin besichtigte und ihre Seltsamkeiten registrierte, sondern frei wurde, mich in sie hineinzubegeben, und von innen her die geltenden Ordnungen verstehen lernte. Soweit es mir möglich und zuträglich war, richtete ich mich in ihnen ein. Mein Counterpart Moses hat mir dabei sehr geholfen.

So fuhren wir nach Oshigambo, um dort einen Workshop für die Kolleginnen und Kollegen der umliegenden Schulen abzuhalten. Ich begrüßte die Rektorin und sah auf ihrem Schreibtisch zufällig meine Einladungen für eben diesen Workshop liegen.

„Sie konnten die nicht verteilen?" fragte ich und wies auf den Stapel.

„Ich habe den Inspektor nicht erreicht", erklärte sie.

Ich sah sie verständnislos an, hatte ich doch geglaubt, den Verteilungsprozess zu vereinfachen, als ich die Einladungen direkt an die Schulen adressierte, denn so kämen sie nicht erst in den großen Posthaufen der Region, hatte ich mir überlegt, sondern gleich an die zuständigen Adressaten.

„Nein, du musst immer zuerst den Inspektor benachrichtigen", erklärte mir Moses. Die Rektorin pflichtete ihm bei, wenn ich die Einladungen über den Inspektor geschickt hätte, hätte sie sie sofort an die Kollegen und Kolleginnen der umliegenden Schulen verteilt. Die circuit-inspectors müssen alles wissen, schrieb ich mir als Merksatz in mein Tagebuch und prägte mir

die Rangfolge ein: Region – Bezirk – Kreis - Dorf. Die Hierarchie bestimmt alle Organisationsfragen. Wende dich an den Vorgesetzten – ein Schlüsselsatz zur Lösung von Problemen überhaupt, zum Umgang miteinander, für eine gute Atmosphäre, für was auch immer, wende dich an den Chef.

Dummerweise waren meine Vorgesetzten, als ich im September im TRC ankam, abwesend. Jason Mbodo, der Chef des TRC, war auf einem Workshop in Okahandja. Anschließend nahm er an einem Treffen in Windhoek teil, dann in Swakopmund, dann in Südafrika, dann in… ich weiß es nicht; wochenlang war er unterwegs. Auch die Direktoren der Bezirksverwaltung und ihre Vertreter besuchten Workshops in Windhoek oder Okahandja oder in Südafrika oder in China. Meine Bezirksvorgesetzte war vier Wochen in Sambia.

Das Bedürfnis nach Reisen verstand ich. In den Jahrzehnten der Apartheid waren die Menschen in ihrem Homeland eingeschlossen, nicht einmal Kontakte zu Kollegen innerhalb Deutsch-Südwest-Afrikas waren möglich gewesen, von allem waren sie abgeschnitten, vom Ausland sowieso. Unter Lebensgefahr hatten nur SWAPO-Mitglieder als sehr junge Menschen in den 70er oder 80er Jahren die Grenze nach Angola überquert, um für die Freiheit ihres Landes zu kämpfen. Anschließend hatten sie in Sambia, Ägypten, Moskau, Leipzig, auch in Schweden oder Groß Britannien studiert. Seit sechs Jahren gab es gottseidank die Reisefreiheit, und das genoss man zu Recht ausgiebig.

Als ich meine Bezirksvorgesetzten Ende November 1996 kennenlernte, mochte ich sie und unterhielt mich gern mit ihnen.

Jasons Führungsstil war der kollegialste, die Atmosphäre im TRC war entspannt, in den Kreis- und Bezirksämtern ging es formaler, auch hoheitlicher zu.

Ongwediva, Oktober 1997

Liebe Susanne

Diesmal liest Du von meinen Erfahrungen mit sozialen Rollen. Zwei Bezirke betreue ich: Ondangwa East und Ondangwa West. In Ondangwa East bespreche ich die Anzahl und Dauer der Workshops, die Transportprobleme, also alles Organisatorische mit Mr. K.. Er macht sich zu jeder meiner Bemerkungen eine Notiz, legt sie in die entsprechende Ablage, wo sie nicht liegen bleibt, nein, sie wird tatsächlich bearbeitet. (Fast immer). Für Fachfragen zu ‚Social Studies' ist Ms. S. zuständig, sie hat Zeit für mich, notiert sich ebenfalls alles, kommt am folgenden Tag, wirklich schon nach einem Tag! persönlich oder telefonisch auf meine Angelegenheiten zurück, erklärt mir genau und sachlich, wie etwas anzufassen sei oder warum etwas nicht gehe, und hilft mit ihren Möglichkeiten, so schnell sie kann.

In Ondangwa West ist es anders. Zu den Schulbesuchen darf ich nicht wie in East mein eigenes Auto benutzen, sondern soll mich im Regierungsfahrzeug chauffieren lassen. Zu keiner Veranstaltung bin ich bislang rechtzeitig gekommen! Besagte Transportprobleme. Deshalb bat ich den Direktor schriftlich um die Erlaubnis, mit meinem eigenen Wagen fahren und entsprechende Kilometerpauschalen abrechnen zu dürfen, sonst, mit einer Drohung hoffte ich, meiner Bitte Nachdruck zu verleihen, würde ich meine Fahrten einstellen müssen. Den Direktor hatte ich als netten, älteren Patriarchen kennen gelernt, gebildet und freundlich, ich hatte mich bei gelegentlichen Treffen gut mit ihm unterhalten. Aber wie reagiert so ein freundlicher Diktator, wenn ein Problem auftritt? Er lenkte ab von den immer verspäteten Fahrern und kaputten Autos, wich dem Problem aus, fiel stattdessen über die Lehrer im allgemeinen her und griff mich an, machte mir Vorhaltungen, ich hätte doch.... und müsste... mein Plan, wo sei der eigentlich?... Na, kennst Du sowas? Wir haben uns einmal über derartige Chef-Allüren unterhalten und überlegt, ob es besser sei, den Knüppeln auszuweichen und sie ins Leere fliegen zu lassen, oder zu einer Mauer zu werden, von der die Geschosse auf den Angreifer zurückprallen, was hieße, meine Drohung wahr machen, wozu mir mein deutscher Mathe-Kollege riet. Ich wechselte erstmal das Thema und fragte, ob ich die Einladungen für Workshops anstatt in das Bezirksfach gleich in die Fächer der Schulen legen könne, das sei doch einfacher und gewährleiste eine schnellere Zustellung. Er:

„Nein. Da kann ja jeder kommen. Dazwischenfunken geht nicht. Schließlich haben wir eine Hierarchie."

Liebe Susanne, Gottseidank ist er eine Ausnahme. Die meisten Vorgesetzten hören den Mitarbeitern zu und helfen. Eines Morgens, als ich mir im Büro Tee aufgießen will, finde ich meinen Becher nicht, einen schönen Becher aus feinem Ton, dünnwandig, erdfarben, ein Stück Zuhause, groß aber nicht zu groß. In den Pausen erhole ich mich mit diesem Becher in meinen Händen von Hitze und Staub und Geschwätz. Ich frage die Kollegen und Kolleginnen im Büro nach meinem Becher, das werden die Putzleute gewesen sein, wird mir prompt erklärt, die nehmen schon gern mal was mit, wenn's ihnen gefällt. Ich wende mich an die zuständige Putzfrau. Nein, sie weiß nicht, von was für einem Becher ich spreche. Ich gehe zum leitenden Putzmann. Nein, er glaube nicht, dass jemand den Becher genommen habe, aber wenn ich darauf bestehe, werde er nachfragen. Am nächsten Tag: Nein, es tue ihm sehr leid, keiner der Putzleute kenne meinen Becher. Ich bitte ihn, doch noch mal zu suchen, es komme ja vor, dass man etwas verstellt,...

„Okay, Madam." Mir zu liebe ist er dazu bereit, aber am nächsten Tag, sie hätten alles sehr gründlich durchsucht, mein Becher sei nirgends zu finden.

„Du musst dich an den Chef wenden, der kann das regeln, ohne dass jemand das Gesicht verliert", rät Moses. Und ich wollte es gerade ohne den Vorgesetzten in Ordnung bringen.

„Nein, das geht nicht", sagt Moses. So wende auch ich mich an Mbodo und erzähle ihm, wie sehr ich an diesem Becher hänge. Am nächsten Morgen steht er wieder auf meinem Schreibtisch. Das Rollenverständnis regelt das Miteinander, in der Regel zum Vorteil der Gemeinschaft, aber auch mal zum Nachteil einzelner. Moses, meinem Counterpart, geht es hier in Ongwediva viel besser als in seinem Dorf. Oft musste er ohne Frühstück und ohne Schulbrot den zweistündigen Fußmarsch zur Schule antreten und bekam erst bei der Heimkehr, bei Dunkelwerden, eine Mahlzeit.

„Warum hast du dir kein Frühstück gemacht", fragte ich.

„Das geht nicht", erklärte er mir, „Frühstück ist nicht in unserer Tradition und wenn, bereiten Kinder es zu, aber oft schliefen sie noch, wenn ich losging, oder sie hatten etwas anderes zu tun". Ich verstand ihn nicht.

„Ich kann doch nicht in ihren Aufgabenbereich eindringen", erklärte er mir.

Man lässt die Mitmenschen sein, wie sie sind, und tun, was sie wollen. Getadelt wird nicht. Man möchte eine angenehme Atmosphäre haben, das ist wichtiger als ein Frühstück. Von Afrikanern in Deutschland wusste ich schon, dass viele Frauen ihre Männer nicht in der Küche, in ihrem Herrschaftsbereich, dulden und dass sie irritiert waren von der sozialen Alltagskontrolle bei uns. (Helgard erzählte mir, dass die Namibier gern tratschen, vielleicht wird über anderes geschludert als bei uns.)Ich beobachtete zwei Bauarbeiter, die Betonziegel gossen: einer mischte Beton, Sand und Wasser und goss den Brei in Formen, die der zweite gereinigt und bereitgestellt hatte. Als der zweite austreten ging, konnte der erste nicht weiterarbeiten, weil keine Form bereitstand. Es verstieße gegen die Ordnung, nähme sich der erste selber eine Form. So geht es auch in Behörden und Betrieben zu. Fehlt jemand, bleibt die Arbeit liegen. Kein Wunder, dass ich ein Vierteljahr auf meinen Scanner warten musste.

Liebe Susanne, in starren Hierarchien verkommt Bürokratie zum Bürokratismus. Die volkswirtschaftlichen Folgen werden von vielen (wie vielen?) erkannt. Der Jahresrückblick 1996/97 der Schulbehörde war sehr kritisch, die tüchtige Direktorin

Ms. S., sie hat übrigens in Schweden studiert, beschrieb das Problem ungeschönt. Ein erfrischend klares Wort und ein deutlicher Tadel. Der Erziehungsminister hatte für die kommenden Jahre die Dezentralisierung der Verwaltung angeordnet und die Ausarbeitung eines entsprechenden Programms gefordert. Ein Beamter aus Windhoek war zu uns in den Norden gereist und erklärte, was wann und wie dezentralisiert werden solle. Er wusste gut Bescheid und sprach klar, verständlich und eindringlich, fand ich. Aber viele Zuhörer fragten, aus welchem Grund denn diese Dezentralisierung sein solle und wozu überhaupt. Ihnen fehlten die notwendigen Kapazitäten, sie hätten weder die Erfahrung, noch genug Geld für neue Aufgaben. In Diskussionen war der Experte aus Windhoek weniger geschult als im Referieren, er wiederholte nur immer wieder sein Statement: das Ministerium hat es bestimmt.

Herzliche Grüße, Barbara

Lust auf Ordnung

Ongwediva, 20. März 1998

Liebe Susanne!

Von Hierarchien habe ich im letzten Brief berichtet. Rangordnungen regeln das Miteinander. Ordnungen geben Sicherheit, und sie zu befolgen kann lustvoll sein, so lustvoll, wie das Aufreihen von Perlen aus Straußeneierschalen. Das Ergebnis ist schön, und je ordentlicher umso wertvoller, die Gemeinschaft zollt Ansehen und Achtung. Auf den Märkten liegen hundert aus Ebenholz geschnitzte Brieföffner liniengerade nebeneinander und ebenso viele Holzelefanten stehen exakt nach Größe geordnet dahinter. Wohin ich blicke, die Schuhe, Seifen, Sonnenbrillen, T-Shirts, Kugelschreiber, Büstenhalter, Armbänder aus Elefantenhaar, alles ist exakt auf Linie und im rechten Winkel ausgerichtet. Die Apfel- und Apfelsinenpyramiden habe ich schon beschrieben. Aus winzigen, ärmlichsten Hütten kommen die Herero-Frauen vollendet schön gekleidet in den weiten vierfach-Röcken mit gebauschten Puffärmeln und gehörnten Hauben oder die Damara mit den gequilteten Schürzen und kunstvollen Turbanen. Wenn die Haare nicht mehr frisiert sind, trägt man eine Mütze. Um alle Hütten, auch in den Slums, ist der Sand sorgfältig gefegt. Eine Tutorin kommt in der Vortragspause auf mich zu, sagt 'Tschuldigung', und rückt meinen Anhänger in die Mitte der Kette.

Die Homesteads sind nach einer strengen Ordnung gebaut, im Ovamboland immer rund, im Kavango quadratisch, von Zäunen aus mannshohen Stöcken umgeben, deshalb Stockhäuser.

Bei den Ndongas stehen neben dem Eingang die Hütten für die Jungen, der männliche Nachwuchs soll ein wachsames Auge auf alle Hineinkommenden haben. Dann die Hütten der Mädchen, im Zentrum die Hütte der Mutter (oder ersten Frau) mit einem Eingangsloch, das den Eindringling auf die Knie zwingt. Wie das interpretiert werden kann, überlasse ich Dir. Daneben die ‚heilige' Stätte für besondere Festlichkeiten, die Vorstellung des Neugeborenen oder den ersten Trunk für Neuvermählte. Im hinteren Teil des Homesteads sind drei ‚Küchen' (Feuerstellen), eine für die Frau und den täglichen Gebrauch, eine für Feste und eine für den Mann, in der er Getränke zubereitet. Sein Bereich ist durch den Mittelgang von dem der Frauen getrennt. Wichtig ist ihm sein Raum für Besucher und Versammlungen, darin sitzt er an der Stirnseite, rechts von ihm die Söhne und männlichen Verwandten, links die Gäste. Seine Schlafhütte befindet sich neben dem Viehkral vor den Erntesilos.

In allen Homesteads, die ich kennengelernt habe, fühlte ich mich wohl, entspannte ich mich. Man sitzt auf dem Boden im Schatten, mir wird der namibische Einheits-Plastikstuhl gebracht, durch die Stockwände weht eine leichte Brise, die Sonne malt bewegte Schattenbilder in den Sand, die im Zaun hängenden Kalebassen rasseln, und wenn man großes Glück hat, läuft an der gegenüberliegenden Wand das Glückstier der Ovambos entlang, eine Schildkröte. Nirgends liegt etwas herum, keine Kleidungsstücke, kein Papier, keine Cola-Dose. Es gibt Regeln, es herrscht Ordnung, ich finde meine Ruhe in mir. ‚Our tradition, our tradition' heißt es allerorten allezeit. Die verschiedenen Stämme folgen unterschiedliche Traditionen. Traditionen fördern Identität und Selbstbewusstsein, sie werden als etwas Heiliges gepflegt, acht Jahre nach der Kolonialzeit, in der die Muttersprache nicht unterrichtet wurde, christliche Lieder die afrikanischen ersetzten und kulturelle Tänze verächtlich gemacht wurden. Meine namibischen Nachbarn bedauern, dass in Stadthaushalten Traditionen nicht mehr streng eingehalten werden. Sie sind stolz auf das Erbe der Ahnen und ihre Zeremonien.

Die Ovambos sind in der Tat Meister der Zeremonie, zum Beispiel bei Hochzeiten. Mein Nachbar Fidelis kam zu mir, sein Bruder heirate am 16., ich sei eingeladen, ich möge doch bitte kommen. So habe ich meine erste Hochzeit hier miterlebt, eine katholische, recht ,westliche'. Als ich zur Kirche kam, fand ich fünf oder sechs Brautpaare mit ihren Familien, Freunden und Brautjungfern vor der Kirche. Sie tanzten, sangen, jodelten und schwangen ihre großen, schwarzen Eselschwanzwedel, um die bösen Geister zu vertreiben oder nur so, weil sie sich freuten. Die Bräute in aufwendig langen weißen Kleidern mit Schleiern und künstlichem Myrtenkranz, die Schar der Brautjungfern immer einheitlich gekleidet, in Fidelis' Familie Grün, andere in Gelb, Blau, Orange. Der Gottesdienst mit vielen inbrünstigen Liedern dauerte. Danach gab es bei der Brautmutter einen Imbiss: Mahangubrei und Huhn. Ich durfte neben den Brautleuten sitzen und mit ihnen aus der Festtagsschüssel essen, mit den Händen natürlich, die Waschschüssel war vorher gereicht worden. Die Mutter segnete das Paar im Namen der Vorväter und Ahnen. Wie feierlich die Zeremonie war, spürte ich auch, ohne die Worte zu verstehen. Danach verabschiedete sich die Braut vom mütterlichen Homestead und man fuhr im Hochzeits-Korso zum Homestaed des Bräutigams. Etwa 200 Meter davor stiegen Brautpaar und Brautjungfern aus den Wagen und Brautjungfern, Frauen und einige Männer tanzten und sangen mit dem Brautpaar auf das Homestead zu. Das waren rhythmische Stampf- und Schreittänze zu improvisierten Texten immer um das Brautpaar herum, oft komisch. Der Vater war im traditionellen Kilt mit Pfeil und Bogen dazwischen. Ich hatte den Eindruck, dass die Brautleute in ständigem Wechsel festgehalten und weggeschoben, aufgehalten und fortgeschickt, zurückgezogen und verjagt, behindert und ermutigt wurden. So hemmten und drängten die Tanzenden, zwei Schritte vor und einen zurück, das Brautpaar in die Ehe hinein.

Nein, erst einmal unter den Festbaum auf die Ehrenplätze. Die Gäste lagerten sich in mehrfachen Halbkreisen vor den Brautleuten in den Sand, Reden begannen, Bibellesung, Auslegung, Gebet, Gesang, die Pastorin zuerst, als zweiter das Familienoberhaupt, der Dorfälteste als dritter, dann der Ehrengast und weitere Gäste. Die Schwester servierte dem Paar den Brauttrunk, erst trank sie selbst, bewies so, dass der Trank nicht vergiftet war, dann trank die Braut, danach der Bräutigam. Jetzt die Geschenke: in rosa Kräuselröcken mit Ketten aus Straußeneierschalen und Elfenbeinknöpfen um die Hüften tanzten die Frauen des Dorfes mit den traditionellen Gaben heran, den Körben und Tontöpfen für den Hausstand, und setzten sie vor dem Paar ab. Dann kamen die Gäste mit großen, in glänzendes Geschenkpapier gewickelten und mit Riesenschleifen drapierten Paketen heran, sprachen einem formvollendeten Glückwunsch und warfen eine Münze in den Korb. Um sechs Uhr, als es dämmerte, konnte endlich das Festmahl beginnen. Das Brautpaar und die Trauzeugen an der schmalen Festtafel, dem Paar gegenüber auf dem Boden die alten Frauen, rechts neben ihnen die Männer, weiter hinten die Kinder, nach Geschlechtern getrennt, links der Tisch für die Ehrengäste. Mir wurde mit zwei anderen Gästen und dem ‚Councellor‘ (Ratsherrn) aus Windhoek das Essen in einem gesonderten Raum auf einem Tisch mit Tischdecke, Edelporzellan und Besteck serviert, drei Sorten Fleisch und drei sehr leckere Salate, dazu erfrischendes Mahangubier. Das Ende des Festes habe ich nicht miterlebt, es wird bis in die Morgenstunden gedauert und seine Fortsetzung in den nächsten Tagen gefunden haben.

Anbei weil Dich Frauenfragen interessieren: auf den Hochzeiten waren Frauen die häufigsten Rednerinnen. Die Frauen spielen eine wichtige Rolle hier, auch im öffentlichen Leben, in Ongwediva haben wir eine tüchtige Bürgermeisterin, in der Schulbehörde eine tüchtige Direktorin, der reichste Mensch im Ovamboland ist eine Geschäftsfrau, Oberhaupt eines Stammes ist in der Regel ein Mann, aber wenn die Frau klüger sei, erklärte mir Moses, kann sie zum ‚king‘ gewählt werden.

Bei einer meiner Veranstaltungen sagte ich in der Pause so nebenbei zu einer Kollegin, dass immer nur die Männer reden, die Frauen leider gar nicht. ‚Stimmt‘, sagt sie, ‚wir haben ja jetzt die Gleichberechtigung und können auch reden. Nach der Pause werde ich mich beteiligen‘. Und so geschah es; sie nahm an der Diskussion teil, mit wertvollen, langen Beiträgen.

Es grüßt Dich herzlich Barbara

Im folgenden Jahr besuchte ich die Hochzeit von Fidelis Schwester und während der nächsten Jahre noch die Hochzeiten von zwei meiner Tutoren. Die Zeremonien glichen einander, variierten nur wenig entsprechend den finanziellen Mitteln. Eine Hochzeit oder Beerdigung kann länger als eine Woche dauern. Die Schädel der geschlachteten Rinder schmücken den Eingangsbereich der Homesteads, je mächtiger und ausladender das Gehörn umso bedeutender die Familie. Ein Brautkleid kostet 800, 1.000 oder mehr N$, also ein Rind. Deshalb kann meist erst im Alter von 30 oder mehr Jahren ans Heiraten gedacht werden. In der Regel ist dann ein Kind vorhanden, Beweis für die Fruchtbarkeit der Braut, Fruchtbarkeit ein nachvollziehbarer Wunsch bei einem Stamm von ein paar Tausend Menschen und der namibischen Nation von nur etwas mehr als zwei Millionen Mitgliedern.

Bei einer San Community

Thekla Kelbert arbeitete als Ethnologie Studentin bei WIMSA (Working Group of Indigenous Minoroties in Southern Africa) für San Communities. Sie half den San sich zu organisieren, damit sie in dem jungen Staat als Minorität anerkannt wurden und Unterstützung bei der Schaffung von Erwerbsmöglichkeiten, bei der Schulbildung, beim Schutz von natürlichen Ressourcen und im Gesundheitswesen erhielten. Thekla war ein Sprachengenie, sie hatte nicht nur sehr schnell Afrikaans fließend sprechen gelernt, sondern auch zwei oder drei Klick-sprachen der San Ethnien. Das half ihr, eine gute Beziehung aufzubauen, und so konnte sie uns, ihren Freundinnen aus der Entwicklungshilfe, unvergessliche Einblicke in die San-Kultur vermitteln. Wir besuchten sie in Omatako in der Oma-heke Region an einem Wochenende im Mai 1998, nachts war es bitterkalt, tagsüber fast 30° heiß. Die San wohnten auf einer Lichtung in Grashütten, lebten von den Früchten des Busch-lands, einige hatten einen Job bei Farmern der Umgebung oder in Grootfontein. Ob sie heimlich jagten, weiß ich nicht. Als wir ankamen, saßen Frauen vor ihren Hütten, schnitten und schliffen Perlen aus Straußeneierschalen oder nähten perlbestickte Ledertäschchen. Pat musste lange bitten, bis sie ein Beutelchen kaufen durfte.

Bushman-walk

Am späten Nachmittag folgen wir einem San und seinem Schüler auf der Nahrungssuche. Zuerst die Schotterstraße ent-lang, leicht hügelan, rechts und links Buschwerk, Büsche so-weit wir blicken, ostwärts, westwärts und voraus, hellgrünes Zeug, mal höher, mal dichter, dornig, stachelig, struppig, hart, die Buschsavanne, das Zuhause der Buschleute.
Irgendwo biegt der Alte nach Westen ab, zieht seine Jeans und das T-Shirt aus, packt die Sachen in seinen Ziegenfellbeutel und im Hemd und traditionellem Lederkilt geht er hinein ins

Dickicht. Der Boden neigt sich, aus dem Kalkgestein wächst hartes Holz, Gestrüpp mit fingerlange Dornen, kein Weg, kein Pfad. Wir mühen uns Meter um Meter voran, kämpfen gegen die Zweige, Dornen greifen in unsere T-Shirts, verhaken sich im Haar. Eine von uns hält das Gesträuch für die folgenden zur Seite, es schlägt der letzten gegen den Bauch. Wir straucheln im Gezweig wie von Schlingpflanzen gefangen. Der Busch wehrt sich gegen unsere Zudringlichkeit. Der San vor uns blickt sich nicht um, hält nirgends an, geht sicher und rasch, hakt niemals fest, biegt nichts zur Seite, seine nackten Glieder gleiten geschmeidig hindurch, vertraut mit jedem Gestrüpp. Mich hält etwas zurück, ein Band vor meiner Brust, ein starker Strang aus vielen Fäden, dick wie kräftige Angelleinen, sind von einem wuseligen Wollmäusenest, einem kindskopfgroßen Spinnengespinst zwischen den Büschen gespannt. Wie es mich anstrengt, die nylonfesten Fäden zu zerreißen. Der San vor uns teilt den Busch wie Delphine das Meer, wie Wellen schmiegen sich die Sträucher um ihn.

Als die Sonne das Lindgrün vor uns in Oliv verwandelt, hält er bei einem der vielen Büsche an, froh, gerade diesen gefunden zu haben. Er weist uns auf besondere Blätter hin. Wir erkennen nichts. Der Boden ist hier rot, kein schiefriger Kalk mehr, aber genauso hart. Er kniet nieder, nimmt den Grabstock aus dem Beutel, stößt ihn in die Erde und beginnt sie aufzurühren, in ihr herumzuwühlen. Als sie gelockert ist, gräbt er, und gräbt tiefer, scharrt mit den Händen roten Sand aus dem Loch. Er streift sein Unterhemd ab und legt sich mit bloßem Oberkörper auf den Boden, buddelt, scharrt, gräbt sich bis zum

Ellenbogen an einer Wurzel entlang hinein in die knochenharte Erde. Noch tiefer, bis der Oberarm verschwunden und nur die Schulter zu sehen ist. Dort unten fasst er etwas, reißt daran und zieht mit dem Arm eine Wurzelknolle aus dem Grabloch heraus. Noch auf der Erde liegend, gibt er die Knolle seinem Jungen, kommt hoch, schüttelt knapp den Sand von Körper und Händen und geht, ohne Pause, weiter eine Senke hinab.

„Er ist nicht zufrieden, diese Wurzel ist nicht gut, es hat zu wenig geregnet", sagt der Junge, unser Dolmetscher. Er zeigt uns die Cassava ähnliche Frucht, groß wie ein Fuß und graubraun. Er bricht sie auf und isst von dem weißen, faserigen Fleisch. Wir dürfen kosten, ich beiße hinein, wie in einen Kohlrabi, und mein Mundraum füllt sich mit herb frischem Saft.

„Wasserspeicher für Antilopen", erklärt der Junge, *„in Trockenzeiten gut für uns zum Kochen."*

Noch zweimal hält der Alte an und gräbt sich wieder bis zur Achsel in die steinharte Erde, Schwerstarbeit. Der Junge bekommt auch diese Wurzeln zu essen, er muss lernen, wie er sie findet. Denn selten ranken, ähnlich wie unsere Winden, an Büschen die unscheinbaren Triebe mit dem lanzettlichen Blattwerk. Auf diese schmalen Blättchen hatte der Alte bei dem ersten Busch hingewiesen, wir hatten sie übersehen. Sie zeigen die tief im Boden wachsende Knolle an. Mit zunehmendem Genuss kauen wir. Der Alte isst nichts.

Eine leichte Brise kommt auf, streift unsere hitzemüden Gesichter, greift in die Buschkronen und bewegt die Blätter.

In weichen Wellen fließen sie dem Abendlicht zu, nehmen den dunklen Körper des alten Mannes mit sich durch den Busch; in eins mit seinem Weg gleitet er uns voraus. Wir stapfen mit zerkratzten Waden und Armen hinterdrein. Als wir das Camp erreichen, beginnt die Nacht.

Schamanentanz

Das Feuer lodert seit einer Weile in der Mitte des Dorfplatzes durch die schwarzdunkle Nacht. Frauen, Männer, Jugendliche und Kinder kommen herzu, setzen sich im weiten Halbkreis vor die Feuerstelle in den Sand. Auch wir wollen den Medizinmann tanzen sehen und hocken uns dazu. Er kauert lange in sich versunken im Bannkreis des Feuers. Unsere Taschenlampen stören, wir löschen sie. Das Feuer brennt kräftig, niedrig. Dicht dahinter stehen sechs Frauen, der Chor. Wir hören ihre Stimmen sehr hohe Töne singen, fremde Klänge, ihre Hände klatschen einen harten Zweiertakt.

Der Medizinmann richtet sich langsam auf, lockert den Körper, den Rumpf und alle Glieder. Irgendwoher nimmt er ein Döschen, öffnet es und cremt Beine und Arme ein, dann den Bauch, den massiert er lange und immer wieder. Anschließend betupft er die Chorfrauen und San-Zuschauer mit seiner Creme an den Ohrläppchen, Nasenflügeln und Stirnen, um die Sinne zu wecken.

Dann steht der Tänzer still auf seinem Fleck, zwischen den

Frauen und dem Feuer. Nochmals massiert er den Bauch, da fängt sein Lendenschurz an zu vibrieren, die Perlenschnüre rasseln leise, dann stärker und heftiger zum Ostinato-Klatschen des Chores. Schneller zittert der Körper von den Hüften abwärts in die Oberschenkel hinein, in die Knie und bis in die Fersen. Die Füße bleiben fest im Sand verankert, Kopf und Scheitel streben dem Himmel zu. Die Perlenschnüre rasseln lauter und lauter. Der Gesang wechselt in einen Dreivierteltakt. Plötzlich ein Sprung über das Feuer, mit schnellen Schritten an den Zuschauern vorbei steht er wieder vibrierend, rasselnd, klirrend zum Crescendo des Chores an seinem Platz. Auf einmal hechtet er zur Seite, springt sehr hoch, greift in die Nacht, fängt - einen bösen Geist und wirft ihn, einem durch die Nacht fliegenden Funken gleich, weit hinter die Hütten ins Gebüsch. Könnte der Schamane auch ohne Feuer tanzen? Nein, ich glaube nicht. Mir scheint, er ahmt den Funkenflug nach, zuckt und streckt sich, springt auf und fällt wie die Flammen in sich zusammen, gewinnt neuen Schwung, neue Grazie, wiegt und wendet sich im Flammenrhythmus.

„Weiter. Du musst weiter werfen", rufen Zuschauer. Und der Tänzer fängt einen Geist nach dem andern, manche Geister entgleiten ihm, manchmal greift er ins Leere, aber eine große Zahl fasst er und wirft sie hoch und höher mit den nun auflodernden Flammen immer weiter fort in die Nacht hinaus.

Ein zweiter, jüngerer Tänzer erhebt sich aus der Reihe der Zuschauenden, sammelt sich minutenlang vor den brennenden Scheiten, gerät dann in Bewegung, schneller und heftiger als der Alte, näher am Feuer und noch flammenähnlicher, prasselnd und zuckend. Der Chor wechselt die Tonart, die Schellenschnüre, Klänge wie von einer Glasharfe, führen nun, die Frauenstimmen sekundieren. Die hohe, monotone Eingangsmelodie entfaltet zu einem dreistimmigen Gesang, der Alte, sein Schüler und die sechs Frauen. Mal bannt der Chor alle Aufmerksamkeit, dann wieder die rasanten Verrenkungen der beiden Körper. In immer kürzerem Wechsel führen mal die Sängerinnen, dann einer der Tänzer, schließlich alle beide, immer schnellere Bewegungen folgen, hin und her rucken ihre Glieder, die des Jungen heftiger und härter als die des Alten. Mein Körper mag die Vibrationen gar nicht, wehrt sich aber vergeblich gegen die Übergriffe von Klängen und Rhythmen mit dem Verlangen, sich auszustrecken und die Augen, vor allem auch die Ohren, zu verschließen. Neugierig und gebannt durch die fremde Welt verharre ich.

Da schlägt der Junge hin, bleibt reglos am Boden. Frauen kommen herbei, setzen ihn in eine Entspannungs- und Ruhestellung und halten ihn eine Weile. Kurz darauf tanzt er erneut, ekstatisch mit dem Funkenflug in der Nacht. Der Tanz gilt einem Kranken der Community, der Medizinmann vertreibt durch seine Erregung die bösen Erreger. Die gesamte San Gemeinschaft nimmt Anteil und unterstützt mit ihren Zurufen die Austreibung und hoffentliche Vertreibung der Krankheit. Wir sind vergessen.

Nach fast drei Stunden ziehe ich mich zurück. Noch lang höre ich im dicken Daunenschlafsack auf meiner Luftmatratze die hohen fremden Stimmen der Frauen, das Rasseln der Perlenketten und vor meinen Augenlidern zucken helle Funken.

Arbeitsbeginn

Development is coming soon, die Entwicklung kommt bald, dieser Slogan steht metaphorisch für die Situation, in die ich hineinrutschte und von der ich erzähle. Riesengroß stand er auf einer Werbetafel an der Abzweigung der B1 im Ovamboland zum Etosha Nationalpark bei Andoni. Das Gate war 1996 und in den Folgejahren noch geschlossen, an dem Schild kam ich bei jeder Fahrt nach Tsumeb und Windhoek vorbei. Es wirkte damals als Versprechen: wartet, bald wird die Etosha für euch geöffnet, bald werdet ihr, die Ovambos, vom Norden aus hineinfahren können, ihr werdet den Eintritt bezahlen können, denn es wird euch gut gehen, und außerdem: bald werdet ihr in euren Dörfern Strom, Fernseher und Wasserleitungen haben, bald wird es überall Asphaltstraßen geben, werden neue Schulen gebaut, bald…

Inzwischen sind mehr als 20 Jahre vergangen und dieses Gate ist geöffnet, Schulen sind gebaut, Straßen asphaltiert und Dörfer mit Strom versorgt worden. Was sich neben materiellen Errungenschaften getan hat, wie sich die Menschen, einheimische wie Ausländer, Ovambos wie andere Ethnien, Lehrende, Gewerbetreibende, Menschen in Führungspositionen und Mittellose entwickelt haben, mögen Interessierte weiterhin in den Medien oder im Land selbst erkunden. Viele Veränderungen erfüllen mich mit Bewunderung und Hochachtung, manche auch mit Sorge.

Entwicklung wurde als etwas gesehen, dass nach der Unabhängigkeit ankommen würde wie ein Zug, und von Entwicklungshelfern, wie ich eine war, wurde, bewusst oder unbewusst, erwartet, dass sie diese Entwicklung in ihrem Reisegepäck hätten und nur auszupacken bräuchten. Als ich in Gesprächen ausführte, dass Entwicklung ein Prozess sei, der auch in Europa andauere, dass wir uns in Deutschland auch weiter entwickelten, wurde mir erstaunt entgegengehalten:

„Warum das denn? Ihr seid doch schon entwickelt."

Die ersten Erfahrungen für meine Arbeit sammelte ich ein paar Tage nach meiner Ankunft auf der bereits erwähnten nationalen Fortbildungstagung für Social-Studies-Tutoren in Okahandja. Ich fuhr durch ein doppelt gesichertes Eingangstor auf ein weites Campusgelände mit Bungalows, Tagungshallen aus südafrikanischen Zeiten und Büros zwischen alten Bäumen und gepflegten Rasenflächen, Blumenrabatten und Wegen, auf denen Francolinhühner scharrten. In der Empfangshalle des Instituts, in der sich die festlich gekleideten Lehrerinnen und Fachvorstände trafen und ihre Fahrkosten erstattet bekamen, mäandrierte eine Schlange fast durch den gesamten Raum und baute sich vor einem Tisch noch weiter auf. Ich trat heran und hörte aus den heftigen Diskussionen heraus, dass es um irgendwelche Punkte ging, verstand aber nicht recht das Was und Warum. Später erklärte mir Helgard, dass die Tagungsteilnahme den Lehrkräften mehr oder weniger Punkte für ihre berufliche Qualifikation einbringe, und um diese wurde gerungen. Qualifiziert waren, als ich 1996 ins Land kam, nur wenige Lehrer und noch weniger Lehrerinnen. Die meisten hatten zu unterrichten begonnen, nachdem sie selbst ihre Schulzeit beendet hatten. Sie waren 6, 8 oder 10 Jahre in ihrem Homeland zur Schule gegangen und hatten nicht viel mehr als schreiben, lesen, ein wenig rechnen und Religion gelernt. Wer eine Missionsschule besucht hatte, war besser dran, denn dort konnten auch Schwarze die Hochschulreife erlangen. Nur wenige Lehrer und Lehrerinnen hatten also studiert und die Besoldung der nicht Qualifizierten war gering, sie verdienten schlechter als Taxifahrer, kaum mehr als Putzleute. Etwas Qualifiziertere verdienten etwas besser, mit jedem bescheinigten Zertifikat und bei Tagungen erworbener Punkte erhöhte sich das Gehalt. Wer eine abgeschlossene Ausbildung vorweisen konnte, wurde gut besoldet. Ein kompliziertes und wirksames Fortbildungssystem (BETD = basic education teachers' development) war seit zwei Jahren in Kraft. Berufsbegleitend mussten die Lehrer und Lehrerinnen Wochenendkurse und Tagungen besuchen, Hausarbeiten schreiben und Prüfungen ablegen. In wenig mehr als einer Dekade ist es Namibia dadurch gelungen, an allen Schulen voll ausgebildete Lehrkräfte einzustellen und in der Mehrzahl auch zu verbeamten.

Dies Feilschen um Punkte und die Pausengespräche über die Verhältnisse in den Schulen lehrten mich, dass mir viel Organisation und viel Verwaltung bevorstanden! Das hatte ich nicht erwartet. Ich würde für Transport, Unterkunft und Verpflegung sorgen und Gelder beschaffen müssen.

Man erwartete von mir Abhilfe, wenn in den Schulen Bücher, Tafeln und Schreibzeug fehlten, von Landkarten ganz zu schweigen. (Durch die Unterstützung der deutschen Botschaft konnte ich in meinem zweiten Jahr 50 Schulen mit je einer Namibia, einer Afrika und einer Weltkarte versorgen.) Und was war zu tun, wenn die Kinder nach ein bis zwei Stunden Fußmarsch in der Schule vor Hunger einschliefen? Oder gar nicht zur Schule kamen?

Auf dieser Veranstaltung in Okahandja waren die Lehrer und Lehrerinnen alle sehr freundlich, oft zurückhaltend, manche extrem schüchtern, aber äußerst lernbegierig, wenig diskutierfreudig, dafür gewissenhaft, eifrig, schnell fertig, Fachkenntnisse fehlten. Meine Lust wuchs, mit ihnen an ihrer Qualifikation zu arbeiten, einer Mammutaufgabe, merkte ich, doch dafür war ich ins Land gekommen.

Von Oktober 1996 an veranstaltete ich mehrtägige Workshops für Tutoren und Tutorinnen, die dann ihr Wissen an Kollegen und Kolleginnen in den Kreisen weitergaben, wobei ich sie unterstützte und auch schon mal selbst unterrichtete, wenn ich darum gebeten wurde. Zuerst einmal musste ich mein Aufgabenfeld kennenlernen.

Ongwediva, 22. November, 1996

Liebe Susanne,

ich habe die ersten Schulen und ‚resource centres' (Lehr- und Lernmitteldepots) besucht. Darunter hatte ich mir etwas sehr anderes vorgestellt als die Klassenräume, die zu einem weiten Rechteck angeordnet in die Sandlandschaft gesetzt sind; aus Lehmziegeln erbaut, mit zerbrochenen Fensterscheiben und auch mal herunterhängenden Dachlatten. Klassenräume: etwa 20 - 30 m² für 40 bis 50 ‚learners', eine zu kleine, schadhafte Tafel und abgewetztes Mobiliar.

Im ersten ‚resource centre' steht ein Konferenztisch, an dem in kleinen Gruppen gearbeitet, gelesen, geschwätzt wird. Der Rektor ist nicht da, seine Vertreterin führt mich herum, schließt die beiden Büchervitrinen im Flur des Forschungszentrums auf, eine für Unterrichtswerke, das waren ein paar Lesebücher, gerade mal zwei Geschichtsbücher, ansprechende, fand ich, kein Geografie- oder Social Studies Buch. In der anderen Vitrine so zwei Dutzend Leihbücher. Ob sie lese, fragte ich die Kollegin. Ja, gern. Was sie zuletzt gelesen habe? Sie sucht das Buch heraus, eine Abenteuergeschichte, Großdruck, 70 Seiten.

Für die Fahrt ins zweite Zentrum war ein Allrad (4-Rad-Antrieb) anzuraten; die tiefe Sandpiste führt an einigen Wellblechhütten und Viehkrals vorbei durch hellgrünes Buschland, eine Erholung für die Augen. Mahangu-Felder werden bestellt, Jungen hüten Ziegen, Mädchen helfen beim Säen; Schule ist nachgeordnet. Die Rektorin ist gerade im Schulamt, der junge Konrektor freut sich, dass er mir alles zeigen kann. In dem größten Raum stehen etwa 60 Tische und 100 Stühle die kreuz und die quer, an die ,Stühle' von Ionesco musste ich denken. Nur eine Fortbildungsveranstaltung habe in diesem Jahr stattgefunden, aber als Sitzungssaal nutze die Gemeinde den Raum mehrmals monatlich. Die Tür zum Store-Room (Abstellkammer) ist offen, ein Over-Head-Projektor, ein Karton mit einem Videogerät, - ob es funktioniert? ein leerer Karton, im zweiten Karton ein Klassensatz eines schönen naturkundlichen Bilderbuchs, von wem gespendet? ob es benutzt wird? Eine Kollegin zeigt mir ihre Sammlung an Werkstücken, Holzpfeifen und Löffel, lustige Schnitzereien, Paviane, Zebras, Stoffpuppen, ein Xylophon, hölzerne Spielzeug-Viehtröge wie im Freilichtmuseum in Molfsee, eine Gitarre aus einem Blechkanister, eins der bekannten afrikanischen Draht-Autos. Ich staune, Du hättest Deine Freude daran. Leider habe sie keinen Platz, keinen Schrank für die Dinge. Zusammengestaucht in einer Nische verstaubt alles. Ich rege eine Ausstellung im TRC an. „Ja gern, - but what about transport?" fragt die Kollegin.

Ich frage, ob sie die Bilderbücher hier in dem Karton benutze. Die sind ihr noch gar nicht aufgefallen. Sie blättert, fängt an zu lesen, liest sich fest, ich verabschiede mich.

Im nächsten Zentrum sieht es am dürftigsten aus. Abgelegen im Busch mit Stöcken umbaute Räume, in denen es zwar schattig ist und der Wind angenehm kühlt, aber auch den Sand in die Taschen, Bücher, Haare und Augen weht; in der Regenzeit muss der Unterricht ausfallen. Ich treffe einen amerikanischen peace-corps Volontär. Das sind Freiwillige des von Kennedy initiierten Friedensdienstes, die als Aushilfslehrer an vielen Schulen eingesetzt werden und bei den Behörden beliebt sind, weil sie dem Lehrermangel abhelfen, ohne etwas zu kosten. In den Dörfern sind sie weniger beliebt, ihre Lebensweise, ihr legerer Umgang mit den Dorfältesten und vor allem ihre knappen Shorts sind schwer zu tolerieren. Der junge Amerikaner wohnt bei der Rektorin, die gerade unterwegs ist. Er lässt kein gutes Haar an ihr, sie müsse ersetzt werden, sofort, erklärt er mir. Kurze Zeit später kommt sie und begrüßt mich kurz. Ich möchte mit ihr sprechen, sie flieht. Mein Chauffeur erzählt mir auf der Rückfahrt, dass sie ein Überbleibsel des alten südafrikanischen Apartheid-Regimes sei. Irgendwo müssten diese Leute ja bleiben. Sie könne kaum Englisch, deshalb habe sie Reißaus genommen. Der junge Amerikaner mag seine Nase rümpfen, wir Deutschen kennen das Problem.

Das letzte Zentrum gefiel mir, es war hell, sauber, geordnet. Eine wache, interessierte Konrektorin zeigte es mir. Auch hier findet nichts mehr statt, was sie bedauerte. Die für Fortbildung Verantwortliche sei mit Büroarbeiten und einer zusätzlichen Klasse belastet, erklärte sie, und sie selbst vertrete den Rektor und arbeite auch noch als Sekretärin.

Olivia und Elina, die beiden Social-Studies-Lehrerinnen, wurden geholt, sie haben ihre Bücher unterm Arm, wir unterhalten uns. Ob sie Social-Studies gern unterrichten, frage ich.

Olivia: „Oh ja, die Kinder mögen das Fach."

Ich: „Gibt es Schwierigkeiten?"

Elina: „Ja, die Sprache, viele Kinder verstehen die englischen Wörter nicht. Letztes Jahr haben wir mit etwas Englisch angefangen. Die sind ja noch so jung, die Kinder, erst zehn oder elf."

Ich frage die beiden, was denn nicht verstanden werde.

„Civics. Was bedeutet civics?"

Bürgerkunde ist ein zentrales Kapitel im Social Studies-Lehrbuch. Es brauchte wohl eine halbe Stunde, bis Olivia und Elina mit meinen Erklärungen zufrieden waren. Später höre ich von einer Angolanerin, dass es für diesen Begriff in keiner afrikanischen Sprache ein Wort gibt.

Anderes, was ihnen fremd sei, frage ich weiter.

„How to find out about history", - also die Einführung in Geschichte.

„Und was verstehen die Kinder dabei nicht?"

„How to measure the past and the future."

„Was heißt measure?"

„Was ist future?"

„Was ist past?"

„Und was soll damit sein?"

Ich fange an die Wörter zu umschreiben, suche nach Beispielen, frage, was sie aus der Vergangenheit wissen. Keine Antwort. Ich nenne ihren Nationalhelden, Hendrik Witbooi. Keine Reaktion. Der Unabhängigkeitskrieg, ob sie davon wüssten. Fünf Jahre sei er her, also vergangen, ,in the past'. Ja, das wissen sie. Der gehöre nun der Vergangenheit an, wiederhole ich, und nach weiteren Beispielen und Erklärungen scheinen Worte und Begriffe verstanden zu sein und auch mit einer Vorstellung verbunden. Abschließend, nur noch mal so, frage ich noch nach ihren Großeltern, ob die noch lebten?

Elina: Nein, die sind tot, also in der Zukunft.

Zeit ist physikalisch ziemlich eindeutig messbar, soviel ich weiß, aber mehrdeutig zu verstehen und vielschichtig wahrnehmbar. Spannend wird es, wenn unterschiedliche Vorstellungen von der Bedeutung von Zeit, wenn unterschiedliche Wahrnehmungstraditionen und messbare Wirklichkeit aufeinander treffen oder gegeneinander stoßen oder möglicherweise ineinander übergehen, sich überlagern und sich vermischen. Auf der Heimfahrt nach dem Treffen mit Olivia und Elina, deren verstorbenen Großeltern in der Zukunft auf sie warten, fallen mir Gespräche mit Gérome, dem Asylsuchenden aus Zaire, ein. Wir hatten viel diskutiert und viel erzählt und auch unseren Umgang mit Zeit beschrieben und verglichen. Dabei erklärte er mir einmal, ich weiß nicht mehr, wie wir darauf kamen, dass es in seiner Sprache, in Lingala, für die Begriffe ‚gestern‘ und ‚morgen‘ nur ein Wort gebe. Wie das lateinische Wort ‚altus‘, dachte ich, das sowohl ‚hoch‘ als auch ‚tief‘ bedeutet. Um was es sich handelt, ob um den Vortag oder den kommenden, wird in Lingala aus Zusatzwörtern, aus der Situation oder dem Zusammenhang deutlich.

Ich lebe hier in sehr anderen Zusammenhängen als in Deutschland, und auch in einer anderen Zeit. Darüber komme ich ins Grübeln. Der Zeitenlauf ist messbar und im Kalender zu beziffern, der Tages-, Jahres- und Lebens-Kreislauf schließt sich und beginnt immer von neuem. Wenn ich an die Zeit der Kolonisation, der Apartheid und Freiheitskriege denke, stelle ich mir keine Jahre vor, sondern Zustände, Kämpfe und Menschen. ‚Alles hat seine Zeit‘, heißt es beim Prediger Salomo, spielen, essen, träumen, kämpfen, leiden, lieben... das alles hat SEINE

Zeit, also haben auch ‚transport' und ‚warten' IHRE Zeit. Das gibt es, es ist, es existiert, übersetze ich mir. Wenn ALLES seine Zeit hat, dann haben auch ALLE ihre Zeit, die jeweils eigene, also der Chauffeur, der Putzmann, mein Counterpart. Sie arbeiten in ihrem eigenen Rhythmus, und wenn ich mit ihnen zusammenarbeiten will, muss ich bereit für je IHRE Zeit sein.

Ich arbeite zielgerichtet. Für mich hat das meiste, was ich tue, ja das Leben überhaupt, ein Ziel, ein Ende, auf das es zusteuert. Ich glaube an eine linear verlaufende Zeit. Ich glaube, aber weiß ich es? Steht der Zeitenlauf im Widerspruch zum ZEIT HABEN? Also davon, im Besitz von Zeit zu sein? Wie die Zeitdiebe bei Momo? Wenn man aus der Zeit herausfällt oder bewusst heraustritt, beim Meditieren, das mir kaum je gelingt, wo bleibt dann die Zeit? Und wenn es gelingt, - wie befreiend keine Gedanken zu denken, keine Gefühle zu empfinden, sondern ganz leer zu werden, nicht zu dämmern oder zu dösen, sondern außerhalb von Raum und Zeit zu sein, SEIN zu empfinden – erstrebenswert. Afrikanern gelingt das leichter als uns, ist mein Eindruck. Welche Zeitvorstellungen kennst Du noch? Die zirkulare ergibt sich aus der Beobachtung der Planetenbahnen und des Naturkreislaufs und führt bei manchen Menschen zum Glauben an eine Wiedergeburt. Klar, dann sind die Toten in der Zukunft. Für die beiden Lehrerinnen ist Zeit nichts linear Vorübergehendes, sondern vermutlich ein sich immer wiederholendes Kreisen.

Ich kann mir Zeit auch als einen Raum vorstellen, in dem ich mich relativ frei bewegen kann, der mich manchmal auch einzwängt, so dass mir wie in einer Gefängniszelle oder gar wie in einem Korsett vorkomme. Dann wünsche ich mir Zeit als etwas, das ich handhaben kann wie ein Werkzeug, wie etwas, das mir zur Verfügung steht und über das ich verfügen kann. Oder gibt es den großen Zeit-Topf, in dem alles gleichzeitig herumschwimmt? Einzelne zeitgenössische Künstler malen das Nacheinander von Ereignissen nicht in einer Bilderfolge wie im Comic oder im nebeneinander wie auf mittelalterlichen Altarbildern, sondern übereinander, so dass das Gewesene durchscheint im Gegenwärtigen, so dass hinter dem Offensichtlichen ahnungsweise Früheres oder Anderes, möglicherweise auch Kommendes erkennbar wird. Was fällt Dir zu Zeit ein, liebe Susanne, schreib es mir doch mal,

bis dahin grüßt Barbara

Einschub: Die Vorstellung der Gleichzeitigkeit alles Seienden ist mir in philosophischen Aufsätzen letzthin mehrfach begegnet. All dies sind Vorstellungen, die sich auf Wirkliches beziehen, auf Tatsächliches zurückgreifen, nicht die Wirklichkeit selbst, so wie ich in diesen Erinnerungen meine Vorstellungen von dem, was gewesen ist, niederschreibe, nicht die Dinge, Menschen oder Ereignisse, also die Zeit als solche, präsentiere.

Drei Minuten

Das Postamt von Oshakati ist in einer flachen Baracke an einem quadratischen Sandplatz in einer Nebenstraße untergebracht. An den meisten Tagen der Woche öffnet es vormittags so etwa drei Stunden. Ich betrete die niedrige Verkaufshalle, um meine Rundbriefe nach Deutschland zu schicken. Viele Frauen in bunten Kleidern mit Kleinkindern an der Hand und Babys auf dem Rücken, einige Soldaten, zwei Männer in dunklen Anzügen, kaum Platz zum Treten. Dass die Leute hier so viel schreiben. Die meisten heben Geld von der Postbank ab. Das dauert. Ich sehe auf die Uhr. Nach 32 Minuten bin ich dran und lege meine fünf Briefe auf den Tresen. Die Beamtin nimmt den ersten, geht zu der Waage an der Rückwand, 58 Gramm, sagt sie im Zurückkommen. Sie nimmt den zweiten Brief, geht zur Rückwand, wiegt, 58 Gramm, dann geht sie mit dem dritten, und wieder: 58 Gramm; den vierten und fünften Brief trägt sie auf einmal zur Waage. Jeder der fünf Briefe wiegt also 58 Gramm. Ich blicke auf die Uhr. Jetzt sucht sie die Preistabelle. Auf dem Tresen liegt sie nicht, auch nicht in der Schublade darunter, nicht im Seitenfach und nicht im Hochschrank. Dann hat sie doch die Tabelle in den Händen, wird aber von jemandem unterbrochen, der dringend etwas braucht, was sie suchen und aushändigen muss, bevor sie mich weiter bedienen kann. Dann sieht sie mich an, hat auch die Preistabelle zur Hand und findet schließlich die Rubrik Ausland – Europa – Deutschland, 50 – 100 Gramm: 6 namibische Dollar und 50 Cent. Also 5 mal 6,50 N\$ gleich 32,50 N\$ zeigt der Taschenrechner. Ich lege 50 N$ hin, und weil ich beobachtet habe, dass sie kein Kleingeld hat, noch 2,50 N$, und sage, „*Geben Sie mir 20 N$ zurück.*" Sie zückt den Taschenrechner.

„*Nein, 17,50*", sagt sie. Ich weise auf die 2,50 N$ und wiederhole: „*Hier 2,50 N$, also 20 N$.*" Sie zeigt mir den Taschenrechner, ich zeige auf die Münzen, sie auf den Taschenrechner. Schließlich verliert sie die Geduld, geht in den Nebenraum und kommt mit dem Wechselgeld zurück und ich stecke meine N$ ein.

Draußen im Schatten des Marulabaums sitzt eine Frau und bietet Orangen an, immer vier zu einer kleinen Pyramide gestapelt. Mein Kopf ist noch im Postamt, ich habe über meine Zeit Buch geführt:

 7' Wiegen der 5 Briefe
 3' Suchen der Preistabelle
10' Unterbrechung
 8' Suche in der Preistabelle
 2' Betrag ausrechnen
 2' Wechselgeld ausrechnen
 5' Versuch, die Wechselgeldrückgabe zu beschleunigen
 3' suchen nach dem Wechselgeld
Gesamt: 40 Minuten plus 32 Minuten Warteschlange kostet das Aufgeben der Briefe.

Ich kaufe zwei Orangen und beginne eine zu schälen. Die Marktfrau sieht mir zu, schüttelt leicht den Kopf, nimmt ein

Messer, schneidet eine Frucht durch, legt den Kopf in den Nacken und zeigt mir, wie man den Saft aus der halben Frucht in den Mund drückt, reicht mir die andere Hälfte und wischt sich mit dem Handrücken den Saft aus dem Gesicht. Ich tue es ihr nach, sie sieht mir zu und lacht, lacht herzhaft, ausgelassen, wirft mir ihr Lachen ins Orangensaft verschmierte Gesicht und ich weiß nicht, ob ich das Gelächter mit dem Saft von Lippen und Kinn ins Taschentuch wischen will oder ob es haften bleiben soll.

Genauso warf mir Moses sein Lachen ins Gesicht. Moses, mein freundlicher Counterpart, als er in meiner Küche stand und mir beim Teeaufgießen zusah. Ich stellte die Eieruhr.

Was ist das? fragte er.

Eine Eieruhr.

Wozu?

Um die Zeit zu messen.

Welche Zeit?

Wie lange der Tee zieht.

Wie lange? fragte er.

Drei Minuten.

Da prustete er, lachte los, es lachte aus ihm heraus, gurgelte die Tonleiter rauf und runter, hell und laut, rüttelte ihn, dass er in die Knie ging, vor Freude auf der Stelle hüpfte und aus der Hocke heraus sein Lachen in einem weiten Bogen auf mich herab schüttete. Wie eine warme Dusche rieselte es angenehm an mir herunter und machte mich frei und weich. Allmählich ging es in ein Giggeln und Kichern über und verebbte in einem leisen Glucksen. Als er sich später verabschiedete, schüttelte er freundlich den Kopf.

„Drei Minuten. Ich werde dich Drei-Minuten nennen", lachte er mich ausgelassen an.

Workshop Geschichte

Angeregt durch das Gespräch mit Elina und Olivia, den beiden wissbegierigen Frauen, die ‚past'und ‚future' unterscheiden lernen wollten, behandelte mein erster einwöchiger Workshop ein historisches Thema: die Geschichte des südlichen Afrika. Dabei wurde der Begriff ZEIT eingehend diskutiert. Zu Beginn stellten wir uns in einen großen Kreis und gingen vom Frühling im Oktober-November, wenn der Jacaranda aufblüht, zum Sommer, der Regenzeit im Dezember und Januar, wenn der Mahangu gepflanzt wird, weiter zum Februar und März, wenn es hoffentlich viel regnet, damit der Mahangu ordentlich wächst. Von dort zum April und Mai, der beginnenden Trocken- und Erntezeit, um schließlich nach dem Winter, der Dürre im Juni, Juli und August, den Kreislauf von neuem zu beginnen.

Danach öffneten wir den Kreis zwischen Dezember und Januar und stellten uns in einer langen Linie, ließen dem Januar die übrigen Monate eines Jahres in gerader Linie folgen, und noch einmal zwölf Monate und so weiter und kamen so zum linearen Zeitlauf. Wir benannten den Januar jeweils mit einer

Jahreszahl, begannen 1989 mit den Wahlen zur Unabhängigkeit, 1990 die Unabhängigkeitsfeier, 1991, 1992, ... Ich weiß nicht mehr, welche Ereignisse wir benannten, meine Ankunft markierte das Jahr 1996. Mit diesen Verweisen auf Ereignisse, das merkte ich zu spät, konterkarierte ich mein Bemühen, Zeit linear, als etwas gleichmäßig Fortlaufendes darzustellen, denn Ereignisse sind es vielfach, nach denen Afrikaner Jahre nicht zählen, sondern benennen: im Jahr der großen Trockenheit, im Jahr der langen Regenzeit, im Jahr, als der Elefant unser Homestead verwüstete...

Ongwediva, 23. März, 1997

Liebe Susanne,

heute komme ich noch mal auf das Zeit-Thema zurück. Während des Workshops zur Geschichte fragte ein Kollege, warum wir eigentlich in Dekaden und Jahrhunderten rechnen. Ja, warum? Und wer hat gesagt, dass das Jahr Null das Jahr Null ist? Wer bestimmte das? Ich tippte auf Julius Cäsar und die Römer mit ihrem Dezimalsystem. Oder waren es die Inder? die Assyrer? Zeit messen zu können, eine bedeutsame Erkenntnis der Antike, aber ich weiß nicht, wann Uhren und wann Kalender erfunden und wann sie eingeführt, geändert, korrigiert wurden. Seit wann und warum wurde eine bestimmte Zeit verbindlich? Weltweit verbindlich? Ich fragte meine europäischen Kollegen. So sicher war sich da niemand. Gregor der Große? Konstantin? Aus dem Internet besorgte mir Stephan vier Seiten über den gregorianischen Kalender, und da steht alles über die Schaltjahre und -minuten drin, aber nichts über das Jahr Null. Was ist Bildung? Wissen? oder Fragen stellen? oder nach Antworten suchen?

Ich assistierte bei den Folge-Workshops in den verschiedenen Kreisen. Eine Tutorin hat eine 5 Meter lange Zeitlinie gemalt, vom Altertum zur Neuzeit, einige Jahrhunderte fehlen, manche sind kürzer als andere, was ja auch so erlebt wird. Ich erkläre ihr, dass die Zeitlinie den gleichmäßigen Fluss der Zeit darstellt, dass alle Jahrhunderte 100 Jahre dauern, also gleich lang sind, und dass auch 800 Jahre vor Christus Menschen gelebt haben, selbst wenn von ihnen nichts in unseren Büchern steht; auslassen können wir dies Jahrhundert nicht. Sie sieht mich glücklich an, dankt und hat am folgenden Tag eine korrekte Zeitlinie.

Auch in der nächsten Schule hing eine Zeit-Tafel, bei der die Jahrhunderte unterschiedlich lang waren, und aus B.C. war A.D. geworden. Als ich darauf aufmerksam machte, hieß es:

„Och, das ist doch nicht so wichtig. Die Lehrer wollen nur gern eine Zeitlinie in ihren Klassen haben. Danke für das Papier und die Edding-Stifte".

Wenigstens etwas, denke ich.

Ohne Hemmungen, auch ohne Plan, ohne Vorstellung von dem Ganzen, ohne innere Bilder von etwas Fertigem, formal und inhaltlich Gelungenem machen sie sich an die Aufgaben. ‚Jetzt verstehe ich', heißt es oft, wenn ich korrigiere, das Gesicht hellt sich auf und der Daumen geht hoch; alles begegnet ihnen zum ersten Mal, sie nehmen an und wenden an, was ich vorschlage, niemals erlebe ich zerknirschte Mienen.

Das nächste Thema, liebe Susanne, brachte eine Überraschung. Über die Volksstämme im südlichen Afrika sollten wir reden, also über die Khoi Khoin, San und Bantu. Bei der Vorbereitung hatte ich mich gefragt, ob ich nicht Eulen nach Athen trüge, denn die San sind die Urbevölkerung Namibias. San, Buschmänner, das Wort soll man nicht mehr gebrauchen, obwohl einige San es dem Wort ‚San' vorziehen, weil dies in ihrer Sprache negativ konnotiert ist, stehen heute auf der untersten Stufe der sozialen Leiter. Die Khoi Khoin oder Hottentotten leben überwiegend im Süden Namibias und sind an ihrem enormen Hintern zu erkennen. Die Ovambo, die ich unterrichte, sind Bantu, gehören zu dem größten afrikanischen Stamm wie die Zairois, Nigerianer, Angolaner... Wer hat diese Klassifizierungen vorgenommen? Wie beschrieben sich die Ethnien selbst?

Ich hatte Info-Blätter vorbereitet, die in Gruppen intensiv und konzentriert bearbeitet wurden. Für die Präsentation sollte ein Poster angefertigt und die Geschichte eines Stammes erzählt werden. Das Erzählen genierte sie, und die Poster waren halb oder nur zu einem Viertel fertig, das genierte sie nicht. Wesentliches fehlte, also wie bei deutschen Schülern. Immerhin, sie haben tüchtig gelesen, diskutiert und einiges behalten. Die Überraschung kam am nächsten Morgen, als ich mich erkundige, ob es zum Vortag noch etwas zu fragen oder sagen gebe.

„Ja, Ma'm, gibt es in Namibia eigentlich verschiedene Stämme?"
„Und was ist der Unterschied?"

Über Nacht hatte die Arbeit Früchte gebracht, das Problembe-
wusstsein wuchs. Wir wiederholten die Kennzeichen der Stäm-
me, alle waren gefesselt.
Kurze Pause, ich hole mir ein Glas Wasser, dann schreibe ich
von den namibischen Helden weiter, bis dahin grüßt Barbara

Ob dieses Thema heute noch so in den Lehrplänen steht,
wie ich es vor 20 Jahren unterrichtete, werde ich bei meinem
nächsten Namibia-Besuch recherchieren. Möglicherweise ist
es geändert oder gestrichen worden, weil es heutigem Bemühen um ‚political correctness' nicht mehr entspricht. Im Zeit-
alter der Gender-Diskussionen, scheint mir, wird in manchen
Kreisen versucht, jede Klassifizierung und Zuschreibung von
Eigenschaften oder Eigenarten zu vermeiden. Wenn ich Wörter wie Volk, Stamm, Boden, oder ähnliche, gebrauche, gerate ich in Rassismus- zumindest in Konservatismus-Verdacht.
Klassifizieren wird mit Schubladendenken gleichgesetzt. Mir
halfen das genaue Hinsehen, das Erkennen von Ursachen und
das Benennen von Gleichem und von Unterschieden zum
Verständnis und zur Akzeptanz dessen, was mich anfangs befremdete. Klassifizieren ist nicht mit werten gleichzusetzen,
und schon gar nicht mit abwerten. Klassifizierungen verstehe
ich als Beobachten, Unterscheiden, Ordnen und Einordnen
und führt zum Verstehen. Konflikte entstehen dagegen, wenn
statt zu beschreiben und zu klassifizieren pauschal gewertet
und abgewertet wird.

Ongwediva, 30. März, 1998

Liebe Susanne,

ich erzähle weiter von meinen Geschichtsseminaren. Das nächste Thema hieß 'Unsere Helden'. Sie, die Ovambo-Lehrer und Lehrerinnen, lasen von den Stammesführern der Nama im Süden Namibias. Sie beschäftigten sich mit Jonker Afrika-ner, dem Gründer Windhoeks, und mit Hendrik Wittboi, des-sen Familie sich als eine der ersten im südlichen Afrika hatte taufen lassen und der von der rheinischen Mission für seinen Stamm Missionare erbat. Von jedem 10 N$ Schein sieht er die Namibier an, aber keiner meiner Lehrer und Lehrerinnen wusste etwas von ihm, sein Biographie lasen sie gern. Mit glei-chem Eifer und mit Ausdauer studierten sie die Info-Blätter über die Herero, sie lernten die Namen und Taten der Fürs-ten Tjamuaha, Maherero und Samuel Maherero, der von dem Deutschen Lothar von Trotha 1904 am Waterberg vernichtend geschlagen wurde. Das berührte meine Leute erstaunlich we-nig, zu lange her, zu weit weg, sie sind keine Herero, sie sind Ovambo und leben im Norden Namibias, wo keine deutschen Farmer siedelten, sondern erst die südafrikanischen Besatzer alle unterdrückten. Von der Kolonialzeit und dem Unabhän-gigkeitskrieg wollten manche nichts hören und nicht darüber sprechen, nur nicht daran erinnert werden, das war noch zu dicht am heute.

Meine Arbeitsanweisungen und Hilfen waren detaillierter als am Vortag, und nach dem wir die Notwendigkeit einer wir-kungsvollen Präsentation besprochen hatten, gelang diese um vieles besser, häufig sogar lustig, als Interview oder gespielter

Schulunterricht. Aber auch diesmal fehlte Wesentliches, so, was die ‚Helden' getan hatten.

Am nächsten Tag ging es um den Kolonialismus im 19. Jahrhundert, was zu unterrichten mir bei Afrikanern nicht leicht war.

„Kolonialismus, was ist das?" fragte ich. Eine häufige Antwort: „Christentum."

Ich: „Was wollten die Kolonialländer?"

Antwort: „Den Glauben an Christus verbreiten".

Die Bantu-Erziehung war wirkungsvoll gewesen.

Die schwierigste Aufgabe der Woche war für alle, den Sklaven-Dreiecks-Handel zu verstehen. Wir zeichneten in eine Karte, dass Waffen, Tuche und Salz aus Europa nach Zentral- und Westafrika verschifft, und Menschen als Sklaven von dort in die Karibik verfrachtet wurden, um auf den Zucker- und Tabakplantagen zu arbeiten, und dass der erwirtschaftete Zucker und Tabak dann nach Europa transportiert wurden. Waren es die vielen Fakten, das Kartenlesen und die Fremdsprache, weshalb das Ganze so schwer zu begreifen war, oder baute die Betroffenheit eine Wand vor dem Unbegreiflichen auf. Nachfrage am folgenden Tag:

„Stimmt es, Ma'm, dass es in Amerika ursprünglich keine Schwarzen gab?"

„Ja."

„Und woher kommen die Schwarzen in Europa?"

„Aus Afrika".

„Sind das also auch Sklaven?" –

„Warum sprechen die Schwarzen in Amerika nicht afrikanisch?"

Stoff für lange, intensive Gespräche.

Die Rückmeldung am Ende der Woche war geradezu eupho-
risch. Auf die Frage, was sie beim nächsten Workshop machen
wollten, antworteten sie geschlossen: teilnehmen! Diese An-
erkennung tat mir gut.

Für viele war es die erste Begegnung mit der eigenen Geschich-
te. Die Eigenarten der Ovambos nennen, ihre Homesteads
zeichnen zu dürfen, etwas über Hendrik Wittboi zu lesen, war
ein Erlebnis. Währenddessen grübelte ich darüber, was sie wie
verstanden und behalten haben. Was ‚Stämme‘ (Ethnien) sind,
musste ich einzelnen immer wieder und noch mal erklären.
Die Mühen, die es kostet, Fremdes zu verstehen, kennen wir
Lehrerinnen.

Genug für heute, Deine Barbara

Workshops
Geographie und Wirtschaft/Politik

Ongwediva, 23.9.1997

Liebe Susanne,

die Geographie Afrikas muss ich unterrichten, und viele der
Tutoren sind noch nie gereist, einige kennen Windhoek, nur
wenige Swakopmund und das Meer. Kaum jemand besitzt
einen Fernseher, die Stromleitungen erreichen viele Dörfer

noch nicht. Wie sollen sich diese Menschen das Kilimandscha-
ro-Massiv vorstellen, den Tafelberg oder das Atlasgebirge? Mir
fehlen Bilder, Dias, Videos. Das Ovamboland ist eine Ebene
auf 1.000 m Höhe, der gesamte afrikanische Kontinent ragt
etwa 1.000 m bis an 2.000 m Höhe aus den Ozeanen heraus.
Was nützt es, wenn ich das weiß, aber damit keine Vorstellung
verbinde. Vielen Dank für die Anleitung zum Bau von Sand-
kastenmodellen, liebe Susanne. Mit Modellen bauen wir jetzt
verschiedene Landschaftsformen nach, und die Baumeister
fragen und fragen:
„Woher kommt das Wasser in den Flüssen?" - Aus dem Meer,
vermuten die meisten.
„Warum liegt Schnee auf dem Kilimandscharo?"
„Wie können die Pflanzen die Hitze am Äquator aushalten?"
„Warum regnet es am Äquator mehr als bei uns?"
„Wie unterscheidet sich ein ‚Abhang' von einem ‚Tal'?"
Ob es für die englischen Begriffe entsprechende Wörter in ih-
rer Muttersprache gibt, frage ich mich. Alle Teilnehmerinnen
haben in ihren Kreisen Modelle nachgebaut, Sarah baute auf
dem Schulhof ein Modell, größer und verständlicher als meins
im Seminar, ihre Klasse spazierte bei meinem Besuch darin
herum und beschrieb dabei, wo sie waren.
Die letzte Aufgabe: eine Landkarte anmalen: rot die Städte,
blau das Meer, grün die Küste - und die Flüsse? - gelb! In Nami-
bia sind Flüsse Sandwege. Kartenlesen ist ein Riesenproblem,
nicht verwunderlich, wenn es keine Karten oder Globen gibt,
aber doch unerlässlich für ein gewisses Verständnis von Welt.
Unser westliches papiernes Abbilden durch abstrakte Zeichen

und Symbole ist hier fremd. Die häufigsten Fragen waren:
„Was sind Längen- und Breitengrade?"

„Was heißt Orientierung?"

„Was ist ein Karten - Maßstab? Wie rechnet man den aus?"
Im Buch ist eine Afrikakarte, ein Zentimeter auf der Karte sind
500 Kilometer in der Wirklichkeit. Hm. Kein Realitätsbezug. Ich
hole meine Namibia-Karte aus dem Auto.

Ich: „1 cm = 100 km, von Oshakati nach Tsumeb sind es 3 cm.
Also?"

„Ja, bitte Ma'm, rechne mal aus, wieviel Kilometer sind das."
Ich: „300".

„Von Oshakati nach Tsumeb 300 km, das stimmt. Aber wie
machst du das?"

Ich erinnere mich an meine Volksschulzeit in Nehren, 3. Schuljahr. Was war das schwer! Drei mal 100 = 103. Du als Grund-
und Sonderschullehrerin verstehst das Problem. In der Bantu-
Erziehung reichte es, bis 20 zählen zu können und Zahlen
sind in den Bantusprachen so kompliziert zusammengesetzt,
dass die englischen Zahlen diese ersetzen.

Oder: „Memme, wie zeichnet man einen Grundriss?" Im Lehrbuch steht es, aber wer versteht das schon?

Also gut, ich beginne aus dem Stegreif: „Lasst uns erstmal diese
Klasse ausmessen". Sie ist fast quadratisch, gemeinsam zählen
wir die Meter: 7. Um die Rechnerei leicht zu machen, schlage
ich für den ersten Versuch einen Maßstab von 1 : 1 vor; 1 cm
= 1 m, also 7m = 7cm.

„Memme, sorry, kannst Du das noch mal erklären? Wieso 7 cm?"
Ich: „1 m = 1 cm, 2m = 2 cm, 3m = 3 cm 4 m =", sie zählen

gern, als wir bei 7 angelangt sind: „Ah, jetzt verstehe ich, danke". Ob ich weiter gehen kann? 1 m = 3cm. Dann wird es eine ordentliche Grundrisszeichnung; 1 m = 3 cm, 7 m= 21 cm.

‚Are you with me?' Ein Satz, den ich von ihnen gelernt habe. Ja. Es hat geklappt. Und ich lerne viel über das Lernen, was Du natürlich alles kennst.

Auf einem Kreis-Workshop habe ich die Rotation der Erde und Längen- und Breitengrade erklärt. Auf der Rückfahrt nehme ich drei Kollegen in meinem Wagen mit und wir unterhalten uns über Tages- und Jahreszeiten rund um den Erdball. Wie spät ist es jetzt in Hongkong? Was für eine Jahreszeit ist nun in New York? Susanne, Du wirst dir denken, wie spannend und schön es für mich ist, hier zu unterrichten, denn es geht um Sachen, die die Lernenden wirklich interessieren. Das Gespräch kommt auf schwierige ‚learners', und ich rede mit den schwarzafrikanischen Kollegen nicht anders, als wenn ich bei Dir auf dem Sofa säße. Der Kollege erzählt von einem Mädchen, das er ursprünglich für richtig doof gehalten habe, da sie nie antwortete, kein Wort sprach, nur stumpf vor sich hin sah. Aber alles Schriftliche war in Ordnung, sogar gut. Er habe versucht, mit ihr zu sprechen, sie zu ermutigen, ohne Erfolg; was soll er tun? Vielleicht ein autistisches Kind, überlege ich und rate zu einem Gespräch mit dem Sonderschul-Kollegen. Und dann:

„M'm, aber dass sich die Erde um die Sonne dreht, das kann ich nicht glauben!"

Die Fortsetzung morgen, Barbara

Die Welt ist rund

Rings um uns Savanne, bis zum Horizont eine weite Ebene, spärlich gelbgraues Gras, vereinzelte Kameldornbäume und wenige verstreut liegende Hoemsteads. In weichen Wellen kurven wir durch den Sand von Onaanda nach Ndimani. Der intensive Duft des Stinkkrauts weht zu uns in den Bakkie herein, zu Ndeshi, der Töpferin, und mir, die neugierig auf ihre Werkstatt ist. Ndeshi ist eine Meisterin ihres Faches, einige ihrer Tongefäße habe ich in der National Art Gallery in Windhoek bewundert. Große formschöne Werkstücke, Bodenvasen für teure Lodges, ebenmäßig, immer rund, interessant durch dunkelrot geflammte und schwarze Brandfärbung. Als ich Ndeshi traf, erzählte ich ihr davon. Ja, die habe ihr ein Manager abgekauft, sie selbst sei nie in Windhoek gewesen. Ich fragte sie nach ihrer Töpferscheibe, ob die mit dem Fuß oder der Hand angetrieben würde, denn einen Motor konnte ich mir hier in den Homesteads nicht vorstellen. Nein, sie arbeite mit keiner Scheibe, sie mache Aufbaukeramik. Meine Achtung wuchs, wie war das möglich, so vollkommen rund, fein und glatt, in Aufbautechnik zu arbeiten.

„Das kann ich dir zeigen, komm mit, besuche mich", antwortete sie.

So sind wir nun hier, mitten im Veld, steigen aus dem Bakkie, ich drehe mich und sehe im weiten im Umkreis um mich herum Gras, trockene Hirsestoppeln und Sand, viel Sand, der nach Sonne riecht.

Ndeshi weist mir den Weg zu ihrem Homestead. Alle Wohnstätten sind mit einem Staketenzaun aus Kameldornästen geschützt, der in einem großen Kreis rund um die runden Wohnhütten gesetzt ist, die Kegeldächer der Hütten ragen wie Zuckerhüte oder Zipfelmützen über den Zaun hinaus.

Feiner Staub dringt mir in die Nase, verklebt die Schleimhäute, erschwert das Atmen. Die Hitze drückt auf meine Augenlider. Wortlos gehen wir durch die Mittagsstille, kein Vogel, keine Zikade. Ein paar Ziegen liegen reglos im Schatten eines Kameldorns. Kein Windhauch, keine Bewegung, nur unsere Schritte im tiefen Sand, tonlos, bis wir im Homestead sind, dem Mittelpunkt ihrer Welt, die sich zum Kreis ausdehnt bis an den Himmel im Hitzedunst.

„Und wo töpferst du?" Sie führt mich zu Brettern im Boden, hebt vier davon auf, und ich blicke in eine Grube. Sie steigt hinab, mit dem Bauch zur Wand rutscht sie tiefer, bedeutet mir nachzukommen, und dann sitzen wir uns gegenüber, im Dunkel der runden Erdkammer. Drei Kerzen holt sie aus ihrer Rocktasche, und als die leuchten, fällt Licht auf ihre hohe Stirn, die Wangenknochen, das feste Kinn. Die Augen bleiben verschattet. Zwischen uns flache Bastschalen und neben ihr kleine kugelige Tongefäße und ein mit einer Plastikplane bedeckter Klumpen. Sie zieht die Plane von dem Ton, teilt einen faustgroßen Teil ab, legt ihn auf die Schale und formt ihn zu einer vollkommenen Kugel. Die Fundstelle des Tons bleibt ihr Geheimnis, auch ihre Familie kennt sie nicht. Wenn sie alt ist und nicht mehr töpfern kann, wird sie ihre Enkelin, die einzige zum Töpfern Begabte, die sie kennt, dorthin führen. Jetzt drückt sie die Finger in den Tonball, höhlt ihn auf wunderbare Weise aus,

weitet ihn, ebnet alles Unregelmäßige sorgfältig mit einem flachen Stäbchen und glättet das Gefäß mit einem Lappen und den Handflächen von innen und außen.

Alle ihre Gefäße sind vollkommen, stehen mit der Rundung fest im Sand, an die hundert in ihrem Hof. Nicht für Galerien, sondern für den Hausgebrauch, für Hirse und Salz, zum Kochen, Braten und Bierbrauen töpfert sie hier große, mittelgroße und sehr große Behälter, auch kleine für Schmuckstücke, die die Frauen neben ihrer Bettstatt in den Sandboden drücken und in denen sie ihre Ketten aus Straußeneierschalen und Elfenbeinanhänger verwahren. Alle Gefäße rund und schön. Eine Woche lang rotschwarz gebrannt unter einem Feuer aus Kuhfladen. Die Scherben der geborstenen oder misslungenen Stücke pflastern den Weg in ihrem Homestead, die Bruchkanten in den Sand gedrückt, meine Füße fühlen nur Rundungen.

Ich kann auch töpfern, habe es in Volkshochschulkursen gelernt, habe mir in vier Wintersemestern einige Fertigkeit angeeignet und auf einer Ausstellung sogar einen Preis gewonnen. Ich lernte Aufbautechnik mit Tonröllchen, begann mit zylindrischen Vasen, töpferte dann Henkelkrüge mit Tüllen und schließlich schlanke Phantasieformen, fühle mich noch sicher im Umgang mit Ton und möchte das Ndeshi zeigen. Sie stellt eine der Bastschalen vor mich hin und teilt mir einen frischen, feuchten, hellgrauen Tonklumpen zu. Die Erde, weicher und feiner als ich es gewohnt bin, bereitet mir unerwartete Mühe, immer wieder fällt meine Form in sich zusammen. Erst nach vielen Versuchen, Ndeshi will mehrmals eingreifen, aber ich verwehre es ihr, gelingt mir dann doch ein kleiner, gerader Zy-

linder. Zylindrische Formen könnten Ndeshis Sortiment er-
gänzen, wären eine Variante ihres irdenen Angebots, bräch-
ten Abwechslung, womöglich mehr Verdienstmöglichkeiten,
phantasiere ich im Stillen.

„Hm", macht sie, als ich ihr stolz mein Werk reiche. Sie wird es
brennen.

Zwei Monate muss ich warten, bis ich mein Gefäß, den ge-
lungenen Zylinder aus dem feinen namibischen Ton, abholen
kann. Gespannt und in Vorfreude auf mein Werk komme ich
zu ihr.

„Ich hab's dir richtig gemacht", sagt sie und überreicht mir
eine vollkommene Kugel.

Ongwediva, 24.9.1997

Liebe Susanne,

*in den Pausen oder am Rande unserer Sitzungen wurden
häufig politische Themen angesprochen und mich interessierte
die Meinung meiner Leute zu Simbabwe und Robert Muga-
be, zu Südafrika und Mbeki, zu der Entwicklung in Angola,
wo einige ihrer Verwandten wohnen. Dass viele afrikanische
Länder trotz reicher Bodenschätze wirtschaftlich auf keinen
grünen Zweig kommen, lasten sie nur zum Teil der Kolonial-
geschichte oder den Industrienationen an, eher begründen sie*

es mit ihrer fehlenden Ausbildung und mangelnden berufli-
chen Qualifizierung, aber auch mit Nepotismus und Korrup-
tion. Anders die Meinung zu Kriegen: dass es in zu vielen Län-
dern immer wieder gewalttätige Konflikte gibt, wurde von den
meisten als Naturereignis wahrgenommen. Kriege brechen
über die Menschen herein wie Unwetter, Fluten oder Dürren
und müssen ertragen werden. Eine Ausnahme bildete ein be-
merkenswerter, von mir und seinen Kollegen hoch geachteter
Schulleiter, der die Kriegslust auf dem afrikanischen Kontinent
mit dem Satz begründete:
„You know, we Africans, we love power too much."

Einschub: Power = Macht konnotieren Deutsche häufig negativ. Es bedeutet aber auch ‚Kraft' und ‚Stärke'. Die Lebenskraft
vieler Afrikaner bewundere ich.

Wie die Lehrer und Lehrerinnen vom Krieg denken, erfuhr ich
genauer beim Thema Friedenserziehung. Wir begannen mit
Friedensliedern.
„Warum werden diese Lieder gesungen?" fragte ich.
„Das sind Klagelieder".
Es gibt einen aktuellen Bezug, Namibias Truppeneinsatz in
der Demokratischen Republik Kongo. Acht Namibier seien an-
geblich getötet worden, die erste Leiche sei gestern (7.9.1998)
zurückgekommen und werde heute in Okatana, im Nachbar-
dorf, beerdigt. Die Lehrer der Ohangwena Region verurteilten
Kabila und den Krieg einhellig. Anders die Lehrer der Oshikoto
Region.

„Krieg, ja, das ist in Ordnung. Das muss sein. Das ist gut so." "Wieso?"

„Sonst ist unsere Wirtschaft gefährdet."

„Waaas???"

„Ja, die müssen dort eine Grenze setzen, Einhalt gebieten, sonst kommt der Krieg hierher, und unsere Wirtschaft geht kaputt."

„Kabila muss gestützt werden, weil er an der Regierung ist."

„Die Rebellen müssen bekämpft werden, weil das Rebellen sind."

„Bevor sich eine Wirtschaft entwickeln kann, muss gekämpft werden."

„Bevor Freiheit und Demokratie möglich werden, ist Krieg. Nur durch Krieg kann Freiheit erreicht werden. Das ist unsere Erfahrung, das haben wir erlebt. Wir haben für unsere Freiheit gekämpft, wir sind ein junges unabhängiges Land."

„Und wirtschaftlich geht es uns jetzt besser als während der Apartheid. Jetzt werden Schulen gebaut, Straßen, du bist hier, alles, weil wir gekämpft haben. Gut ist auch, dass unsere Soldaten wieder Übung bekommen. Es ist schon viel zu lange Frieden (seit 1990), und die Soldaten verlieren die Übung. Was passiert, wenn unsere Soldaten kein Training haben und uns jemand angreift, irgendein Nachbar? Ich überlege welcher Nachbar: Angola? Botswana? Zimbabwe? Mit denen Namibia in der SDAC verbunden ist?"

Wir sehen uns eine Weltkarte mit den augenblicklichen Krisenherden und Kriegen an und studieren sie, ich erzähle von den Kriegen im Sudan, in Eritrea, Äthiopien, Sierra Leone, Guinea Bissau, ...

„Ja, es muss gekämpft werden..."Neben die Kriegskarte lege ich eine zweite mit den Entwicklungsländern. Es ist unübersehbar: Kriegsgebiete und Entwicklungsländer decken sich. Auf viele macht das Eindruck, manche werden schwankend. Verbreitete Meinung: Amerika und der Westen sind mit ihrer Einmischung und militärischen Unterstützung an den Kriegen schuld. Vor allem Amerika. Und die Kolonisation.Eine Stimme spricht dagegen, in gesetzten, wohl formulierten Worten: „We love power too much. Wir Afrikaner wollen herrschen, wir wollen uns nicht unterordnen, sondern selbst regieren, deshalb gibt es immer Krieg. Wir lieben die Macht. Wir lieben Macht mehr als Sicherheit und Frieden oder Wohlstand. Und zu viele wollen die Macht. Die kämpfen dann gegeneinander. Solange wir immer die Macht wollen, wird es keinen Frieden geben. Wir müssen lernen, auf Macht zu verzichten und Gegner zu respektieren." Dieser Kommentar, von einem einzelnen vorgetragen, wird mit Sicherheit von einer Gruppe gleich oder ähnlich Denkender gestützt. Meine Beobachtung: Zu viele Menschen hier wollen regiert werden, sie wollen genau gesagt bekommen, was sie zu tun haben, nichts selbst entscheiden, sondern geleitet werden und folgen. Die Kehrseite ist ihnen nicht bewusst: Wenn sich viele unterordnen, laden sie einzelne zur Herrschaft und zum Machtmissbrauch ein.

Vor kurzem führte ein Direktor eines französischen Afrikainstituts in der ZEIT die These aus, dass die Kriege in Afrika zur Errichtung und Festigung von Nationalstaaten geführt werden, ganz ähnlich den Kriegen bei uns im 18. und 19. Jahrhundert, bei denen auch Machtfragen entscheidend waren, und dass die viel zitierten Stammesfehden dabei eine untergeordnete Rolle spielen. Liebe Susanne, Macht, das lehren wir unsere Schüler, muss durch Recht legitimiert werden, das Recht muss die Macht im Zaum halten. Das wird ein weiteres Workshop-Thema sein, aber vorerst berichte ich von einem Theaterstück, das ich vorletzte Woche sah, und das auf witzige Weise die Versuchung zum Machtmissbrauch kritisiert.

Eine kleine Theatertruppe kam mit ihrem Erfolgsschlager ‚Mr. Haufiku' nach Oshakati. Ein vier Männer-Stück, drei afrikanische Klomänner und ihr weißer Aufseher. In der burlesk komischen Eingangsszene tragen die drei Klomänner ihre Machtkämpfe zuerst untereinander aus, zwei gegen einen, immer auf den Kleinen, ich war es nicht, der war's! Komm mir nicht in die Quere! Wir müssen zusammenhalten, ja, zusammenhalten gegen den Weißen, Einigkeit macht stark, usw...
Im zweiten Akt wandelt sich der weiße Aufseher vom diktatorischen Kolonialherren zum Menschen- und Schwarzenfreund, - eigentlich war er ja nie so für die Apartheid, Schwarze, das sind doch auch Menschen. Er wird ein Beispiel setzen, sich zur Ruhe setzen und den schwärzesten der Schwarzen, Mr. Haufiku, zu seinem Nachfolger einsetzen.
So geschieht es im dritten Akt. Mr. Haufiku bindet die Schürze ab und zieht ein Jackett an. Mit dem Kleidungsstück, das viel zu eng, groß kariert und schief geknöpft ist, zieht er auch seines ehemaligen Herrn Manieren an, er wird faul und beginnt zu kollaborieren, herumzukommandieren und zu schikanieren.

Das ganze sehr witzig bis drastisch gespielt, dabei nicht ordinär. Leider nur gering besucht, es gab kaum Werbung, und man ist es nicht gewohnt, abends zu einer Veranstaltung zu gehen. Hoffnungsfroh stimmt mich, dass dies Problem thematisiert wird, kritisch, ironisch, wirkungsvoll und mit Erfolg in allen namibischen Städten.

Regieren und Regierungsformen (Government), dies Thema liegt mir wie allen Social Studies Autoren besonders am Herzen. Viele Ovambo haben am Unabhängigkeitskampf teilgenommen, waren während des Krieges in Sambia oder Angola, in der DDR, in Moskau, China, England oder auf Kuba und sind von Erfahrungen in dieser Zeit und aus diesen Ländern geprägt worden, Erfahrungen von Gewalt und zerstörerischer Macht, von Unterlegenheit, Abhängigkeit, Fremdbestimmung. Das Fremdsein haben sie auf sich genommen und ertragen können, weil die Sehnsucht und der unbedingte Wille nach Freiheit, verkörpert durch die SWAPO, Southwest Africans' Peoples Organisation, ihnen Kraft gaben. SWAPO, das war ihre Identität, ihre Heimat, das waren sie selbst. Äußerungen - nicht der Mehrheit, aber doch vieler - lassen sich in dem Satz zusammenfassen:

„Die SWAPO hat uns die Unabhängigkeit erkämpft. Sie hat Recht."

Daraus folgt gleichsam naturgegeben, dass die SWAPO die Regierung bildet. Aus der Bewegung wurde eine Organisation, aus der Organisation eine Partei, DIE Partei oder: die Regierung. Wozu denn noch andere Parteien? Wozu ein Par-

lament? Nein, keine Opposition. Sie, die SWAPO -Anhänger, waren vor der Unabhängigkeit die Opposition gewesen, aber jetzt regieren sie, Schluss mit Widerstand und Opposition. Meinungsfreiheit - wozu? Wir sind uns doch alle einig: nie mehr Kolonialismus, nie mehr Apartheid. Nur keine Abweichler. Die Abweichler hatten alles so schwierig gemacht. Ohne Abweichler wären wir schneller ans Ziel gekommen, an die Unabhängigkeit, an die Macht. Als einzelne kann ich öffentlich keine Meinung haben.

Als einzelne nichts sagen dürfen und nichts ausrichten können, scheint mir nach den Widerstandserfahrungen verständlich, besonders in einer auf sozialen Zusammenhalt ausgerichteten Gesellschaft, in der Individualität keine Tugend ist. Ich führte aus, dass die Verfassung einen Grundkonsens vorgibt, an dem wir nicht rütteln, und dass wir einig seien in dem, was wir ablehnen, die Apartheid, die zum Glück vergangen sei. Die Zukunft aber sei offen und da gebe es viele Fragen, über die sich jede, jeder informieren kann und das auch tun sollte, um sich eine eigene Meinung zu bilden. Diese Meinung wird dann mit anderen diskutiert und in einer Versammlung, in einer Schulkonferenz oder auch in einem Leserbrief in Zeitungen oder in einem Radiokommentar öffentlich gemacht und begründet, damit daraus die besten Vorschläge entwickelt und verwirklicht werden können. Das sei die Grundlage einer Demokratie, einer idealen, zugegebener Weise.

„Ist es notwendig?"

„Wirklich?""

„Soll man das glauben?"

Unsicherheit, wenn nicht gar Ängste, rief meine Rede hervor. In der Pause nahm mich Victoria beiseite, sie hatte bei einem früheren Treffen erklärt, Mitglied der Regierungspartei SWAPO zu sein. Jetzt fragte sie:

„Kann ich wirklich sagen, dass ich Mitglied der DTA (Demokratische Turnhallen Allianz = namibische Oppositionspartei) bin?"

Kollegen, die in Osteuropa, China oder Kuba gewesen waren oder deren Freunde von Moskau oder Havanna erzählt hatten, fragten nach dem Kapitalismus und Sozialismus, nach kapitalistischen und sozialistischen Systemen und Wirtschaftsformen. Wir sprachen nur kurz darüber, mein Wissen war zu oberflächlich.

Ein Parteiprogramm sollte aufgestellt werden. Viele Gruppen beschrieben Wunschträume: die Partei wird jedem Geld, Arbeit, Wohnung und während Hungersnöten Essen, ein Auto, höhere Löhne, eine bessere Altersversorgung geben, sie wird Schulen und Kliniken bauen, und so weiter und so fort. Kritik kam aus den eigenen Reihen:

„Ich will nicht essen, was mir die Regierung gibt, sondern selbst für mich sorgen."

Einzelne wollten ein starkes Militär haben, falls es wieder Krieg gibt.

In einem Parteiprogramm stand die Drohung:

„Wenn ihr mich nicht wählt, werdet ihr zusammengeschlagen."

Die Vergangenheit ist präsent. Wie mag es 1989 während der Wahlkämpfe zu den Unabhängigkeitswahlen zugegangen sein? Ich weiß nichts darüber, kann mir aber manches vorstellen und nehme den Satz zum Anlass, die Haltung zum politischen Gegner zu thematisieren und noch einmal über Meinungsvielfalt zu diskutieren.

Meine abschließende Frage war:

„Wie soll das Parteiprogramm finanziert werden?" Häufigste Antwort:

„Durch die UNO."

Als weitere Finanzquellen wurden die unabhängigen Nachbarstaaten genannt (Sambia, Botswana, Zimbabwe... alle relativ arm), dann Bill Clinton, NGOs, also die Nicht-Regierungsorganisationen, und Wohltätigkeitsveranstaltungen (Braais = Grillfeste). Deutschland wurde nicht erwähnt, Steuern auch nicht. Dass die im Parlament vertretenen Parteien finanziert werden, rief Kopfschütteln hervor. Mein Wirtschaftsseminar werde ich gut vorbereiten müssen,

davon morgen, Gruß Barbara

Im Wüstenwind

Heute fuhr ich mit Pokolo zur Hochzeit seiner Schwester Selma, ohne Neugier auf das Geschehen und die Leute, ich habe einige Hochzeiten mitgefeiert und kenne die Zeremonien.

Die Straße windet sich hinter Olukondo durch Halbwüste, keine weiten hellen Flächen und Makalani Oasen wie an der Straße nach Okahao, keine Klarheit, sondern grauweißes, gewelltes Land. Mein Blick kann nicht wandern, verliert sich im Dunst. Wind vernebelt die Homestaeds und wenigen Bäume im Sand, löst das trocken staubige Land auf im diffus blendenden Licht. Keine Schatten. Konturen, Gestalten, Bäume, Tiere unscharf in heller Weite, nicht festzumachen, nicht zu halten.

Einzeln gehen Menschen in die Landschaft hinein und verflüchtigen sich, verschwimmen mit dem Nebelsand, sind fort und nicht mehr vorstellbar im benachbarten Homestead oder in Ondangwa, wo sie wirklich sind, arbeiten, leiden, sich freuen. Hier, auf dem Weg nach Olukondo, vergehen sie.

Und auf einmal verstehe ich Pokolos Gleichgültigkeit am Ergehen von Freunden, Nachbarn und Fremden, auch das Desinteresse seiner Kollegen, denn ich fühle in mir selbst nur Gleichmut und keinerlei Interesse an ihm und seinen Familienangehörigen. Diese Indifferenz befremdete mich bislang und stieß mich ab, wenn er so keinerlei Verständnis für Bedürftige zeigte. Hier, in dieser Halbwüste, sehe ich Menschen verlöschen, im Licht verschwimmen, eintauchen und ertrinken im Sand der Unendlichkeit. Sie sind nicht zu halten, auch mit keiner Fürsorge, denn sie sind nicht mehr da.

Man darf sie auch nicht halten wollen, muss sie gehen lassen, darf ihnen nicht nachhängen, nicht nachschauen, nur Sand ist da, am Boden und im Wind.

Denn notwendig ist, für die zu sorgen, die da sind, und ich erinnere mich an die Erstgeborenen, die Sorge trugen für die es sich lohnte. Kranke, Alte und Schwache wurden damals aufgegeben, damit der Stamm überlebte, so beschrieb es ein San.

Wenn dann aber aus dem nebeligen Nichts ein Mensch auftaucht, nahe kommt, ins Homestaed tritt- oh, die Freude ist groß, du bist willkommen, so herzlich willkommen, die Begrüßungszeremonie wird genossen und nimmt kein Ende. Man ist beieinander und das ist gut, auch wenn man sich nicht viel zu sagen hat, denn die Leben liegen weit auseinander.

Selma, die heute geheiratet hat, zupft an ihrem Kind herum, hier und da, überflüssigerweise am Kleid und den Haaren und schickt es mit einem Klaps davon. Ihre Schwester Priscilla hält ihren Sohn, den Fünfjährigen, auf dem Schoß. Er lebt bei ihren Eltern, denn Priscilla muss arbeiten, in Ondangwa, zuvor in Grootfontein und Rundu, jemand in der Familie muss schließlich Geld verdienen. Nur bei dieser Hochzeit hält sie den Sohn, und nur heute sieht er die Mutter. Er windet seine Hand um ihre Perlenkette, spielt mit ihren Ohrringen, bohrt seine Finger in ihre kunstvoll aufgesteckten Zöpfe, während sie seinen Nacken krault. Dann birgt er seine Nase an ihren Brüsten und ihr Gesicht ruht auf seinem Haar.

Als Priszilla aufbrach, weinte und schrie der Kleine, hielt sich an ihrer Kette fest, grub sich in ihren Ausschnitt, wollte mitkommen, die Mutter nicht gehen lassen. Priszilla setzte ihn ab, ging - und lachte, ein helles Lachen, in dem Scham, Angst und Trauer um einander wehten, bis alles im Wüstenwind verging.

Ongwediva, 25.9.1997

Liebe Susanne,

also Wirtschaft. Zu Beginn spielen wir Tauschhandel, Schuhe gegen ein Huhn, Eier für einen Bastkorb,... Zweiter Schritt: ich eröffne die TRC Bank, die TRC-Währung kommt in Umlauf. Händler bieten Schmuck, Autos und Haushaltswaren an. Danach bekommen alle eine Gehaltserhöhung. Leider sind die Händler nicht gewieft genug, beziehungsweise ich habe sie nicht genau genug instruiert, nicht aufgeklärt, sie verkaufen ihre Waren zu billig und haben sich am Ende des Spiels restlos verschuldet. Ich verkneife mir eine Bemerkung über Afrikas Reichtum an Rohstoffen und zu niedrige Rohstoffpreise auf dem Weltmarkt. (Namibia verfügt über Uran, Diamanten, Zinn und Kupfer.) Mir reicht das Ergebnis dieser Stunde: keine Waren mehr und das Geld ist wertlos. Produktion wird notwendig. Was können wir produzieren? Die Frauen binden Körbe und töpfern Krüge. Und die Männer? Die Zeiten des Jagens und Sammelns sind lange vorbei, wurden abgelöst vom Krieg, vom Militärdienst, und danach Arbeitslosigkeit. Was kann man tun? Wie Jobs beschaffen?

Am folgenden Tag besuchen wir die Cola-Fabrik in Oshakati, die amerikanische Firma zahlt in Namibia Steuern. Der PR-Manager ist großartig, geht auf alle Fragen ein und erläutert anschaulich. Die Tutoren und Tutorinnen bringen ihr Vorwissen aus dem Workshop ein, ihre Fragen zeigen lebendiges Interesse. Meine Truppe ist gut.

Herzlich, Barbara

Rechtsprechung, parodistisch

Ongwediva, 26.9.1997

Liebe Susanne,

In dieser Woche sind keine Veranstaltungen, deshalb kann ich täglich weiter schreiben. Am schwierigsten war es, das ‚neue‘ Rechtswesen zu erklären. Namibia hatte eine neue Verfassung und danach auch das europäische Recht eingeführt, unter Mitwirkung von Hans-Dietrich Genscher das Eigentumsrecht übrigens. Es gibt drei Gerichtshöfe, den ‚supreme court‘, einen ‚high court‘ zuständig für Mord, schweren Raub usw., und dann in jeder Region einen ‚Low Court‘ für Diebstahl, Betrug, Familienrecht usw. Diese arbeiten mit akademisch geschulten Juristen und in Englisch. Die Aufgaben von Richter und Staatsanwalt auseinanderzuhalten, gelang, aber wozu ein Verteidiger gut sein soll, ja was der überhaupt tun könne, war nicht *einsichtig. Noch weniger, was es mit der Unschuldsvermutung auf sich habe, denn vor den Richter würden doch die Schuldigen gebracht.*

Auf regionaler Ebene gibt es daneben die ‚traditional courts‘, die traditionell indigene Rechtspflege betreiben. Mit den ‚traditional courts‘ sind viele vertraut, und im Seminar wurde von einigen Lehrern eine Verhandlung vor einem ‚traditional court‘ gespielt, eine Parodie, die trotz ihrer Übertreibung einen Einblick in übliches Rechtswesen geben mag. Du hättest Deine Freude daran gehabt:

Richter ist der ‚headman‘, ihm assistieren zwei Berater. (Der ‚headman‘ vereinigt alle drei Gewalten, die Legislative, Exekutive und auch die Judikative, und wird deshalb zu Recht oft ‚king‘ genannt.) Der ‚headman‘ sitzt im Versammlungsraum seines Homesteads auf seinem ‚stool‘, die Berater rechts und links niedriger als er. Die Klägerin kommt, setzt sich dem Richter gegenüber flach auf die Matte am Boden. Die übliche Begrüßung:

Good morning. How are you? I am fine. Thank you. And how are you? I am fine also. How is the morning? The morning is fine.

Dann fordert der headman die Klägerin auf, zur Sache zu kommen. Heftig und lautstark schimpft Lucia los: Mbesi habe ihre Kuh gestohlen. Die braune mit dem schwarzen Fleck im Ohr. Vor einem Jahr habe sie sie vom Viehhändler Haufiku gekauft. Seit zwei Monaten ist sie nicht mehr in ihrer Herde, sondern bei Mbesi. Sie hat ihre Kuh genau erkannt. Headman und Assistenten fragen einiges nach, dann wird die Klägerin entlassen und Mbesi verhört. Der erklärt, eben diese Kuh vor zwei Monaten von dem Viehhändler Haufiku gekauft zu haben. Mbesi wird entlassen und der Headman tuschelt mit seinen Beratern, dann wird Haufiku geholt.

Good morning. How are you? I am fine, thank you. How are you? I am fine. Und jetzt geht das Donnerwetter los:

Haufiku, du Viehdieb, du Schandfleck unseres Dorfes, du Lump, du Schweinehund, du hast Lucias Kuh dem Mbesi verkauft, gib's zu. Ich kenne dich. Du bist genauso wie dein Vater! Haufiku versucht einige Ausreden, verstrickt sich in Widersprüche, wird bedroht, gibt schließlich zu, die Braune zweimal verkauft zu haben, weil er in großer Not ist, ein Drittel seines Viehbestandes sei während der letzten Dürre verendet, er habe Schulden, sein Vater sei gestorben, das Begräbnis war so teuer,... Haufiku wird entlassen. Am nächsten Samstag kommen alle drei Beteiligten zur Urteilsverkündung, und zwar nacheinander. Der Headman ist entschlossen, endgültig den Stab über Haufiku zu brechen, er kann diese Familie sowieso nicht ausstehen, schon Haufikus Großvater war unbeliebt, sein Vater erst recht, diese Familie muss aus dem Dorf verschwinden. Außerdem braucht er, der Headman, Vieh. Die Dürre hat auch einige seiner Kühe dahingerafft. Einer der Berater setzt sich für Haufiku ein, erfolglos. Bei der Urteilsverkündung wird Haufiku erklärt, dass er schuldig sei, genauso wie schon sein Großvater und Vater. Er muss Nbesi 800 Dollar für die Kuh zurückgeben, 5 Kühe an die Gemeinde zahlen und 20 dem headman geben. Haufiku bricht zusammen, bettelt, weint, er hat nur noch 18 Stück Vieh, was der Headman weiß.

Haufiku: „Das ist das Ende meiner Familie.“
Headman: „Das soll es auch sein.“ Dann wird Nbesi geholt.
Er soll sich freuen und muss in die Hände klatschen;
er wird seine 800 Dollar zurückbekommen. Und dann:
„Bist du glücklich, Nbesi?“
„Ja.“
„Wer hat dir geholfen?“
„Du, Headman.“
„Weißt du, wie viele Stunden ich mit deiner Angelegenheit ver-
bracht habe?“
Nbesi rechnet eine Zeitlang, dann: „Sieben.“
„Du bist gut im Rechnen, das stimmt. Du musst mir diese Stun-
den bezahlen.“
„Ja.“
„200 Dollar.“
„Ja.“
„Freu dich.“
„Ja.““Auf Wiedersehen.“Lucia wird geholt. Auch sie soll sich
freuen und in die Hände klatschen, sie wird ihre Kuh wieder-
bekommen. Und wie zuvor:
„Bist du glücklich, Lucia?“
„Ja.“
„Wer hat dir geholfen?“
„Du, Headman.“
„Weißt du, wie viele Stunden ich mit deiner Angelegenheit ver-
bracht habe?“
Lucia rechnet: „Sieben.“
„Du bist gut im Rechnen, das stimmt. Du musst mir diese Stun-

den bezahlen."
„Ja.""400 Dollar."
„Ja."
„Freu dich."
„Ja."
„Auf Wiedersehen."

*Der Tutor, der diese Parodie maßgeblich entworfen hatte, er-
klärte mir, dass es wirklich noch sehr viele ungerechte Urteile
gebe und sehr autoritäre, eigensüchtige Headmen. Die Leute
seien so unwissend und abhängig, so dass viele Headmen machen könnten, was sie wollten, und sich schamlos bereicher-
ten. Ein anderer Tutor erklärte mir, dass größte Problem sei
die Familienzughörigkeit, die Urteile würden nach Verwandt-
schaftsgraden bemessen. Revision sei beim Chieftain möglich,
der in der Hierarchie über dem Headman stehe, das habe
aber nur Sinn, wenn man zu dessen Familie gehöre. Wir müssen noch viel für die Demokratie tun, schloss der Kollege.
Übrigens kann jeder zweimal verurteilt werden, vor dem ‚low
court' und dem ‚traditional court'. Das traditionelle Recht be-
ruht im eigentlichen, guten Sinn auf Wiedergutmachung. Bei
Diebstahl, Raub, auch bei Mord, müssen die Geschädigten in
vollem Umfang eine Wiedergutmachung erhalten. Wenn keine Wiedergutmachung möglich ist, droht die härteste Strafe,
die Verbannung. Mord wird heute nicht mehr von traditional
courts verhandelt. ‚CASS', die Organisation, für die ich arbeite, organisiert Treffen und Fortbildungsveranstaltungen, auf
denen die Headmen und Chieftains geschult werden.*

Es gibt auch im indigenen Recht ein festgelegtes Strafmaß für Straftaten. Nur muss das bekannt gemacht werden. Überall das Problem der Informationspolitik. Wer das Wissen hat, hat die Macht, auch hier.

Gruß, Barbara

Wellness, namibisch

Ongwediva, 20.3.1998

Liebe Susanne,

Du hast einen Eindruck von den Inhalten meiner Workshops bekommen, von der Atmosphäre möchte ich Dir noch erzählen. Jeder Tag beginnt und schließt mit einem Gebet und Lied, meist mit einem Kirchenlied, oft mit der Nationalhymne. Gearbeitet wird von 9 - 17 Uhr, eine Stunde Mittagspause. Am letzten Abend wird manchmal gegrillt - scheußlich zähes Fleisch, leckeren Krautsalat und ein Bier gibt es. Danach wird gesungen und getanzt. Wer etwas darbietet, bekommt ein Poster oder Ähnliches. Witziges aus dem Stegreif, viel Spielfreude und schauspielerische Begabungen, Szenen, in denen Politiker oder auch Teilnehmer hoch genommen werden. Satire, Folklore, Religiöses und Obszönes fügen sich nahtlos ineinander, viel Gelächter, frohe Gesichter. Prächtige Kleider, schöne Menschen, wonnige Babys. Ich sehe die Menschen gern an, ich mag sie.

Meine Tutoren greifen auf und übernehmen ohne besondere
Aufforderung, was ich vormache; sie nennen zu Beginn einer
Stunde das Ziel, Anweisungen folgen, Kontrollen finden statt.
Alle sind dankbar für persönliche Anteilnahme, obwohl per-
sönliche Erfahrungen auszutauschen ihnen außerhalb ihres
Hauses fremd ist. ‚Wie fühltest du dich während der Aufgabe‘,
frage ich zu Beginn einer Besprechung, fast alle Lehrer und
Lehrerinnen übernehmen diese Einleitungsfrage in ihren Un-
terricht. Das Geschichtsseminar habe ich mit dem persönlichen
Lebensweg begonnen, ein großer Erfolg! Wenn wir nicht mehr
sitzen können, machen wir Gymnastik. Alle sind ernsthaft da-
bei; weil ohne Übung, langsamer als wir, sie lachen, verste-
hen Spaß, lieben Gruppenarbeit. Gemeinschaftsleben ist ihnen
vertraut, die Gruppenidentität ist wichtiger als Individualität,
in der Gruppe kann man aufgehen, aber auch untertauchen
und andere arbeiten lassen. Häufig beobachtete ich Gefüh-
le der Peinlichkeit und Scham. Viele, vor allem Frauen, sind
nicht gewohnt, öffentlich zu sprechen. Aber auch eine große
Zahl starker, wortgewandter Frauen habe ich getroffen, doch
manche genierten sich endlos, bevor sie etwas sagten. Mit der
Zeit hat sich das gewandelt. Meine Notizen zu ihren Stunden
ähneln denen, die ich als in Kiel schrieb: guter Einstieg, guter
Kontakt zu den Schülern, klare Aufgabenstellung, häufigerer
Methodenwechsel wünschenswert, zu lehrerzentriert, Lern-
kontrolle vorhanden, …
Es geht gelassen zu, sehr entspannt. Das tut mir gut.

Du siehst, es geht mir gut, Barbara

Ongwediva, 27.8.1998

Liebe Susanne,

wie umgehen mit Fehlern und Kritik? Und wie das in einer fremden Kultur? Als Lehrer kommen wir nicht darum herum, wir müssen berichtigen, meinen wir. Die englische Sprache unterscheidet zwischen ‚error‘ und ‚mistake‘. Was in deutschen Schulen als ‚Fehler‘ markiert und kritisiert wird, sind in der Regel ‚errors‘, die hier ohne Aufhebens korrigiert werden. Die Zeitlinie wird neu gezeichnet. Alles in Ordnung. Bei Behörden oder in Geschäften ist es nicht anders; Fehler werden schnell eingestanden und dem Gegenüber zugestanden. Sie bereiten keine Kopfschmerzen. Das macht das Lernen und Unterrichten angenehm. Im Schulunterricht werden alle Antworten, gleich ob richtig oder falsch, genau oder ungenau, an der Tafel festgehalten. Als ich vorschlage, nur die richtigen Antworten stehen zu lassen, wird mir erklärt, dass sich dann das Kind, dessen Antwort nicht an der Tafel steht, benachteiligt fühlen könnte. Einen Gesichtsverlust darf es nicht geben. Wie man sich fühlt, ist entscheidend. Etwas Perfektes anzufertigen, ein gelungenes Endprodukt vorzulegen, ist nicht wichtig. Kein Druck, etwas fehlerfrei, richtig oder besonders gut zu machen, aber als Mensch geachtet, anerkannt und wert geschätzt zu werden, darauf kommt es an. Ich habe da noch viel zu lernen. Zum Ende der Workshops notierten die Kollegen und Kolleginnen links an der Tafel, was ihnen gefallen hat, rechts was sie nicht mochten. Eine Kollegin setzte Kritik auf die Negativseite. Kritik? Eine lebhafte Diskussion entbrannte und dauerte weit über die Zeit.

„Kritik ist notwendig. Sonst lernen wir nicht. Sonst wachsen wir nicht."

„Man macht doch immer Fehler, und die müssen gesagt werden."

„Kritik ist konstruktiv, sie sollte mit Vorschlägen verbunden sein."

„Aber manchmal verletzt sie auch."

„Ja, wenn sie persönlich wird."

„Man sollte nicht zu kleinlich herumkritteln. Es kommt darauf an, wie kritisiert wird."

Soweit, Deine Barbara

Das sich Wohlfühlen war wichtiger als alle Lerninhalte. Sich wohl fühlen hatte nichts mit unserem Wellness-Trend zu tun, dem in Wellness-Zentren mit Wellness-Cremes, Wellness-Kleidung und Wellness-Tees gefrönt wird, sondern mit dem Beieinandersein, mit der Gemeinschaft, in der man sich aufgehoben fühlt. Eine Aufgabe wurde gern und schnell erledigt, wenn das Ergebnis zum Wohlbefinden in der Gruppe beitrug. Auf Genauigkeit kam es nicht an. Ob Flüsse irgendwo Wasser führten, war ohne Belang, solange man nicht darin fischen konnte. Die Vergangenheit Namibias hatte mit dem Jetzt nichts mehr zu tun. Da erübrigten sich auch Ressentiments gegenüber Deutschen.

Unvergessen bleibt mir, wie mich Mr. Ujombala in einer Geographiestunde korrigierte. Von den Karten-Maßstabproblemen habe ich bereits berichtet. Ich weiß nicht mehr genau, um welche Aufgabe es ging, vielleicht um diese: Du fährst mit 60 km/h von A nach B, auf der Karte mit dem Maßstab 1 : 75 000 sind das 4,5 cm. Wie lange dauert die Fahrt? Ich rechnete an der Tafel vor, war schließlich froh, es geschafft zu haben. Es war heiß und schon fast fünf Uhr, und ich sehnte mich nach einem Sun-downer bei Rose. Da meldete sich Mr. Ujombala, ein hochgewachsener, ruhiger Schulleiter:

„Entschuldigung, Madam, die Aufgabe verstehe ich nicht, können Sie bitte noch einmal vorrechnen."

Ich spüre heute noch den Unwillen, der damals in mir gegen ihn aufstieg. Ich hatte bei der Vorbereitung doch genau überlegt, wie ich es verständlich machen könnte und er verstand nicht. Aber pflichtschuldig ging ich wieder an die Tafel und rechnete noch einmal. Ach du Schreck, was für eine Unsinnszahl hatte ich da nur hin geschrieben. Danke, Mr. Ujombala. Er hatte mir die Möglichkeit gegeben, mich selbst zu korrigieren. Ich blickte ihn an, er nickte mir freundlich zu, und da kam auch schon Martin, unser Mathe-Ass, nach vorn, fragte: Darf ich? Nahm mir die Kreide aus der Hand, wischte meine Zahlen mit der linken Hand weg und rechnete laut und klar vor, wie es richtig war.

Ongwediva, 8.9.99

Liebe Susanne,

noch ein Erlebnis zum Miteinander: die Reinigungsprobleme im Institut habe ich erwähnt. Das waren Probleme der Europäer, der Expats, nicht der Namibier. Auf jeder Konferenz

setzte einer der Weißen sie auf die Tagesordnung. Die Putz-
frauen und -männer sitzen ewig schwatzend oder dösend in
der Empfangshalle herum, finden wir. Ich frage nach dem Rei-
nigungsplan und schlage vor, regelmäßig zu kontrollieren und
Nachlässigkeiten zu benennen.
„Aber das schadet der Atmosphäre", antwortet Mbodo. Alle
sollen sich wohl fühlen. Staub kann dem Wohlgefühl ernstlich
nichts anhaben, nicht im Ovamboland, der größten Sandkiste
der Welt. Staub verletzt nicht, aber ein hartes oder auch nur
kritisches Wort, das schon, das darf nicht sein. Niemals habe
ich bislang eine laute Auseinandersetzung gehört. Du erin-
nerst Dich an das Begrüßungsritual? ‚Hello? How are you? I
am fine? and you?' Die Kassiererin in der Bank, in der ich ei-
nen Scheck einlösen will und 20 Minuten gewartet habe, fragt
in aller Ausführlichkeit nach meinem Wohlbefinden, ehe sie
erklärt, ihre Maschine sei kaputt, sie könne den Scheck leider
nicht einlösen.

Es grüßt Dich Barbara

Die folgende Situation steht nicht in meinen Briefen, dabei hat
sie sich mir sehr deutlich eingeprägt, vielleicht war sie mir zu
peinlich, vielleicht habe ich auch erst im Lauf der Zeit ihre Bedeutung für mich erkannt.

Auf den Besuch bei Isak Tshoombe hatte ich mich besonders
gefreut, er war einer der klügsten und gebildetsten Tutoren,
dessen Beiträge stets fundiertes Verständnis für die Inhalte
zeigten. Bei dem letzten Workshop hatten wir intensiv über

Unterrichtsmethoden gesprochen und viele Aufgaben und Übungen zum entdeckenden Lernen zusammengetragen, ausprobiert und diskutiert. Schüler sollten selber in ihren Büchern lesen, sie sollten Fragen stellen, Informationen heraussuchen, diskutieren, Aufgaben lösen, die Aufgaben sollten mit ihrer Erfahrung zu tun haben, und so weiter. Die Lehrer sollten möglichst viele dieser Methoden anwenden. Ich war gespannt, welche Isak für seinen Unterricht wählen würde. – Er dozierte die gesamte Unterrichtsstunde lang. Kein Schüler kam zu Wort. Kein Ergebnis wurde festgehalten. Ich fühlte mich persönlich getroffen. Hatte er nicht verstanden oder gar nicht ernst genommen, was ich zu vermitteln versucht hatte? Bei der anschließenden Besprechung fragte ich ungehalten, worüber wir das letzte Mal gesprochen hätten und fügte hinzu, dass seine Aufgabe gewesen sei, die besprochenen Methoden anzuwenden. Isak sah mich kurz an, stand auf, verließ den Raum und ließ mich betroffen zurück. Moses, mein Counterpart:
„Du hättest sagen müssen, dass er einen sehr klugen Vortrag gehalten habe und dann hättest du fragen können, ob man die Inhalte des Vortrags den Schülern vielleicht auch anders hätte nahe bringen können".
Wie er das meinte, machte Moses mir bei den nächsten Besuchen vor. Ein Tutor hatte einen Workshop angesetzt und ihn dann offensichtlich vergessen, die Lehrer waren da, aber er, der den Workshop leiten sollte, nicht. Ein Kollege vermutete ihn in dem Cuca-Shop, also der Bar, nebenan. Moses war sehr wütend. Wir suchten den Mann auf und Moses fragte, ohne dass seine Stimme irgendeine Emotion verriet:

„Deine Lehrer sind im Institut aber du nicht, wie kommt das?"
Dem Kollegen blieben alle Erklärungsmöglichkeiten offen,
und er erfand tatsächlich eine tolle Geschichte; Moses und ich
lachten auf der Heimfahrt herzlich darüber, aber der Kollege hatte sein Gesicht gewahrt; wir können weiter zusammen
arbeiten.Wenn jemand unvorbereitet ist, fragt Moses ruhig und
sachlich:
„Meinst du, dass die Stunde gut vorbereitet war?"
Er bleibt immer taktvoll, beschämt niemanden. Die Atmosphäre bleibt entspannt. Auch ich brauche nie Angst zu haben,
beschämt zu werden, muss jedoch lernen, die Schamgrenzen
meiner Mitmenschen rechtzeitiger zu erkennen.
Auf einer unserer langen Fahrten zu einer Schule im Busch
fragte Moses:
„Hast du noch andere Kassetten?"
Du magst meine Musik nicht, übersetzte ich für mich und bat
ihn, das nächste Mal einige seiner Kassetten mitzubringen.
Fortan ersetzte afrikanischer Pop Chopins Etüden.

Im Jahr 2000 musste ich Abschied nehmen.

Abschied von der Fremde

Ich guckte ihnen zu, sah sie gern, die schönen Frauen in ihren traditionellen Kleidern aus Hitze abweisendem Leinen. Hänger mit großen Puffärmeln und Litzen-besetzter Passe, locker um den Körper schwingend, zu jeder Figur passend, grob oder fein gemustert, meist bunt: grün und orange; gelb, braun und schwarz oder rot, schwarz und grün, Farben, die mit olivbrauner, braunschwarzer oder orangedunkler Haut harmonieren. Einst von Missionarsfrauen eingeführt und damals wie heut sehr begehrt,

Unter die blühenden Korallenbäume waren alle Kolleginnen in ihrer Festtagsgarderobe gekommen, die Kollegen in dunklen Anzügen, von mehr als 30 Schulen, zu Fuß, per Anhalter oder als Kleingruppe in einem Taxi. Eine, zwei, drei Stunden, manche gar einen halben Tag lang waren sie unterwegs gewesen, um mich zu verabschieden. Ein Fest hatten sie geplant, den Braai vorbereitet, ausreichend Feuerholz und reichlich Fleisch herbeigeschafft, viel Ziege, Hähnchenflügel, etwas Rind. Dazu einige Kisten Bier und Sprite. Die Männer rückten Bänke zurecht, die Frauen richteten Krautsalat auf Bastschalen an. Sie wirtschafteten herum, eine frohe Gemeinschaft, die ich, je länger ich bei ihnen lebte, umso mehr schätzen gelernt hatte. Sie zu verlassen fiel mir schwer.

Als ich sie so beobachtete, aus dem Schatten der Tamariske heraus, in diesen Minuten vor meinem Abschied, im filzigen Flaum der um mich wuchernden Blätter, verlor ich mich. Mir fehlte, ich weiß nicht was. Ich wurde mir fremd, so fremd, wie ich den Menschen hier fremd gewesen sein musste. Ich blickte an mir herunter, an meinen weißen Gliedern in dem hellblauen T-Shirt und den weißen Jeans auf meine blassen Füße. Vom Grill drangen Sätze zu mir, aber ich verstand kein Wort von dem, was sie zu einander sagten. Vergeblich war mein Versuch gewesen, ihre Sprache zu erlernen. Ich hatte ihren Liedern zugehört und konnte die Melodien nicht behalten. Ich hatte versucht, mich in ihre Rundtänze einzureihen und war über meine Füße gestolpert. Auf Familienfesten war mir - bei ihnen, getrennt von ihnen - an einem extra Tisch serviert worden. Ich aß anders und bereitete meine Mahlzeiten anders zu. Ich dachte anders, bewertete anders, auch nach Jahren des gemeinsamen Arbeitens. Ihre Zeremonien hatte ich nicht verstanden, ihre Traditionen berührten mich nicht. Noch immer ahnte ich kaum, welches Verhalten willkommen war und was befremdete, welche Bemerkung erfreute oder beleidigte, was Streit hervorrief, wie Versöhnung geschah und wie man sich bedankte. Ich mochte sie.

Sie waren alle gekommen, um mich gehen zu lassen. Mich, die Fremde. Wir standen im Kreis, Aini stimmte ein Lied an, Isak sprach ein Gebet und Moses überreichte mir mit überlegten und wohl formulierten Sätzen in unserer gemeinsamen Sprache ein Paket. *„Auspacken."*

„Mach es auf."

„Jetzt öffnen", riefen sie mir zu. Jede, jeder war aufmerksam, beobachtete mich gespannt. Ihre Blicke fühlte ich auf meinen Händen und in meinem Gesicht und wusste von vielen Begegnungen, wie genau sie meine Mimik lasen, wie sicher sie

meine Gefühle erkannten. Ich legte das Paket auf die Erde und zog ungeschickt an der Schnur. Moses kam und schnitt sie durch. Langsam, mehrmals innehaltend und in die Runde blickend, faltete ich das Papier auseinander und fand – das konnte gar nicht sein – das gab es doch nicht – ich bekam zum Abschied ein Kleid geschenkt, ein fein gemustertes, blaues Ovambokleid, mit Passe, Litze und Puffärmeln. Aini half mir es anzuziehen, über meine blassen Klamotten:

„Weil du zu uns gehörst", sagte sie.

II. Gegenwärtig Vergangenes

Wenn meine Kolleginnen, Tutoren und ich zeitlos beieinander saßen, wenn die Atmosphäre entspannt war und ich nach ihrem Ergehen fragte, erzählten viele von Erlebnissen aus der Zeit vor und während des Unabhängigkeitskampfes. Die Erfahrungen aus der Kolonialzeit in den 70er Jahren, Demütigungen, Ängste, Schmerzen und Erinnerungen ans Exil in den 80er Jahren, an den Kampf gegen die Apartheid und für die Freiheit waren gegenwärtig und beeinflussten ihr Verhalten und ihre Lebensentwürfe. Nach einem dieser Gespräche sagte Linda Nambadi zu mir:

„Wir haben so viel zu erzählen, das müsste jemand aufschreiben, für unsere Kinder, für unsere Enkel, auch für uns selber."
Ich nickte und dachte dabei an ihre Geschichte vom Bombardement auf Cassinga. Sie sah mich an und fuhr fort:

„Ich kann das nicht. Du hörst uns zu. Willst du das nicht tun? Es wäre gut, wenn jemand von außen das aufschreibt. Willst du?"
Ich wollte. 2003, meine Zeit im Ovamboland war beendet und ich war pensioniert, blieb ich ein Vierteljahr in Namibia und interviewte ehemalige Kolleginnen, Vorgesetzte, Bekannte und wen ich empfohlen bekam. Unter dem Titel ‚Speaking Out. Namibians share their Perspectives on Independence' wurde die Sammlung biografischer Berichte 2005 bei ‚Out of Africa Publishers' in Windhoek veröffentlicht.
Die Interviews nahm ich mit einem Tonband auf, transkribierte sie und legte sie den Interviewpartnern zur Kontrolle und

Überarbeitung vor, bis sie der Veröffentlichung zustimmten. Die Bänder sind in den ‚National Archives' in Windhoek einsehbar, genauer: nachzuhören. In diesen 27 Berichten, mehr oder weniger zufällig zusammengetragen, subjektiv und selektiv, wie es persönlichen Erinnerungen entspricht, werden viele Gründe für Konflikte und Fluchtursachen deutlich und wie diese bewältigt werden. Von Gewalterfahrungen, Verboten der Versammlungs- und Redefreiheit, fehlenden Zukunftsperspektiven, einer schlechten Versorgungslage, Indoktrination, fehlenden Grundrechten, berichten die Interviewten und gleichen darin häufig den Erfahrungsberichten von Flüchtlingen aus Syrien, aus Eritrea oder anderen Herkunftsländern von Flüchtlingen 2015-2019. Besonders berühren mich die Schilderungen von Exilanten über ihre Heimkehr und Wiedereingliederung. Auszüge der Berichte habe ich ins Deutsche übertragen und hier zusammengestellt.

Als ich 2004 weitere Interviews sammelte und die vom Vorjahr redigierte, traf ich Linda Nambadi in Windhoek im Zoo Café. Sie reagierte auf ihre Geschichte mit den Worten:
„*Ja, it's true, that's reality, that's exactly how it was. Now I will read it again and again.*" Bei jedem späteren Treffen kam sie dankbar auf ihre Geschichte zu sprechen.

Geschichtlicher Hintergrund

Auf der Berliner Kongo-Konferenz 1884/85 wurden dem deutschen Kaiserreich die Hoheitsrechte über einen schmalen Küstenstreifen um Lüderitz herum zugesprochen, damit wurde Südwestafrika zu Deutschsüdwest und deutsche Kolonie. Die deutsche Kolonialgesellschaft für Südwestafrika forderte eine Schutztruppe an und erweiterte das ursprüngliche Gebiet, was zu Auseinandersetzungen mit den einheimischen Stämmen, den Nama im Süden und den Herero im Zentrum des Landes, führte, die in dem Völkermord an den Nama und Herero 1904 unter General Lothar von Trotha gipfelten. Deutschland kolonisierte und christianisierte Südwestafrika, d.h. Deutsche erwarben Farmen, züchteten Rinder und Schafe, bauten Straßen und die Eisenbahn, trieben Handel, führten die Elektrizität ein, usw. 1908 wurde in der Nähe von Lüderitz der erste Diamant gefunden und eine Reihe von Bergbau- und Diamantgesellschaften gründeten sich. Im ersten Weltkrieg wurde das südliche Afrika zu einem Nebenkriegsplatz zwischen Deutschen und den Briten in Betschuanaland und der südafrikanischen Union. Im Juli 1915 kapitulierte die deutsche Schutztruppe in Deutschsüdwest und die südafrikanische Union etabliert ihre Herrschaft, die erst 1989/90 beendet wurde.

1920 erhielt die südafrikanische Union von Groß Britannien das Mandat über Südwestafrika, von da an konnte sie das Gebiet als Bestandteil ihres Landes ansehen. Sie betrieb eine Apartheid-Politik, d.h. eine stammesmäßige Isolierung der schwarzen Bevölkerung, so dass ein Flickenteppich von Reservaten entstand, aus denen in der Folgezeit die Homelands wurden, die niemand ohne Passierschein verlassen durfte. Fremden Volksgruppen war der Aufenthalt in einem Homeland untersagt, auch den Weißen. Im Ovamboland im Norden von Namibia südlich der angolanischen Grenze lebten also nur Ovambos. Es war mit rund 240.000 Einwohnern das bevölkerungsreichste Homeland. Im Hereroland, der Fläche nach etwas größer, lebten etwas mehr als 35.000 Menschen.

Nach dem 2. Weltkrieg wurde die Durchsetzung der Apartheid Gesetze verschärft. Das Gesetz über getrennte Einrichtungen schaffte separate öffentliche Bereiche, separate Strände, Busse, Toiletten, Schulen, Aufzüge, Restaurants, Parkbänke, Blutkonserven, Rettungswagen etc. Damit trat neben den Ausbau der bisher schon gesetzlich verankerten und praktizierten gesellschaftlichen Trennung, der sog. „kleinen Apartheid", zusätzlich die räumliche Trennung von Schwarzen, Weißen und Farbigen (Baster), die „große Apartheid". Die schwarze Bevölkerung war in allen gesellschaftlichen Belangen erheblich benachteiligt, vor allem im Bildungsbereich und im Lohnsektor und Arbeitsrecht, aber auch im Gesundheitswesen, in der Verwaltung und im Kulturbetrieb. Die Amtssprache war Afrikaans, wodurch die Mehrheit der Menschen von der Teilnahme an öffentliche und politischen Veranstaltungen und Verfahren ausgeschlossen war. Eine als besonders diskriminierend erlebte Anordnung, von der mir erzählt wurde, betraf das Brot: Weißbrot gab es nur für Weiße zu kaufen, die Schwarzen bekamen schwarzes.

Widerstand regte sich schon in den 1950 Jahren, verstärkt ab

1960. Sam Nujoma, ein Ovambo, gründete 1959 die SWAPO, die South West African People's Organisation, die mit Demonstrationen und Protesten bessere Lebensbedingungen und ein Ende der Apartheid forderte. In der Hauptstadt Windhoek organisierten 1959 Nama und Damara Frauen Proteste gegen ihre Umsiedlung, bzw. gegen die Aussiedlung der schwarzen Bevölkerung nach Katutura, = dem Ort, an dem wir nicht wohnen wollen. Südafrika aber wollte nicht vom heutigen Namibia lassen, auch nicht, als die UN ihm 1966 das Mandat entzog.

Nach der Unabhängigkeit von Sambia und der Etablierung von Tansania wurden in diesen Ländern SWAPO-Mitglieder der South West African Liberation Army, der südwestafrikanischen Befreiungsarmee, später umbenannt in People's Liberation Army of Namibia (PLAN) ausgebildet. Daraus rekrutierten sich die PLAN-Fighter/Kämpfer, der bewaffnete und kampfbereite Arm der SWAPO, den die südafrikanische Armee im Buschland an der Grenze zu Angola aufzuspüren suchte und bekämpfte.

1973 erklärten die UN die SWAPO zur rechtmäßigen Vertretung der Bewohner Südwestafrikas. Der Sicherheitsrat verlangte freie und faire Wahlen unter UN-Aufsicht, dazu kam es nicht. Das Ovamboland erhielt in diesem Jahr die autonome Selbstverwaltung, will heißen, die Ovambo-Könige verwalteten das Land und ihre Untertanen entsprechend den südafrikanischen Gesetzen und erhielten dafür eine entsprechende Anerkennung, was Konflikte innerhalb der Bevölkerung zeitigte. Keine andere Region Namibias stand derart im Zeichen des Befreiungskampfes wie das Ovamboland, tausende Ovambo verloren ihr Leben und zehntausende mussten ins Exil flüchten. Als Konsequenz war die Entwicklung des Ovambolandes in diesen Jahren stark rückläufig.

1974, nach der Nelkenrevolution in Portugal, wurde Angola unabhängig, und der Bürgerkrieg zwischen den beiden Oppositionsparteien, der UNITA und der MPLA, begann. Für die SWAPO und PLAN wurde es möglich, mit der MPLA im nördlichen Nachbarland militärisch zusammenzuarbeiten. Der namibische Befreiungskampf und der angolanische Bürgerkrieg waren fortan eng miteinander verknüpft. Von 1975 bis 1988 flohen rund 50.000 Ovambo nach Angola. Die südafrikanischen Truppen drangen mit US-amerikanischer Unterstützung weit auf angolanisches Territorium vor und griffen auf Seiten der UNITA in den Bürgerkrieg ein. SWAPO und MPLA wiederum wurden von Kuba, der Sowjetunion und anderen sozialistischen Ländern, nicht zuletzt auch von der DDR, unterstützt.

1978 wurde zur Unterstützung der südafrikanischen Polizei die Koevoet gegründet. In den Zeiten ihrer Existenz verlor die Koevoet 153 Mann und tötete mindestens 3861 mutmaßliche SWAPO-Mitglieder. Mit ihren Casspirs, den minengeschützten, gepanzerten Truppentransportern mit Allradantrieb, verbreiteten sie unter der Bevölkerung Angst und Schrecken. Ihr Schlagstock war der gefürchtete Sjambok, die Nilpferdpeitsche. Am 4. Mai 1978 griffen die südafrikanischen Streitkräfte den Stützpunkt der SWAPO bei Cassinga im südlichen Angola an, dabei kamen etwa 600 Menschen, überwiegend Frauen und Kinder, ums Leben. Seit der Unabhängigkeit 1990 ist der 4. Mai im Gedenken an Cassinga ein Nationalfeiertag.

Im August 1988 trat ein Waffenstillstand in Kraft, Südafrika kündigte den Rückzug aus Südwest an. Dieser erfolgte nach den ersten Wahlen im Herbst 1989, die der SWAPO eine absolute Mehrheit brachten. Sam Nujoma wurde der erste namibische Präsident.

Frans Gawanab, Tsumeb, Rentner, ehemaliger Geschäftsmann

Ich studierte von 1959 bis 61 am Augustineum, dem Lehrerseminar in Okahandja. Politische Parteien und Versammlungen waren verboten, aber Sam Nujoma kam zu uns und fragte, was für Probleme wir hätten. Wir beschrieben ihm unser Essensproblem. Was wir zu essen bekamen, war einfach nicht gut, es war wirklich schlecht. Nujoma forderte uns auf, unser Essen mit dem der weißen Studenten zu vergleichen. Ja, die Weißen bekamen Reis und Gemüse und Fleisch, und wir bekamen nur Mais und Innereien, gehackten Magen und Tee ohne Milch. Die weißen Studenten bekamen monatlich 10 Rand Taschengeld und wir 30 Cent. Sam Nujoma sagte, wir sollten uns an die Regierung wenden, und das taten wir. Wir organisierten einen Streik, marschierten zu Fuß nach Windhoek, alle 72 Studenten, das gesamte Lehrerseminar, und ich verlas unsere Forderungen vor dem Direktor unseres Homelands und dem Erziehungsminister, 32 Forderungen. Dabei wurde ich fotografiert. Gut, hieß es, wir haben eure Klagen gehört, wir werden der Sache nachgehen und eine Lösung finden. Geht jetzt zurück. Sie erfüllten unsere Forderungen. Wir bekamen gutes Essen, keinen Mais mehr, sondern Fleisch und Weißbrot. Wir bekamen Decken, bis dahin hatten wir auf den bloßen Matratzen geschlafen. Die 30 Cent wurden auf 5 Rand erhöht. Wir bekamen also alles und fühlten und als Sieger.

Kurz darauf begannen die Praktika an den verschiedenen Schulen, die wir vor dem Examen absolvieren mussten. Ich wurde nicht zugelassen. Ich wurde entlassen, einige andre auch, weil wir Nujomas Partei unterstützt hatten. Sie hatten mich auf dem Foto identifiziert. Als zukünftiger Lehrer dürfe ich die Schüler nicht politisch beeinflussen, erklärten sie. Zuerst versuchte ich noch durch Fernstudien weiterzukommen, doch dann hörte ich damit auf und wurde Taxifahrer. Aber politische Versammlungen habe ich nach wie vor organisiert.

Samson Ndeikwila, Windhoek, Theologe im ‚Forum for the Future‘

Ich komme aus einer christlichen Familie, wuchs in einer christlichen Umgebung auf, besuchte eine christliche Schule, also bin ich von christlichen Werten geprägt worden und wollte mein Leben nach diesen Werten leben. Aber das war in meiner Heimat unter der südafrikanischen Apartheidsregierung nicht möglich. Deshalb habe ich mich entschlossen, ins

Exil zu gehen. Nicht allein, sondern mit fünf Kameraden. Das war 1966.

Im Afro-American-Institute in Sambia habe ich dann zwei Jahre studieren können und sehr viel gelesen, die Werke all der großen afrikanischen Denker. Besonders gern las ich Bücher von Julius Nyerere aus Tansania, von Kwame Nkrumah aus Ghana, von Patrick Lumumba aus Zaire, Jomo Kenyatta aus Kenia. Ich war tief beeindruckt von ihrem Blick auf Afrika, sie sahen Afrika als einheitlichen Kontinent und beschrieben einen afrikanischen Sozialismus. Mir gefielen die Gedanken der großen Revolutionäre, Karl Marx, Lenin, Mao Tse Tung, Che Guevara…

Jackson Mwalundange, Windhoek, Wirtschaftler im ‚Forum for the Future'

Ich ging 1974 ins Exil, nach dem Umsturz in Portugal. Mein Hauptgrund war die mangelhafte Schulbildung, die ich in Odibo erhielt. Was ich da lernte, reichte in keiner Weise aus, um mir eine Zukunft zu sichern. Meistens lernten wir für uns allein, es gab keine Lehrer. Die südafrikanischen Behörden verweigerten den britischen und amerikanischen Lehrkräften, die zu uns kommen wollten, die Unterrichtserlaubnis. Einmal wurde die Schule sogar geschlossen. Ich besuchte die 10. Klasse; eine 11. und 12. Klasse gab es nicht, also konnte ich kein Abitur machen. Die Schulen in Oshigambo oder Ongwediva konnten wir nicht besuchen, die waren überfüllt. Was hätte ich tun sollen? Selbst wenn ich einen Platz für mich ergattert hätte, was wäre aus all meinen Mitschülern geworden? Wir waren sehr unzufrieden und begannen, uns politisch zu engagieren und aktiv zu werden.

Deshalb holte uns die Polizei aus der Schule, auch wenn wir gar nichts getan hatten. Bei einer Demonstration in Ondangwa waren einige Studenten verhaftet worden, andere konnten fliehen, da kam die Polizei nach Odibo und verhaftete, wen immer sie kriegen konnte. Sie brachten uns nach Oshakati. Dort wurde man zusammengeschlagen und tagelang ins Gefängnis gesteckt.

Wir mussten das südafrikanische Regime loswerden und durch eine fürsorgliche Regierung zu ersetzen, eine, die sich um das Wohl der Bevölkerung kümmerte. Deshalb wollten wir ins Exil. Wenn ich dort studieren könnte, gut, wenn nicht, dann wollte ich mich dem militärischen Flügel der SWAPO anschließen und mithelfen, das südafrikanische Regime loszuwerden.

George Haimbiri, Rundu, Lehrer, Schriftsteller

1986, als ich zwölf Jahre alt war, fing ich an, mich für Politik zu interessieren, und ich lernte, was in Namibia vor sich ging. Die südafrikanische Armee rekrutierte im Kavango Dorfbewohner für ihre Armee, und manche dieser Soldaten verteilten Pamphlete und Flugblätter in Rukwangali, in unserer Sprache. Ich sah mir die Bilder auf diesen Blättern an, Bilder von erschossenen SWAPO-Kämpfern, brutal erschossen, die irgendwo herumlagen. Ich las, dass sie Terroristen gewesen seien, Guerilleros, die man gefangen und getötet habe. Das erschreckte mich sehr und ich fragte mich, mit meinen zwölf Jahren, was das bedeutete, warum Menschen so was taten und warum Menschen Guerillas wurden. Ich fing an, alles zu lesen, was ich über unsere Geschichte und diesen Kampf finden konnte und ich fragte meinen Vater:

„Warum wird jemand Terrorist? Warum werden Terroristen getötet?"

„Das ist das eine lange Geschichte", erklärte er mir. Die Weißen seien in unser Land gekommen und hätten uns kolonisiert und viel Leid über uns gebracht. Sie sähen uns einfach nicht als menschliche Wesen an und achteten uns nicht. Deshalb sei die SWAPO gegründet worden, deshalb kämpfe sie gegen die Weißen. Das gefiel mir und ich fragte meinen Vater, warum er denn nicht bei der SWAPO sei. Er sagte:

„1975 war ich versucht gewesen, nach Angola zu gehen und zu kämpfen, aber dann habe ich an deine Mutter, an meine junge Frau und unser Kind, gedacht, du warst damals noch ein Baby, ich musste euch beschützen, und so bin ich geblieben." Als ich dreizehn war, wuchsen meine Erfahrung und mein politisches Bewusstsein. Ich wollte den Dingen auf den Grund gehen und fragte wieder meinen Vater: *„Warum halten sich Schwarze gegenüber Weißen für benachteiligt?"*

„Die Weißen, die in unser Land kamen, waren arm. Sie hatten nichts. Alles bekamen sie von uns, Land, Vieh... Als sie alles hatten, versklavten sie uns", antwortete er. Ich fragte nicht weiter aber dachte darüber nach. Wie kann das sein, dass die, die nichts haben, in unser Land kommen und uns, dir wir alles haben, unterdrücken. Wie machtlos sind wir denn?

Im Mai 1978 wurde das Flüchtlingslager Cassinga bombardiert, und im Juni sollten wir unsere Jahresabschlussarbeiten schreiben. Aber die Schüler wollten der Toten gedenken und kein Examen schreiben, doch das Schulamt bewilligte keine Demonstration. Ich verstand das damals alles noch nicht so richtig, aber ein Lehrer sagte zu uns:

„Seht ihr, so werden wir kolonisiert. Die Weißen achten unsere Gefallenen nicht, wir sind für sie keine menschlichen Wesen, sie erlauben uns nicht, um unsere gestorbenen Brüder zu trauern. Aber wir müssen ihrer gedenken."

Im nächsten Jahr, 1988, war es dasselbe, Cassinga wurde nicht als Gedenktag anerkannt, und wir sollten unsere Prüfungsarbeiten schreiben. Damit begann das Übel. Unser Vertrauenslehrer entschied, dass wir die Arbeiten nicht schrieben. Ich erinnere mich gut an die Schulversammlung am Morgen des Prüfungstages. Wir, die Rundu Junior Secondary Schüler, hatten uns ordentlich aufgestellt. Ich war zum Glück ziemlich weit vorn, weil mein Name mit H beginnt. Wir standen in alphabetischer Ordnung vor den Lehrern auf dem Podium. Ich bin klein und hatte so keine großen Kinder vor mir. Unser Rektor, Herr David Bezuidenhout, sprach uns an und sagte:

„Bitte, liebe Kinder, hört mir zu." Wirklich, so redete er uns an:

„Bitte, liebe Kinder, lasst mich ein Wort zu euch sagen."

„Okay, okay, lasst ihn reden", sagte einer der Großen von hinten.

„Bitte", begann Herr Bezuidenhout, *„können wir diese Angelegenheit nicht anders regeln? Ihr habt eure Beschwerden vorgebracht. Lasst uns mit euren Eltern sprechen, dann diskutieren wir darüber, ob ihr die Freiheit habt zu tun, was ihr wollt. Meiner Meinung nach schadet ihr euch selbst. Denkt daran, dass eure Eltern euch auf die Schule geschickt haben, damit ihr lernt. Lernt, damit ihr das Beste aus euch macht."*

Als er das sagte, wurde die Menge hinter mir unruhig und jemand schrie:

„Nieder mit Bezuidenhout!" Andere fielen ein:

„Nieder! Nieder!" Jetzt schrie die Masse:

„Nieder mit Bezuidenhout." Ich fand das schrecklich. Warum hört niemand zu, wenn jemand spricht, dachte ich. Erst viel später verstand ich.

Dann flogen Steine und Stöcke, und ich sah wie Bezuidenhout den Steinen auszuweichen suchte. Schließlich gelangte er in den Verwaltungstrakt und schloss sich ein. Da wurden alle ganz wild, brüllten, schlugen um sich, suchten die Lehrer, schlugen auf sie ein und grölten Freiheitslieder. Wir Jüngeren zögerten, ich wusste nicht recht, was ich tun sollte. Da hörte ich einen älteren Schüler hinter mir, der sagte:

„Nein, niemand soll mich anrühren, ich bin von weit hergekommen, um das Examen zu schreiben. Ich gehe jetzt und schreibe." Und er ging in die Schule. Der ist mutig, dachte ich, sagte aber nichts, schlich nur hinter ihm und schlüpfte in

die Klasse. Zuerst waren wir zehn, dann kamen immer mehr, schließlich schrieben mehr als dreißig Schüler ihr Examen. Plötzlich lief mein Nachbar ans Fenster und rief mich: *„George, komm und sieh dir das an!"* Die Geheimpolizei war auf den Schulhof gekommen. Wir waren klein und klammerten uns an die Fensterrahmen, um sehen zu können, was los war. Die Polizisten fassten den Anführer, hielten ihn fest und schlugen auf ihn ein. Seine Kleider zerrissen und überall floss Blut. Viele Schüler wurden festgenommen, viele geschlagen, die Polizei rannte hinter ihnen her, manche wurden auf die Panzer geworfen, andere wurden verjagt. An diesem Tag verstand ich, was in Namibia los war.

Philemon Moongo, Windhoek, Abgeordneter im namibischen Parlament

Ich war SWAPO-Jugendführer. Wir trafen uns nachts in der Druckerei in Oniipa, bildeten ein Komitee, verfassten eine Beschwerde mit den Klagen der Menschen und forderten Südafrika zum Rückzug auf. Von 1971 bis 74 veranstalteten wir Versammlungen in verschiedenen Orten.

1972 organisierten wir eine Versammlung in Ondangwa, zu der ein paar tausend Leute kamen. Einige Bürgermeister und Dorfälteste arbeiteten mit den Südafrikanern zusammen, auch der von Ondangwa. Das war Bürgermeister Elifas. Wir wurden festgenommen und Elifas kam zu uns und fragte:

„Wie kommt ihr dazu mich zu ignorieren? Warum habt ihr eine Versammlung ohne meine Erlaubnis einberufen?" Das Treffen wurde aufgelöst. Es war schrecklich.

Kurz danach wurde ich mit mehreren anderen verhaftet. Die Verhandlung fand nach drei Monaten statt. Einer von uns hatte einen weißen Anwalt engagiert, der war neutral und kam aus Windhoek nach Ondangwa, um uns zu verteidigen. Das Verfahren wurde eingestellt und nach Monaten im Gefängnis wurden wir frei gelassen.

Wir machten weiter, hielten Versammlungen ab, wurden festgenommen, mit Schlagstöcken und Palmwedeln malträtiert, unsere Gesäßbacken bluteten wie verrückt. Einmal, an einem Sonntag, wurde ich mit einem Kameraden nach Ongandjera geschickt. Der Taxifahrer setzte uns außerhalb des Ortes an einem Cucashop ab und fuhr ganz schnell zurück, um nicht erkannt zu werden. Wir gingen in die Kirche, weil wir dort viele Leute trafen und einladen konnten. Nach dem Gottesdienst platzierten wir unsre Lausprecher auf einem Platz in der Nähe und begannen zu singen: Semi, Semi, ou li peni (Sam, wohin gehst du). Die Leute versammelten sich, es kamen immer mehr, sie strömten zu hunderten herbei. Dann sah ich den Bürgermeister in seinem Auto auf uns zufahren, gefolgt von sieben berittenen Polizisten. Trotzdem fing ich an. Ich eröffnete die Versammlung wie immer mit einem Gebet und dem Kyrie. Ich wurde sofort unterbrochen, ich solle augenblicklich aufhören, aber ich redete weiter und erklärte unsere Ziele und die Unabhängigkeit.

„Gott hat uns diese Erde gegeben, damit wir darauf leben.

Gott hat uns dieses Land gegeben, damit wir unser Zusammenleben hier selbst regeln. Gott wird uns beistehen, damit wir den Kolonialismus überwinden." Die Reiter schwangen ihre Peitschen und schrien uns an. Sie befahlen uns, den Platz zu verlassen, wenn uns unser Leben lieb sei, und jagten uns nach Uukwaludhi zur Grenze, 15 Kilometer. Semi, Semi, ou li peni, sangen wir. Als wir hinter der Grenze waren, warnten sie uns davor, jemals wieder nach Ongandjera zu kommen.

„Die SWAPO mordet, die SWAPOS sind Killer", riefen sie, „wir wollen keine SWAPO".

Aber wir hörten nicht auf, politisch zu arbeiten, hielten weiter Versammlungen ab, auch in gefährlichen Gegenden wie Ongandjera. Doch wir mussten einsehen, dass Verhandlungen nichts brachten. Wir versuchten, friedlich zu agieren, aber vergebens. Die Lage war zu schwierig. Wir wurden zusammengeschlagen und eingelocht. 1974 entschieden wir, uns dem bewaffneten Arm der SWAPO in Angola anzuschließen.

Linda Nambadi, Windhoek, Dozentin am College of Education

Ich ging 1978 ins Exil. Da war ich noch sehr jung, ich war 11 Jahre alt. Meine Eltern arbeiteten in Swakopmund, und ich lebte mit meinem Bruder bei meiner Großmutter. Nachts kamen SWAPO-Kämpfer zu uns, aber wir Kinder durften sie nicht sehen, wir hätten sie verraten können, wir mussten nur früh morgens ihre Fußspuren wegfegen. Einmal schickte Großmutter meinen Bruder zu unserem Nachbarn. Gerade da kamen Soldaten zu diesem Mann und schlugen ihn. Sie banden ihn an das Schutzblech von ihrem Casspir und schlugen auf ihn ein. Als mein Bruder nach Hause kam, weinte er. Ja wirklich, er weinte. Von dem Tag an suchte er nach einem Weg ins Exil. Als er uns verließ, war er 13 Jahre alt, und ich dachte, also gut, mein Bruder ist gegangen, dann sollte ich vielleicht auch gehen, selbst wenn ich allein gehen muss.

Einmal, als wir draußen spielten, hörten wir Soldaten hinter uns. Sie riefen uns. Aber wir liefen davon, so schnell wir nur konnten. Man musste immer fortlaufen und sich verstecken, wenn man nicht geschlagen werden wollte. Meine Freundin versteckte sich im Busch, und ich lief auf dem breiten Weg auf unser Haus zu. Ich lief und lief, die Militärs sahen mich und folgten mir auf dem Sandweg durch das Buschland, immer hinter mir her, bis nach Hause. Dabei lachten sie. Sie lachten so laut, so hässlich, so schrecklich. Auch in die Schule kamen südafrikanische Soldaten mit ihren großen Gewehren und riefen uns auf den Schulhof. Wir mussten uns aufstellen, und dann demonstrierten sie, wie sie mit ihren Gewehren schossen. Es waren viele Soldaten, vielleicht 20, und sie feuerten mit ihren Gewehren herum. Unsere Eltern hatten Angst, dass wir erschossen würden. Bis heute weiß ich nicht, warum sie uns ihre Waffen und Schießtechnik zeigten. Vielleicht wollten sie, dass wir bei ihnen mitmachten, oder sie wollten nur ihre Macht demonstrieren. Auf jeden Fall waren wir ganz unglücklich. Ich fand schließlich zwei Mädchen, die mit ins Exil gehen wollten. Da wir nah an der Grenze wohnten, war das nicht schwierig. Wir sahen viele nach Angola gehen. Einer meiner Onkel registrierte in seinem Getränkeladen jeden, der ins Exil wollte. Ein Mann kam regelmäßig zu ihm und brachte die Leute nach Angola zu Soldaten der SWAPO. Meine Freundin ging heimlich zu meinem Onkel und erzählte ihm von unserem Plan. Er sagte dann zu mir: *„Ich habe gehört, dass du nach Angola gehen willst."* Ich fing an zu weinen, weil ich Angst hatte, er würde es mir verbieten, und heulte:

„Was für ein Pech habe ich nur." Er sagte:

„Na, na, weine nicht, das ist doch eine gute Idee. Du bist sehr, sehr jung. Wenn du gehst, wirst du nicht kämpfen. Wir werden dich auf eine Schule und zum Studium schicken. Ich erwarte, dass du zur Schule gehst und tüchtig lernst. Wenn du wieder kommst, dann musst du etwas mitbringen, und zwar Wissen. Ich möchte, dass du als eine gebildete Frau zurückkommst." Das sagte er zu mir.

„Ich will ins Ausland gehen und ein Gewehr kriegen und dann wiederkommen und schießen und töten", antwortete ich ihm. Darauf er:

„Nein, du wirst lernen", und leiser fügte er hinzu, *„verrate es nicht der Großmutter. Es muss ein Geheimnis bleiben"*, und ich nickte.

Zwei Tage später – ich hatte gerade meinen Eimer genommen, um Wasser zu holen – da kam mein Onkel, rief mich und sagte, dass der Mann aus Angola gekommen sei und dass ich ihn treffen solle. *„Geh zu deinen Freundinnen und sag ihnen, heute Nacht müsst ihr fertig sein. Packt eure Sachen ordentlich* *zusammen.*" Ich sagte danke, ließ meinen Eimer stehen und lief zu meiner Freundin. Sie ließ auch alles stehen und liegen und wir liefen zu der dritten. Aber die sagte:

„Nein, heute kann ich nicht fort. Ich muss erst noch meine Mutter sehen." Ihre Mutter war in Oshakati. Ich sagte zu ihr:

„Ich würde auch gern meine Mutter sehen, meine Mutter ist in Swakop." Sie sagte:

„Nein, wirklich, ich kann nicht mitgehen. Ich muss meiner Mutter auf Wiedersehen sagen." Ich sagte: *„Wir können nicht auf dich warten. Wir müssen los.*" Sie blieb zu Hause, kam aber zwei Tagen später nach.

Ich ging ganz leise in mein Zimmer, nahm meine Tasche, packte meine Sachen hinein, meine Großmutter war in der Küche und merkte zum Glück nichts. Ich versteckte mich bei meinem Onkel, da suchte meine Großmutter mich schon:

„Wo ist Linda?" fragte sie meinen Onkel, „ich fürchte, Linda ist fortgegangen; sie ist nicht da", hörte ich sie weinen. Mein Onkel verriet nichts von unserem Plan:

„Wie soll sie denn fortgehen", sagte er, *„sie wird zu ihren Freundinnen gegangen sein.*"

„Nein, sowas tut Linda nicht; um diese Zeit geht sie nicht weg, jetzt geht sie nicht zu ihren Freundinnen." Sie dachte sich also, dass ich fortgehen würde.

Mein Onkel redete mit dem Mann aus Angola und sagte sehr ernst: *„Passen Sie gut auf die Kinder auf, bis Sie sie SWAPO Kämpfern übergeben. Passen Sie gut auf. Die Kinder sind noch sehr jung.*" Dann verabschiedete mein Onkel uns, und wir gingen auf die Grenze zu. Südafrikanische Soldaten schossen Leuchtraketen ab, und wir erschraken und wollten zurück nach Hause laufen.

„Sieh an, ihr seid wirklich noch zu jung, um nach Angola zu gehen. So kleine Kinder habe ich im Exil auch noch nicht gesehen. Aber los, nun kommt, ihr werdet arbeiten, hart arbeiten, Holz schleppen und Mahangu stampfen. Ich weiß ja, ihr seid nicht stark genug, um Mahangu zu stampfen. Wenn ihr es nicht schafft, wird man euch umbringen." Da bekamen wir wieder Angst und versuchten wegzulaufen. Er schrie uns an und drohte:

„Kommt sofort zurück oder ich schieße!"

Spät in der Nacht kamen wir zu seinem Haus in Angola und früh am nächsten Morgen mussten wir Mahangu stampfen, und wieder drohte er uns und sagte:

„Wenn ihr es nicht schafft, erschieße ich euch." Noch einmal versuchten wir davonzulaufen, da drohte er, auch unsere Eltern zu erschießen und unsere Häuser abzubrennen und uns den Soldaten zu übergeben. Da gaben wir auf und stampften von morgens früh bis zum Dunkelwerden Mahangu.

Nach drei Tagen kamen angolanische Soldaten vorbei. Der Mann sagte zu ihnen, er kenne uns nicht, er hätte uns unterwegs aufgelesen. Die Angolaner waren sehr nett, sie nahmen uns mit, gaben uns zu essen und zu trinken, trugen unsere Sachen und brachten uns nach Cassinga.

Cassinga war das Camp für Frauen, Kinder und Alte. Jeden Morgen versammelten sich alle, die Arbeiten wurden verteilt, wir Kinder mussten in die Schule gehen. Ich gehörte zu den Pionieren. Eines Morgens, als wir zur Versammlung antraten,

sahen wir etwas Dunkles im Himmel, vielleicht einen Hubschrauber. Damals gab es kaum genug zu essen für uns alle
im Camp, und jemand sagte: *„Das wird Sam Nujoma sein, er
bringt uns Essen."* Hoffnungsvoll sahen wir hoch, da hörten
wir einen Knall wie einen Schuss.
„Nein. Der Feind!" schrie es.

Die Schlacht dauerte von 7 Uhr morgens bis 7 Uhr abends,
und all die Stunden liefen alle immerzu hier hin und dorthin,
alle rannten und rannten. Ich lief und lief, ich traf jemanden
und wir liefen gemeinsam, bis der umfiel und liegen blieb. Ich
lief weiter und fand wieder jemanden, mit dem ich zusammen
lief, bis auch der umfiel, und ich wartete nicht, ob er wieder
aufstand, sondern rannte weiter, um mich zu verstecken, um
zu leben. Ich lief, so schnell ich konnte, und stürzte in eine
Gruppe hinein, einige waren verwundet und manche waren
tot und ich lief weiter. Da sah ich eine Frau ohne Kopf laufen.
Wirklich, ich sah sie auf mich zulaufen und sie hatte keinen
Kopf. Dann fiel sie hin, und ich musste lachen. Wirklich, ich
lachte, das gab's doch gar nicht, wie konnte nur jemand ohne
Kopf herumlaufen. Ich weiß, ich hätte traurig sein müssen,
aber ich lachte.
Ich lachte auch, als ich ein Mädchen sah, die ohne Hand daher
lief. Ihre Hand war weg, und sie rief ‚Hilfe'. Ich sagte:
*„Warum hast du denn deine Hand verloren? Wie dumm von
dir. Wie kann man nur seine Hand verlieren."* Ja, ich weiß
auch nicht…
Ich rannte weiter an dem brennenden Sanitätszelt vorbei.

Als die Ziegel der Garage herumflogen, verkroch ich mich mit anderen Kindern unter einem Bus. Dann wurde der Bus beschossen und wir rannten davon, immer weiter und immer schneller, bis wir zu unseren Schlafplätzen kamen. Wir verkrochen uns in unseren Decken und horchten auf den Gefechtslärm und die Detonationen und freuten uns über den Krach:

„Was für ein Riesending! Oha, das war aber was, sooo laut." Die Erde bebte, wir schaukelten und freuten uns, wir hatten keine Angst zu sterben, für uns war es ein Spiel. Nur ein Mädchen hatte Angst, sie konnte es nicht aushalten und lief raus, aber kam gleich wieder rein. Sie war angeschossen worden und hatte ein Stück von ihrem Bein verloren. Sie weinte und brauchte Hilfe, aber wir halfen ihr nicht, wir waren dumm, wir sagten:

„Warum bist du nur rausgelaufen? Wir haben dir doch gesagt, du sollst nicht rausgehen." Irgendwann kam ein Kommandeur. Er trug das verwundete Mädchen ins Lazarettzelt und brachte uns in den Busch, ein gutes Stück weg von dem Camp, weil wir die Leichen nicht sehen sollten. Am folgenden Tag ging es mir gut, aber am Tag darauf begann ich zu zittern und zu frieren und schrie immerzu und hatte schreckliche Träume. Eine ganze Woche lang war ich krank. Es war schlimm.

Dann wurden wir zu einem anderen Camp gebracht, und als das beschossen wurde, zum nächsten, bis ich schließlich in Kwanza-Sul landete, wo ich wieder zur Schule ging. Von dort kam ich nach Sambia, wo ich die Grundschule beendete.

Danach ging ich nach Kamerun und schloss die ‚Secondary School' ab, darauf kam ich zum Studium nach Schweden und blieb dort bis zur Rückkehr nach Namibia.

Claudia Namises, Windhoek Katutura, Waisenhausmutter

Ich war sechzehn, meine Schwester Rose war achtzehn, unsere Mutter war krank, TB. Weißt du, wie viele TB haben, wie viele TB hatten? TB wegen dem Hunger und der vielen Arbeit. Meine Mutter wog nur noch 48 kg und sie war so groß wie ich. Alles Essen gab sie uns Kindern und den Kleinen, die sollten wachsen und nicht krank werden. Sie hatte bei einer weißen Familie gearbeitet, in der City, wie die hießen, habe ich vergessen. Morgens, wenn es hell wurde, musste sie da sein, musste putzen und waschen und fegen und aufräumen und bügeln und kam erst nach Hause, wenn es dunkel wurde, und als sie wieder schwanger war und nicht mehr so arbeiten konnte, brauchte sie gar nicht mehr zu kommen. Sie war also entlassen und wir hatten kein Geld. Mein Vater? Ich weiß nicht. Ich habe ihn nie gesehen, und meine Mutter hat nie von ihm gesprochen. Rose, meine Schwester, sagt, er sei sehr groß gewesen und stark und schön, und er hat ihr Bonbons gegeben, und mir auch, sagt Rose, aber davon weiß ich nichts. Nachdem unser Bruder geboren war, war meine Mutter sehr schwach und Rose ging zu der weißen Familie arbeiten und ich kümmerte mich um das Baby und die beiden Kleinen, die ja auch noch versorgt werden mussten. Und dann fing Rose an zu Versammlungen zu gehen, und wenn sie wieder kam, setzte sie sich zu mir auf die Bettkante und redete auf mich ein und sagte, wir müssten kämpfen und alles sei ungerecht. Es sei ungerecht, wie wenig Geld sie bekam, und dass Mama krank war, und dass Papa weg war, und dass ich nicht zur Schule ging, weil ich hier den Haushalt und die Kleinen und alles machte. Dann wurde sie verhaftet, und als sie nach zwei Wochen wieder kam, war sie voll Wut, so hatte ich sie nie erlebt, sonst war sie oft lustig und albern gewesen, und wir hatten gelacht, aber jetzt wurde sie böse und schimpfte und fluchte auf die Buren. Jede Woche ging sie wieder zu den Versammlungen und bald auch am Wochenende und dann sprach sie von einem Jungen, der stark und mutig war und lange schmale Hände hatte, und ich merkte, dass sie den gern hatte, und eines Tages, als ich morgens aufwachte, lag ich allein im Bett. Ich wusste sofort, was los war. Ich wusste, dass sie mit dem Jungen davon gegangen war und nun eine Kämpferin wurde.

Von da an bin ich auch zu den Versammlungen gegangen und dann wusste ich, dass ich auch kämpfen wollte. Und als Mutters Schwester mit ihren beiden Kleinen zu uns kam, weil ihr Mann erschossen worden war, im Kampf, und weil ihre Söhne auch bei den Partisanen waren, da guckte sie nach allen Kleinen, und ich bin bei der ersten Gelegenheit mit drei PLAN-Fightern nach Angola. Das war gar nicht so einfach, die wollten kein Mädchen dabei haben, die sagten, ich sei zu schwach und würde nicht durchhalten und könne nicht schwer tragen und nicht marschieren, und es hat ziemlich gedauert. Aber einer, Cyprian, hat gewusst, dass ich stark und zäh war, und er hatte nichts dagegen, dass ich mitkam. Und so sind wir losgezogen, zu viert. Es dauerte lange, bis wir nach Oshivelo kamen, an die Grenze zum Ovamboland. Als Damara und ohne Passierschein durfte ich nicht passieren. Ich habe mich durchgelogen und schließlich erreichten wir Oshikwambi, wo wir zwei Wochen auf einen PLAN-Fighter warteten, der uns zur SWAPO nach Angola bringen sollte. Das war gefährlich, weil die südafrikanische Armee und Koevoets und Hubschrauber die Grenze überwachten.

Eines Nachts, so gegen drei Uhr, wurde ich geweckt. Die PLAN-Fighter seien da, um uns rüberzubringen, hieß es. Für mich war alles schwierig, es war stockdunkel, ich kannte das Ovamboland nicht, konnte nichts sehen und verstand die Ovambosprache nicht. Gegen fünf Uhr überquerten wir die Grenze nach Angola und zwanzig Minuten später hörten wir Panzer und Hubschrauber und die Feinde rannten hinter uns her.

„Auseinander!" schrie der PLAN-Fighter, *„jeder in eine andere Richtung!"* Ich rannte los und rannte und rannte. Rannte ich zurück nach Namibia? Ich wusste nicht, wo ich war, ich rannte und rannte, rannte, rannte, rannte, ich sah niemanden, hörte nur die Panzer und Hubschrauber und Schüsse. Ich rannte wohl zwei Stunden, mein Mund war ganz trocken und ich war so müde.

Da sah ich etwas auf dem Boden, eine Jacke, Cyprians Jacke,

ich hob sie auf und band sie mir um die Taille. Zehn Meter weiter lag Cyprian, tot. Ich setzte mich neben ihn, ich konnte nicht mehr, ich war so müde. Sollen sie mich doch kriegen, dachte ich. Da kam jemand auf mich zu gerannt. Der wird mich töten, dachte ich, oh mein Gott, hilf mir. Als ich ihn ansah, erkannte ich unseren PLAN-Fighter-Führer. Er packte mich im Nacken, zog mich hoch und zwang mich weiterzulaufen. Ich fiel, er hob mich auf, ich lief und fiel wieder, er half mir auf, ich fiel wieder und er schaffte es nicht, mich hochzukriegen. Die Panzer waren in der Nähe, so lief er los und ich blieb unter einem großen Baum sitzen, den ganzen Tag. All die Zeit hörte ich die Panzer und Schüsse. Als es dunkel wurde, ließ der Lärm nach. Ein paar Stunden später kam jemand mit einer Taschenlampe auf mich zu. Er rief:

„Claudia." Ich hatte große Angst und sagte nichts. Da rief er wieder:

„Claudia, ich bin es, der PLAN-Fighter, ich suche dich." Mein Gott, dachte ich, auch wenn es ein Koevoet oder irgendein ein Bur ist, ich ergebe mich, sollen sie mich töten, sollen sie mit mir machen, was sie wollen. Ich kroch unter dem Baum hervor und stand auf. Es war der PLAN-Fighter.

„Los, gehen wir", sagte er.

„Ich bin durstig", sagte ich, *„gib mir Wasser"*. Er gab mir einen kleinen Tropfen, nur so viel, dass ich meinen Mund anfeuchten konnte. Mehr könne er mir nicht geben, erklärte er, sonst würde mir schlecht werden und ich würde mich übergeben. Wir schliefen unter einem Baum, ohne die Kameraden gefunden zu haben. Erst nach fünf Tagen trafen wir die beiden

anderen wieder, Cyprian war tot. Wir erreichten einen Militärstützpunkt und der Kommandeur des Stützpunktes wollte uns gleich weiter zur SWAPO bringen.

„*Nein*", sagte der PLAN-Fighter, „*sie müssen sich erst ausruhen.*" Ich schlief vierundzwanzig Stunden, und als ich am nächsten Tag aufwachte, waren meine Füße dick geschwollen. Ich konnte nicht laufen, meine Beine waren von den Dornen zerkratzt und blutig und taten sehr weh. Wir blieben vier Tage, bis meine Füße besser waren. Dann wurden wir zum SWAPO-Camp gebracht.

Ich hätte es nie als Camp erkannt, da waren nur ein paar Erdhügel, die ‚dungeons', dahinter ein paar Zweige zu Zäunen zusammengesteckt, ein Buschdickicht und davor eine erloschene Feuerstelle. Plötzlich stand der Commander vor uns. Er sah uns fragend an, unfreundlich oder freundlich? Ich wusste nicht recht. Ich hatte kein gutes Gefühl. Auf dem Weg hatte ich mir immerzu vorgestellt, wie ich kämpfen würde, dass ich schießen lernte, dass ich… Nun sah mich der Commander ganz merkwürdig an. „*Kommt heut Abend pünktlich zur Versammlung*", sagte er und war verschwunden.

Ein Kamerad ließ mich in seine Erdhöhle, sagte, ich solle ganz still sein und erstmal versteckt bleiben, nirgends herumlaufen, und dann war ich allein. Es war schon lange dunkel, als er wieder kam. Er kam mit noch drei Kameraden, sah mich aber gar nicht an und redete auch nicht mit mir. Niemand redete mit mir. Sie legten sich hin und an ihrem schweren Atmen konnte ich hören, dass sie einschliefen, einer nach dem andern. Eng war es, ich fühlte Knie in meinem Rücken und irgendwas drückte mir in die Seite, aber ich konnte mich nicht umdrehen und versuchte umsonst der Härte auszuweichen. Irgendwann muss ich doch eingeschlafen sein. Jemand stupste mich mit dem Fuß an.

„Aufstehen, los, du Schlafsuse, der Commander will dich sehen." Ich rappelte mich hoch. *„Wo kann ich mich waschen?"* fragte ich. Der Junge grinste nur, und ich verstand. Ich strich mein T-Shirt glatt, band mir das gelbe Tuch um den Kopf, hatte Lust, mir den Rock umzuwickeln, behielt aber doch lieber die Jeans an, ich war ja zum Kämpfen gekommen.

Der Junge, der mich angestupst hatte, sah zum Fensterloch hinaus und sagte nichts. Minuten musste ich warten, dann sprachen die andern stockend und sehr leise. Der Junge führte mich zur Versammlung. Etwa dreißig Männer saßen im Kreis auf dem Boden, nur Männer, der Commander auf einem stool, dem traditionellen Sitz. Woher er diesen Sitz hatte? Seine Berater saßen ebenfalls erhöht, auf Kisten. Ich musste mich in die Mitte stellen. Alle guckten stumm. Dann sagte der Commander:

„Ausziehen." Ich sah ihn an, ohne zu verstehen.

„Ausziehen", wiederholte er scharf.

„Wie bitte?" fragte ich.

„Zieh dich aus!" schrie er mich an.

„Ich will kämpfen. Ich bin stark, ich kann euch helfen. Ich kann auch kochen. Ich will kämpfen. Ich Krankenschwester", ich suchte nach einem bekannten Gesicht zwischen den Männern, fand aber keins, *„ich will zur SWAPO"*, ich verhaspelte mich. Die Berater fuhren mich an:

„Hast du nicht gehört? Du sollst dich ausziehen."

„Warum?" schrie ich.

„Jeder muss sich ausziehen", sagte der Ältere, *„wir müssen sehen, ob du gesund bist."*

„Vor Männern ziehe ich mich nicht aus." Da johlten sie los: *„Die verlangt nach einer Frau."* Der Commander wurde ungeduldig. Ich blieb stur. Schließlich ging der Ältere aus dem Kreis, rief jemanden und kam mit einer Frau zurück. Die beruhigte mich und redete mir gut zu. Ich zog das T-Shirt aus. *„Weiter"*, brüllte es. Ich zog die Jeans aus und blieb in BH und Schlüpfer stehen. Aber die Männer rissen mich zu Boden, rissen meinen BH weg und meinen Slip. Sie wollten nicht nur sehen, sondern auch fühlen, und der Commander griff in meinen Schoß.

Nach ein paar Tagen kam jemand nachts zu mir und sagte, der Commander verlange nach mir. Ich hatte Angst aber ging mit in seine Höhle.

„Na, wie geht's dir?" fragte er.

„Gut", sagte ich.

„Wie ist's in Windhoek", fragte er.

„Gut", sagte ich, *„aber die Lage ist schlecht. Der Kolonialismus hört nicht auf."* Dann sagte er, er habe sich in mich verliebt, er liebe mich. Der kann mich doch nicht lieben, der kennt mich doch gar nicht, dachte ich und sagte, er möge mich gehen lassen, mir ginge es nicht gut, ich sei noch kaputt von der Reise. Da sah er mich scharf an:

„Ich bin Starlife, der Chef hier im Camp. Was ich dir sage, musst du tun. Du kannst hier nicht bestimmen, was du tun

willst, dass du dich ausruhen willst. Du musst kooperieren.“

„Für so was bin ich nicht hergekommen“, sagte ich, *„ich will kämpfen, für die Freiheit, für unser Land, gemeinsam mit Ihnen.“* Er vergewaltigte mich und ich verstand nicht, wie so etwas passieren konnte. Als ich zu meinen Kameraden zurückkam, erzählte ich ihnen, dass ich vergewaltigt wurde.

„Ich verstehe nicht, was hier los ist. Das kann doch kein SWAPO Camp sein“, sagte ich. Die Kameraden beschworen mich: *„Halte den Mund, sag bloß nichts, sprich mit niemandem.“* Von da an hatten wir Angst.

Etwas später wurde ich von Starlife verhört, wieder nackt in einer großen Männerrunde:

„Mit wie vielen Buren hast du geschlafen?“

„Wie bitte?“

„Mit wie vielen Buren du geschlafen hast?“

„Nein, nicht im Leben. Niemals habe ich mit einem Weißen geschlafen“, weinte ich.

„Warum weinst du?“ fragte er.

„Dies hier ist nicht SWAPO, das kann nicht SWAPO sein“, heulte ich. Für so was hätten sie keine Zeit, sagte er und machte mit dem Verhör weiter:

„Du und deine Schwester, ihr kollaboriert mit den Buren, nicht wahr.“

„Nein, meine Schwester wurde verhaftet.“

„Dann suchst du hier nach Informationen für deine Schwester im Gefängnis.“ Ich verstand nicht, was er meinte. Ich musste meinen Lebenslauf schreiben. Ich schrieb alles genau auf, und nachdem Starlife ihn gelesen hatte, sagte er:

„Du hast etwas vergessen."

„Ich weiß nicht", sagte ich, *„helfen Sie mir, bitte."*

„Du hast vergessen zu schreiben, dass dich die Buren her geschickt haben."

„Nein", sagte ich, *„es war meine eigene Entscheidung."* Also gut, sie fingen an mich zu schlagen, sie schlugen und schlugen auf mich ein, und ich wehrte mich. Mein Handgelenk brach. Ich weinte.

„Wenn du heulst, bringen wir dich um", sagte er, *„und wenn du deine Freunde durcheinander bringst, bringen wir dich erst recht um. Also halte den Mund. Wenn du nicht kooperierst, töten wir dich."* Danach ließen sie mich in Ruhe, aber ich wusste, was passieren konnte. Einen Satz habe ich behalten, den hörte ich immer wieder:

„Warum sollte der Löwe ein Rind verschmähen."

Eine militärische Ausbildung habe ich nicht bekommen, Sklavenarbeit mussten wir verrichten, die Unterkunft des Chefs putzen, die Uniformen waschen, Holz sammeln und hacken, Gras schneiden, Hütten bauen. Es gab kaum genug zu essen und oft war das Essen schlecht. Ich wurde noch dünner und schließlich krank, Fieber und Durchfall. Ich kam auf die Gesundheitsstation und der Arzt hatte nur eine Spritze. Er spritze den Mann vor mir, wischte die Nadel an einem Stück Stoff ab, zog die Medizin auf und spritzte mich. Ich war sicher, dass ich sterben würde. Sechs Monate war ich krank. Ich wollte nur nach Hause.

Als es mir besser ging, musste ich wieder Starlife zu willen sein, wenn er von seinen Erkundungszügen kam, wenn er aufs Essen warten musste, wenn er nicht schlafen konnte, wenn die Beratungen ergebnislos verlaufen waren, wenn ein Kamerad gefallen war, wenn jemand desertiert war. Manchmal mehrmals täglich, aber dann wieder Tage lang gar nicht. Als ich schwanger war, sagte ich es seiner ersten Frau. Die riet mir, es solange wie möglich geheim zu halten, sonst würde ich das Camp sofort verlassen müssen. Als der Commander meinen dicken Bauch nicht mehr übersehen konnte, verbot er mir seine Höhle, sein Lager. Und wehe mir, wenn er mich sähe. Wenn ich seine Stimme hörte, wusste ich, dass Gefahr drohte und hielt mich unsichtbar am Rand des Lagers auf. Mit Hilfe seiner ersten Frau brachte ich meine Tochter zur Welt. Ich erholte mich wochenlang nicht.

Oswald Shivute, Oshakati, Journalist

Jede Fahrt in welches Dorf auch immer war gefährlich. Schon wegen der Landminen. Dreimal bin ich hinter einem Casspir hergefahren, der in die Luft ging. Landminen wurden vor allem von Südafrikanern gelegt, manche auch von der SWAPO, aber nicht in der Oshana Region. Die SWAPO würde niemals ihre eigenen Leute gefährden.

Das Schlimmste, das wirklich Schrecklichste, was ich erlebt habe, geschah 1978 bei einer Versammlung in Ongandjera. Ich war als Übersetzer da. Die Halle war brechend voll, auch die Bühne war überfüllt. Viele DTA-Abgeordnete, Minister und Regierungsbeamte, die auf der Seite von Südafrika standen, waren gekommen, saßen auf der Bühne und sprachen. Nach den Reden trat ich als Übersetzer ab und setzte mich in die Stuhlreihe an der Rückwand. Dann standen alle auf und der Pastor beendete die Veranstaltung mit einem Gebet. In dem Augenblick, als er ‚Amen‘ sagte, fiel ein Schuss und mein Nachbar Toivo Shiyagaga sackte auf seinen Stuhl herunter, tot. Mehrere Kugeln waren abgefeuert worden und trafen die Wand hinter mir, so dass der Sand auf mein Gesicht einschlug und wie Nadeln in meine Wangen und Schläfen stach. Ich blieb bewegungslos stehen, wie tot, ohne etwas zu denken oder zu empfinden. Ich fühlte nur den Schmerz in meinem Gesicht und sah links auf den Getöteten herunter, der beinahe auf mich gefallen wäre. Der Schuss war aus der Menge im Publikum gekommen.

Ich hörte weitere Schüsse und dachte, was ist los? Wollen sie jetzt alle erschießen?

Isak Shoombe, Outapi, Lehrer und Diakon

1978 hatten die UN freie und unabhängige Wahlen gefordert, aber nicht alle Parteien wurden zugelassen, die SWAPO durfte keinen Wahlkampf führen. Ich habe beobachtet, wie die Menschen gezwungen wurden, eine Partei zu wählen, die sie nicht wollten.

„Wenn du diese Partei nicht wählst, wird Namibia niemals unabhängig", sagten sie immer wieder. Wenn dann jemand anfing zu argumentieren, wurde er zusammengeschlagen, mit Knüppeln, Peitschen oder Gewehrkolben. Deshalb wählten sie, was man ihnen sagte.

Eeva Liisa Shitundeni,
Diakonin, ELCIN Kirchenbüro Ongwediva

Das größte Problem war, dass die Menschen nicht frei waren. Es gab keine Redefreiheit und keine Reisefreiheit. Wenn man nach Windhoek fahren wollte, brauchte man eine behördliche Erlaubnis und seinen Ausweis. Den Ausweis musste man immer bei sich tragen. Kam man dann nach Oshivelo, zum Checkpoint an der Grenze zum Ovamboland, musste man aussteigen. Die Dokumente wurden kontrolliert und das Passbild mit deinem Gesicht verglichen. Wenn die Grenzer Schwierigkeiten hatten, dich auf deinem Foto zu erkennen, behielten sie dich da.

Oft suchten sie nach einer bestimmten Person, und wenn man so oder so ähnlich hieß, nahmen sie dich ins Verhör und fragten lauter Dinge, die du nicht verstandst. Mein Mädchenname ist Amadhila, also wurde ich gefragt, ob ich den oder jenen Amadhila kenne und wo er sei. Es gibt so viel Amadhilas, und ich wusste nicht, wen sie meinten. Aber sie glaubten mir nicht,

sie dachten, ich lüge, schlugen mich und sperrten mich ein.
Zwei Tage lang. Es hätte auch eine Woche sein können.

Dutte N. Shinyemba, Ondangwa, Schulrätin

Wenn ich heute irgendwo einen Casspir sehe, wird die Vergangenheit lebendig, die Zeit, als man uns zusammenschlug,
als die Leute getötet wurden, einfach nur so, vor allem hier
im Norden. Wenn wir einen Casspir sahen, erschraken wir zu
Tode. Wir sahen sie auf dem Weg von Ohanghulo nach Endo-
la, wo meine Mutter lebte, und auf dem Weg zum College. Die
südafrikanischen Soldaten fragten uns, wo SWAPO-Kämpfer
seien, und wenn wir nicht antworteten oder wenn wir sagten,
das wüssten wir nicht, wir kennten keine, dann schlugen sie
uns, bis wir redeten, auch wenn wir wirklich niemanden gesehen hatten.

Alle College Lehrer waren weiße Südafrikaner in Uniform.
Sie betraten den Klassenraum, legten das Gewehr aufs Pult
und begannen den Unterricht. Ich erinnere, dass einige Kom-
militonen freitags ins Militärcamp in Oshakati gebracht und
verhört wurden und einige wurden zur Spionage ausgewählt,
ja, manche wurden Spione. Wenn jemand erzählte, er habe
SWAPO-Kämpfer gesehen, wusstest du nie, ob das stimmte oder ob er dich aushorchen wollte. Und manchmal ver-
schwand jemand, einfach nur so. Niemandem konntest du

trauen. Es kam soweit, dass du nicht mal mehr deinen Verwandten trauen konntest.

Wenn unser Schulleiter morgens zur Schule kam, fuhr ein Casspir vor ihm her und die Soldaten suchten die Straße nach Landminen oder anderen Hindernissen ab. Das war alles so frustrierend. Als Josua Nkomo seinen Besuch bei uns anmeldete, Anfang der 80er Jahre, wurden südafrikanische Soldaten schon zwei Tage vorher um die Schule herum postiert. Und als er kam, strotzte das Gebäude nur so von südafrikanischen Soldaten. Da fragte ich mich, was mache ich hier bloß? Warum bin ich hier? Ich mag nicht hier sein, eigentlich möchte ich gar nicht mehr leben. Du wusstest nie, wie's am nächsten Tag sein würde.

Dann begannen die Südafrikaner systematisch junge Leute zwischen 18 und 25 für die Koevoet zu rekrutieren. Das reichte. Ich hielt es nicht länger aus. An einem Freitag im Juli 1980 traf ich die Entscheidung. Ich beschloss das Land zu verlassen. Nach der Schule ging ich zu meiner Mutter und sagte:

„Mum, ich gehe ins Exil.“ Sie sah mich an und fragte:

„Du bist entschlossen?“ Sie war eine starke Frau und ich antwortete sehr fest:

„Ja.“ Da fing sie an zu weinen.

„Nein, weine nicht“, sagte ich, *„ich weiß, was ich tue. Ich kenne die Gefahren, aber ich will gehen. Wenn ich SWAPO-Kämpfer treffe, werde ich mich ihnen anschließen.“*

Gilbert Likando, Rundu, Windhoek, Dozent der Erziehungswissenschaften

In den 80er Jahren gab es etwa zehn Kilometer nordöstlich von Katima Mulilo im Caprivi das Jugendcamp Nambweza. Acht- und Neuntklässler, manchmal auch ältere Schüler, wurden dort in zehn oder vierzehntägigen Kursen geschult. Große Armeelaster fuhren auf die Schulhöfe, luden uns Schüler auf und brachten uns dorthin.

Die Schüler wurden hier indoktriniert, so dass sie SWAPO hassten und niemals deren Gruppierungen beitraten. Das Jugendcamp Nambweza arbeitete nach einem von der caprivischen Verwaltung genehmigten Programm, das angeblich die caprivische Kultur und deren Werte förderte. Aber es ging nicht wirklich um unsere Kultur, auch wenn es gesellig zuging und abends Volkstänze geübt wurden und das Essen gut war: Fleisch, Hähnchen und Eier. Das wichtigste waren die Filme aus dem kommunistischen Kambodscha und Korea, die uns tagsüber gezeigt wurden. Wir sahen, wie Schwarze gefoltert und getötet wurden, wir sahen, wie sie starben, und uns wurde erklärt, dass SWAPO auf diese Weise mit den Menschen umginge und dass Amerika gegen den Kommunismus sei. Wenn die SWAPO-Genossen aus dem Exil zurückkämen, würden sie uns alle enteignen, sie würden uns unsere Felder einfach wegnehmen.

„Wenn eure Brüder oder Schwester mit diesen Leuten zu tun haben, bitte, informiert sie darüber, dass das eine sehr schlimme Sache ist, und sorgt dafür, dass diejenigen, die da

mitmachen, damit aufhören", sagte man uns immer wieder. Soweit ich mich erinnere, gab es einige, die sich davon überzeugen ließen. Die sagten sich, die Südafrikaner geben uns etwas Gutes zu essen, das müssen gute Leute sein und was sie sagen, stimmt. Folglich gewann im Caprivi die südafrikanische Partei bei den Unabhängigkeitswahlen viele Stimmen.

Ida Jimmy !Ha Eirob, Marienthal, ehemalige Fabrikarbeiterin in Lüderitz, Schmuckdesignerin

Ida lebt als Rentnerin bei ihrer Familie in Katutura, dem Schwarzen Stadtteil von Windhoek, oder auf ihrer kleinen Farm bei Marienthal. Dort besuchte ich sie, hoch in den Bergen. Ihr Mann kam mir entgegengefahren, bis dahin, wo die Schotterstraße aufhört und ich meinen Wagen stehen lassen konnte. Ich stieg zu ihm in seinen alten Bakkie, und er kutschierte mich über schmale, steinige Wege ein halbe Stunde lang zu ihrem winzigen Häuschen vor der Felswand unter dem Gipfel. Drei Ziegen und ein paar Hühner liefen herum. Ida ging schwerfällig, führte mich mühsam zu dem kleinen Schuppen mit ihrer Schmuckwerkstatt, zeigte mir Topase, Amethyste, kurze und längere Rosenquarzketten und erklärte ihre Schleif- und Poliermaschine. Dann setzten wir uns in den Halbschatten ihres Häuschens, ich packte die mitgebrachten Cola-Dosen und gebratenen Hähnchenschenkel aus, und nachdem wir gegessen und ausgiebig über unserer Kinder und Enkel gesprochen hatten, begann sie zu erzählen. Sie erzählte von ihrem Leben in den 70er Jahren:

„Viele Fabrikarbeiter kamen aus dem Norden, aus dem Ovamboland, aber auch aus anderen Teilen Namibias oder aus Südafrika nach Lüderitz. Die Arbeitsbedingungen in den Fischfabriken waren sehr schlecht, und die Arbeiter wurden schlecht behandelt, sie bekamen sehr niedrige Löhne und mussten sehr lange arbeiten. Die Unterkünfte waren schlecht. Wenn jemand krank wurde, – es kam öfter vor, dass sich ein Arbeiter in der Fabrik verletzte – dann wurde er nicht ins Krankenhaus gebracht, er wurde nicht behandelt, sondern liegen gelassen, bis er starb. Das war nicht gut. Ich hatte Mitleid mit den Fabrikarbeitern und fing an über das Unrecht zu reden. Deshalb wurde ich von meinen Kollegen zur Sprecherin gewählt. Ich ging zum Manager, aber der hörte mir überhaupt nicht zu. Deshalb organisierten wir eine Gruppe, die zu ihm ging, und wir erklärten ihm, dass wir nicht arbeiten würden, solange er nicht mit uns spreche. Nun, der Manager wollte die Hummer natürlich nicht verrotten lassen, und so verhandelten wir."

Die Sonne stieg, wir rückten unsere Stühle ein Stück weiter in den Schatten und schwiegen eine Weile. Dann kam ihr die Erinnerung an den Mai 1978 und sie erzählte:

„Als ich eines morgens zur Arbeit kam, ich musste um vier Uhr los, wartete die Polizei am Fabriktor auf mich und verhaftete mich. Ich wurde allein in eine Zelle gesteckt und keiner sagte mir weshalb, aber geschlagen wurde ich. Nachts gegen zwölf Uhr wurde ich auf die Straße gesetzt und allein gelassen.

Ich hatte starke Schmerzen. Sie hatten mich auf den Boden geworfen, meine Arme auseinandergezogen, sich drauf gestellt, auch auf meine Schultern hatten sie sich gestellt und losgeschlagen, mit Stöcken. Ich spüre die Folgen bis heute." Sie zeigte mir ihre deformierte Hüfte und geschwollenen Oberschenkel.

„Ich kam mit den Schmerzen zurecht, sie waren Teil unseres Kampfes. Als ich mich endlich nach Hause geschleppt hatte, empfingen mich die Kameraden und fragten, ob ich wisse, was geschehen sei.

‚Ich weiß nur, was mir geschehen ist', antwortete ich. Die Kameraden erzählten mir von Cassinga. Die Südafrikaner hatten das Flüchtlingslager im Süden von Angola bombardiert. Was da passiert ist, hat mich stark gemacht, und hart. Ich habe die Weißen nicht wegen ihrer weißen Hautfarbe gehasst, aber ich konnte nicht ertragen, wie sie uns behandelten. Wir brauchten Gerechtigkeit, wenigstens etwas Gerechtigkeit."

Ida wurde danach noch aktiver, hielt Versammlungen ab, plante Demonstrationen, wurde unter Hausarrest gestellt, durfte nicht mal zur Kirche gehen, hielt sich nicht daran:

„Ich war sehr stark, Gott der Herr beschützte mich", sagte sie. Es gab einige Verwarnungen, dann wurde sie am Ende einer Veranstaltung verhaftet. Sie hatte gesagt:

„Kameraden, versorgt die Freiheitskämpfer der SWAPO mit Essen und Trinken; sie sind unsere, Väter, unsere Söhne, unsere Ehemänner." Ab ins Gefängnis. Einzelhaft. Sie war im fünften Monat schwanger. Zu sieben Jahren wurde sie verurteilt. Wieder schwiegen wir mit den Cola-Dosen in unseren Händen, dann erzählte sie von der Geburt ihres Sohnes:

„Eines Tages bekam ich Schmerzen, und abends stand ich auf und sagte der Wärterin, dass ich mich nicht wohl fühle und dass meine Zeit gekommen sei. Sie antwortete: ‚Ach, ruf nur einfach laut, die Wache auf dem Dach wird dich hören‘. Als es soweit war, versuchte ich zu rufen, aber niemand hörte mich, keiner der Wächter, nur die Frauen in den Nachbarzellen. Aber die konnten nicht zu mir kommen, konnten mir nicht helfen und fingen nun auch an zu schreien und zu weinen. Da rief ich:

‚Hört auf, seid still! Ich werde beten und mir selber helfen‘. Irgendwie hatte ich eine Rasierklinge bei mir behalten. Der Herr half mir, und ich bekam einen gesunden Jungen.

Morgens, wenn die Wärterin kam, musste man ordentlich angezogen sein und die Zelle musste sauber sein. Die weiße Wärterin sagte immer:

‚Ich will mich im Fußboden spiegeln können‘. Also machte ich am Morgen alles sauber und wartete wie gewöhnlich auf sie. Als sie hereinkam, merkte sie nichts. Aber sie hatte eine schwarze Aufseherin bei sich, eine Anfängerin, der fiel mein verweintes Gesicht auf. ‚Irgendetwas stimmt nicht‘, sagte die. Da fing ich an zu weinen, und sie fragte nach meinem Baby. Die weiße Wärterin wurde wach und sah mich an:

‚Hast du dein Baby getötet?‘ fragte sie. Und ich sagte:

‚Aber wie kann ich mein Baby töten? Nein, es lebt‘.

‚Leg dich hin und erzähl niemandem davon‘, sagte sie. Man sollte nicht wissen, dass ich das Kind im Gefängnis bekommen hatte, aber das wussten doch alle. Ich kam ins Krankenhaus und nach drei Tagen zurück ins Gefängnis mit meinem Sohn.

Ich nannte ihn Konjeleleni, das heißt: Steh auf und kämpfe. Alles das haben wir ertragen, dafür sind wir heute unabhängig. Wir haben uns befreit, uns und unsere Kinder."

Konjeleleni blieb zwei Jahre bei ihr im Gefängnis und wurde dann zu ihrer Nichte gebracht. Das Kind vermisste seine Mutter so sehr, dass es nicht mehr richtig aß und nach einem halben Jahr starb. Die Wärterinnen stellten ihr in Aussicht, für die Beerdigung Freigang zu bekommen, aber die südafrikanische Direktion verweigerte das.

1985 wurde sie entlassen und ging zu Verwandten nach Katutura. Die SWAPO und der CCN, der Namibische Kirchenrat, vermittelten ihr eine Fortbildung in Groß Britannien; dort lernte sie Englisch und wurde in landwirtschaftlicher Entwicklungsarbeit für Frauen und im Kunsthandwerk ausgebildet.

1988, ein Jahr vor der Unabhängigkeit, kam sie zurück und die SWAPO schickte sie nach Lüderitz und Keetmannshoop, um dort Vorbereitungen für die Unabhängigkeit zu treffen. In beiden Städten organisierte und leitete sie ein SWAPO Büro und einen Kindergarten.

Die kubanische Regierung verlieh ihr einen Orden. Zu der Verleihung der Medaille flog sie nach Kuba, musste aber schnell zurückkommen, weil sie bei den Feiern zur Unabhängigkeit am 21. März 1990 die namibische Flagge hissen sollte. Sie erzählte:

„Im Stadium stand ich neben einem Südafrikaner, einem Beamten der Stadtverwaltung, einem alten Mann, der die südafrikanische Fahne einholen musste. Er weinte, da, ich weiß nicht warum, sagte ich zu ihm:

‚Machen Sie sich keine Sorgen, jetzt ist es vorbei, alles ist vorbei. Jetzt hissen wir unsere Fahne. Wenn Sie Namibier sind, können Sie bei uns bleiben.‘ Ja, das sagte ich zu ihm. Er weinte sehr, dieser alte Mann, er hatte so große Angst, als er seine Fahne einholen musste. So ist es immer: wenn du nicht weißt, was morgen sein wird, hast du Angst. Immer hat man Angst vor dem, was man nicht kennt. Ich hisste unsere Fahne und der Wind kam und blies sie auf und ihre Farben leuchteten, das war so schön, ich werde es nie vergessen.“

Am Ende ihres Berichts blickte sie auf die Gegenwart:

„Was können wir tun? Wir sind ein Volk in einem Land, wir sind alle Namibier. Wir wollen und müssen unsere Türen öffnen, für jeden, zum Beispiel für Investoren. Das ist der nächste Kampf, der uns bevorsteht, der ökonomische, der Kampf um die wirtschaftliche Entwicklung. Und der ist hart. Der Kampf gegen die Apartheid ist beendet; nun müssen wir für uns selbst kämpfen. Wir müssen unseren Leuten beibringen, ihre Einstellung zu ändern. Wir müssen die Dinge selber in die Hand nehmen und dürfen nicht länger dasitzen und warten, dass uns jemand was gibt. Ich arbeite mit Edelsteinen und stelle Schmuck her.“ Sie schloss ihren Bericht mit einem Appell an ihre Landsleute:

„Behaltet alles Gute, das wir erfahren haben, im Gedächtnis und vergesst das Schlimme, das wir erlebt haben. Wir sollen wie eine Blume leuchten, jeden Tag. Auch wenn es manchmal gut tut zu weinen.“

Moses Nishango, Region Okongo, Schulleiter

1977 begannen die PLAN-Fighter der SWAPO bei uns mit dem bewaffneten Kampf gegen die Südafrikaner. Sie zogen in Ehafo, Okongo, herum, kontaktierten Jugendliche, um sie zu werben, und suchten nach südafrikanischen Gangs. Deshalb beorderte Bürgermeister Elia Weyulu zu seinem Schutz bewaffnete Wachen, das waren Leute aus dem Dorf, also Ovambo wie wir, die sich der südafrikanischen Armee angeschlossen hatten und uniformiert waren. Sie mussten sein Homestead sichern.

Nun sollte in Ehafo eine Hochzeit gefeiert werden und Elia Weyulus Wachen waren wahrscheinlich bei der Hochzeitsvorbereitung, jedenfalls waren sie nicht vor seinem Homestead. PLAN-Kämpfer kamen und ermordeten Elia Weyulu, sie erschossen ihn, weil er dieses südafrikanische Bataillon um sein Homestead postiert hatte.

Danach gingen die PLAN-Kämpfer zu dem Nachbarhof, wo die Hochzeit stattfand, und unterhielten sich mit den jungen Leuten. Sie redeten viel, sie sprachen von ihren Zielen, vom Freiheitskampf, und sie forderten jeden auf, mit ihnen nach Angola zu gehen und zu kämpfen. Meine Cousine Selma war auch dabei und brachte anschließend einige der PLAN-Fighter mit nach Hause. Sie weckte ihre Eltern, und ihre Mutter und sie bereiteten eine Mahlzeit zu, alle aßen gemeinsamen, und dann erklärte Selma, dass sie sich entschlossen habe, nach Angola zu gehen. Sie packte ein paar Sachen zusammen und zog mit den PLAN-Kämpfern ab. Früh am nächsten Morgen weckte mein Onkel mich und meinen Cousin und forderte uns auf, die Rinder aus dem Kraal zu holen und herumzutreiben. Er erklärte nichts, aber wir wussten Bescheid. Die Rinder zertrampelten und verwischten alle Fußabdrücke, die zu unserem Homestead und die von uns weg führten. Anschließend trieben wir das Vieh zurück in den Kraal, denn es war noch zu früh, es draußen zu lassen.

Meine Tante befahl allen Kindern, im Homestead zu bleiben und auf gar keinen Fall hinauszugehen. Aber meine beiden kleinen Cousins waren ungezogen, sie gehorchten nicht und liefen hinter das Mahungufeld, um Oushemetekele zu sammeln, das sind kleine, schwarze, süße Früchte, die wir gern essen. Plötzlich hörten sie einen Panzer und da liefen sie schnell nach Hause. In dem Augenblick, als sie losrannten, schossen Koevoets hinter ihnen her, peng, peng. Die Kinder rannten und die Koevoets kamen näher und schossen immerzu, sie fuhren so dicht hinter den Jungen, dass sie sie hätten treffen können. Doch vermutlich wollten sie das gar nicht, sie wollten zu unserem Homestead, hielten davor an und traten dann einfach ein. Sie nahmen sich unseren großen Bruder vor und fragten:

,Wo sind die Terroristen? Hast du die Terroristen gesehen?'

Er verneinte, und da schlugen sie ihn mit ihren Gewehrkolben, bis er blutete. Das Blut lief nur so herunter von seinem Kopf.

Danach fragten die Koevoets mich, wo die Terroristen seien, aber ich sagte nichts, sondern wich zurück in den Gang zu den Schlafhütten und kam bis zu der Hütte meiner Tante. Sie hatte große Angst, sie nahm die Bibel und sagte:

‚Lasst uns beten'. Sie schlug die Bibel auf und begann zu lesen. Aber ich war viel zu erschrocken, um mich auf ihre Worte zu konzentrieren. Ich guckte um mich. Die Koevoets waren herangekommen und schrien:

‚Wer ist hier? Herauskommen! Alle herauskommen'! So war das immer, sie hielten vor einem Homestead und schrien:

‚Herauskommen! Alle herauskommen'! Dann fragten sie meine Tante:

‚Wo sind die Terroristen? Hast du die Terroristen gesehen'?

Sie antwortete:

‚Nein, ich habe niemals Terroristen gesehen'.

Einer der Koevoets erklärte:

‚Es geht um Bürgermeister Elia. Er wurde gestern erschossen'. Als unser kleiner Bruder das hörte, fing er an zu weinen und schrie:

‚Was? Ist der Bürgermeister erschossen worden'?

‚Ja, er wurde gestern Nacht erschossen'. Da warf er sich zu Boden, lag da im Sand und schrie und schrie.

‚Seid ihr verwandt'? fragte der Koevoet.

‚Ja', sagte mein Cousin. Das stimmte natürlich nicht, der Kleine schrie, weil die Situation so schrecklich war.

‚Tut mir Leid', sagte der Soldat und meine Tante sagte noch:

‚Er war in den Ferien bei Elia und ist gerade erst zurückgekommen'.

‚Stimmt das?' fragte der Soldat.

‚Ja', bestätigten wir alle.

Sie verließen das Homestead, blieben aber beim Kraal und in unserem Mahangufeld, suchten nach Spuren und warteten noch mehrere Stunden. Es war sehr spät, als sie endlich abzogen. Das war das erste Mal, dass ich Koevoets sah, und von dem Tag an fühlte ich mich im Haus meiner Tante nicht mehr wohl.

Zwei Wochen danach kamen die Koevoets wieder. Sie hatten erfahren, dass Selma mit den PLAN-Kämpfern nach Angola gegangen war und verhörten nun meine Tante. Meine Tante sagte:

‚Ich weiß nicht, wo sie ist. Ich habe sie nicht gesehen, seit sie zu den Hochzeitsvorbereitungen gegangen ist'.

Die Koevoets gingen, kamen aber am nächsten Tag wieder:

‚Wo ist deine Tochter'? Dieselbe Antwort. Alle zwei Tage kamen die Koevoets. Immer dasselbe. Sie machten mir große Angst.

Nach einem Monat hielt ich es nicht mehr aus und beschloss, wegzugehen, fort von meiner Tante, wo ich zur Schule ging, zurück nach Hause zu meinen Eltern, nach Onehanga, auch wenn ich dort nicht zur Schule gehen konnte. Ich ging also und erzählte meinen Eltern, was geschehen war. Sie fragten immer wieder:

‚Du willst also nicht mehr zur Schule gehen'?

‚Nein'.

Sie redeten eine ganze Zeit auf mich ein aber schließlich gaben sie nach.

In Okongo war die höhere Internatsschule, in die mein großer Bruder und meine große Schwester gingen. Nicht weit

entfernt davon, vielleicht so drei Kilometer, war ein südafri-
kanisches Camp. Eines Abends, so gegen acht Uhr, kamen
SWAPO Kämpfer ins Internat und suchten nach Südafrikanern
aus dem Camp. Sie sprachen mit einigen Bekannten, so auch
mit meinen Geschwistern, und fragten, wo die Buren seien.
Alle wussten, was das bedeutete. Wer auch immer mit einem
SWAPO Mitglied gesprochen hatte, wurde von den Südafrikanern zusammengeschlagen. Am nächsten Morgen, sobald es
hell wurde, rannten meine Geschwister zu uns nach Hause,
und keiner von uns war mehr dazu zu bewegen, zur Schule zu gehen. Wir blieben in unserem Homestead, schrieben
keine Prüfungsarbeiten und wurden am Schuljahrsende nicht
versetzt.

Im nächsten Jahr bombardierte die SWAPO unseren Brunnen, damit die Südafrikaner kein Wasser mehr hätten und aus
unserer Gegend verschwänden. Jetzt gab es auch für unser
Vieh kein Wasser mehr, und mein Vater musste mit unseren
Rindern nach Enhana ziehen. Dazu brauchte er meine Hilfe
und ich konnte wieder nicht zur Schule gehen. Erst mit achtzehn Jahren beendete ich das fünfte Schuljahr.

Die 80er Jahre waren eine schlimme Zeit. Täglich waren um
uns herum Schüsse und Explosionen zu hören. Der Brunnen
war repariert worden, und eines Tages, als die Südafrikaner
dort Wasser holten, fuhren sie über eine Landmine. Das Auto
war hin und es gab Tote. Unglücklicherweise führte ein Trampelpfad von der Unglücksstelle zu unserem Homestead.
Wir wussten, was das hieß, aber wir wussten nicht, was tun.

‚Lasst uns in den Wald gehen, dort können wir uns verstecken', sagten meine Geschwister.

‚Nein', sagte meine Mutter, ‚dort werdet ihr gefunden. Ihr müsst weiter fort. Ihr seid groß genug, um für euch selbst zu sorgen, geht fort, geht nach Enhana'. Meine Mutter blieb mit einer alten Verwandten und einem kleinen Jungen von fünf oder sechs Jahren allein zurück. Mein Vater lag zu der Zeit in Okongo im Krankenhaus, weil er zusammengeschlagen worden war.

Die Koevoets folgten dem Trampelpfad zu unserem Homestead, weil sie dachten, wir hätten die Landmine gelegt. Meine Mutter schlugen sie, bis sie halbtot am Boden zusammenbrach und sich nicht mehr bewegen konnte. Auch die andere Frau wurde geschlagen, ihr Mund blutete, sie verlor zwei Zähne, ihr Auge schwoll zu, und der kleine Junge mochte nicht bei den alten, blutig geschlagenen Frauen bleiben. Er fand unsere Fußspuren, folgte ihnen den ganzen Tag und abends traf er uns und erzählte, was geschehen war. Am nächsten Tag kam jemand und sagte, dass unsere Mutter immer noch auf dem Boden liege und dass sich niemand um sie kümmere, und um das Vieh auch nicht. Ich ging nach Okongo ins Krankenhaus zu unserem Vater und erzählte ihm, was geschehen war. Wir sprachen lange miteinander und ich sagte, dass ich zu große Angst habe, um nach Hause zurückzugehen.

Da entschied mein Vater, dass ich zu seinen Verwandten gehen und dort bleiben solle. Kurze Zeit später kam mein Vater aus dem Krankenhaus nach Hause und sehr langsam erholte sich meine Mutter.

Eines Tages kamen SWAPO PLAN-Fighter zu uns und baten um Wasser. Bei unseren Nachbarn hatten sie nach Essen gefragt und nun warteten sie in der Nähe, bis die Mahlzeit fertig gekocht war. Wir nannten sie Brüder, sie waren unsere Nachbarn gewesen, und so versorgten wir sie mit Wasser. Als die Nachbarin das Essen gekocht hatte, machte sie sich auf den Weg, um es den PLAN-Fightern zu bringen. Inzwischen hatten aber die Koevoets Wind von der Sache bekommen und waren ihnen auf der Spur. Sie durchsuchten jedes Homestead, Hütte für Hütte, guckten hinter jeden Busch und kamen auf den Pfad, auf dem die Nachbarin mit dem Bratentopf unterwegs war. Die Koevoets kamen von der einen, die PLAN-Fighter von der anderen Seite, die Koevoets schossen und die PLAN-Fighter erwiderten das Feuer. Peng, peng – tititi ging es hin und her, und die Frau stand da mit dem Essen, starr zwischen den Fronten, während sich die Kugeln kreuzten. Schließlich rührte sie sich, sie entkam, lief in ihr Haus und war unfähig irgendetwas zu tun, und blieb bewegungslos sitzen, lange Zeit. Einer der PLAN-Fighter wurde erschossen und ein Koevoet verletzt. Die Soldaten holten aus einer unserer Schlafhütten eine Decke, wickelten den Verletzten darin ein und dann legten sie die Leiche des PLAN-Fighters über einen Balken und schlugen mit Stöcken auf sie ein, misshandelten sie lange, obwohl der Verletzte daneben lag und laut schrie. Ich beobachtete das alles von meinem Versteck aus. Danach zeigten sie den geschändeten Leichnam allen Kindern, ohne ein Wort zu sagen; sie banden ihn auf den Kotflügel ihres Casspirs und fuhren damit herum, zu den Homesteads und Cucashops, und riefen: ‚Das ist euer Held! Den habt ihr bewundert. Solchen Helden folgt ihr. Wir haben ihn getötet. Wir werden mit allen PLAN-Fightern fertig‘.

So machten die Koevoets das mit allen, die sie töteten; sie banden die Leichen auch an Hubschrauber und flogen damit über die Schulhöfe und Fußballfelder und riefen:

‚Seht, das sind eure Helden‘.

Ich erinnere mich daran, wie einmal ein Koevoet in unser Homestead kam, als ich mit meinem Vater eine neue Hütte baute.

Ich hatte keine Angst mehr, ich trat ihm entgegen, packte ihn am Kragen, wollte ihm an die Gurgel und schrie:

‚Soll ich dich umbringen‘?

Wenn ich ein Messer gehabt hätte, ich hätte ihn erstochen. Mein Vater hielt mich zurück.

1989 kamen unsere Brüder und Schwestern aus Angola zurück. Es war das Jahr der Wahlen, alle waren unruhig und sehr nervös, denn niemand wusste, wie die Wahlen ausgehen und was danach geschehen würde. Jedes Ergebnis wäre für viele schrecklich. Der Hass zwischen der SWAPO und den Koevoets war zu groß. Am Tag der Wahl liefen die Menschen mit ihren Transistorradios am Ohr herum und warteten auf die Ergebnisse. Als sie hörten, dass SWAPO gewonnen hatte, war der Jubel groß, man feierte überall.

Schrittweise begann die Versöhnung. Es war nicht leicht. Wenn wir einen von diesen Verrätern sahen, die mit den Südafrikanern fraternisiert hatten, verfluchten wir ihn. Wir konnten ihren Anblick nicht ertragen, wir überhäuften sie mit Schimpfwörtern, den schlimmsten, die wir kannten. SWAPO Mitglieder wurden von Koevoets beleidigt und Koevoets von SWAPOs geschlagen. Man dachte an die, die gestorben waren und man fühlte sich, als wäre man selbst gestorben. Einem war miserabel zumute. Es gab keine menschlichen Empfindungen, man wünschte sich nur eine Waffe, man wollte sie alle erschießen. Die Politiker hielten viele Reden, sie predigten und verordneten Versöhnung. Wer dagegen verstieß, wurde von der Polizei festgenommen. Viele der ehemaligen Koevoets wurden von der Polizei rekrutiert und in die Mannschaften integriert.

Irgendwann schafften wir es, uns wieder anzusehen, wir brachten es fertig einander zu grüßen. Später trafst du diese Leute im Ort, im Cucashop. Man redete, man lachte, man fragte:
‚Erinnern Sie sich an die Zeit damals, mein Herr‘?
‚Ja, ich erinnere mich‘.
‚Warum haben Sie das damals gemacht? Das hätten Sie nicht tun dürfen‘.
‚Ja, ich weiß. Aber wir brauchten Geld. Wir waren arm. Wir haben es für Geld getan. Wir hatten keine andere Möglichkeit‘.
‚Und wie fühlen Sie sich jetzt damit‘?
‚Gut‘. Er lacht. ‚Hier, ein Bier für Sie‘.
Du lachst mit ihm, du musst eine gute Beziehung aufbauen. Versöhnung ist wichtig, aber du vergisst nicht.

Rückkehr

Die Rückkehr aus dem Exil, Repatriierung und Wiedereingliederung sind schwierige Prozesse, bei Heimkehrenden wie Daheimgebliebenen mit Ängsten und häufig mit Misstrauen verbunden und verlangen von beiden Seiten Offenheit und Bereitschaft zu Akzeptanz. Das beschrieben Dutte Shinyemba und Linda Nambadi anschaulich.

Dutte Shinyemba: *Wir wurden am 20. Juli 1989 repatriiert. Ich kam mit meinem Sohn und der Tochter einer Freundin aus Schweden zurück, und zwar als Begleiterin eines Kindertransports von 300 SWAPO Kindern. Wir landeten in Ondangwa und weiße Hostessen empfingen uns mit belegten Broten. Wir trauten den Weißen nicht, auch die Kinder nicht. Wir konnten die Brote nicht essen.*

Wir wurden in einem Camp untergebracht. Wochen später kam ein Verwandter, um mich zu meiner Mutter zu bringen. Meine Mutter war zu Hause, sie war überglücklich, sie war so froh, sie lachte und tanzte, jauchzte und jodelte vor Freude. Dann weinte sie, sie weinte um meine Brüder, die ihr Leben im Exil geopfert hatten, und sie bat mich zu bleiben. Ich antwortete:

‚Nein, ich werde nicht hier schlafen, ich fahr wieder.‘

‚Wohin?‘ fragte sie.

‚Zurück ins Camp.‘ Sie war sehr traurig, aber ich verließ sie, ich fühlte mich im Haus meiner Mutter nicht sicher. Man wusste nicht, ob die Nachbarn und Freunde mit den Südafrikanern

kollaboriert hatten oder ob sie auf der Seite der Freiheitskämp-fer gewesen waren. Auch von Familienangehörigen wusste man es nicht, deshalb waren die Rückkehrer in Camps unter-gebracht.

Zur Zeit der Unabhängigkeitsfeiern war ich noch einmal in Schweden. Ich erhielt eine Einladung für die Zeremonie und flog mit meiner schwedischen Kollegin nach Namibia. Wir ka-men abends am 20. März 1990 in Windhoek an und fuhren sofort zum Unabhängigkeits-Stadium, wo wir Plätze in der Nähe des Podiums bekamen. In dem Augenblick, als unser Präsident das Stadium betrat, bekam ich Angst, ich fing an zu zittern und zu frösteln. Ich betete, immer wieder betete ich in meinem Herzen: Bitte, niemand darf ihn erschießen. Bit-te, niemand darf ihn erschießen. Ich hatte kein Vertrauen in die Sicherheitskräfte neben dem Präsidenten. Meine Freundin beruhigte mich. Doch als der Präsident aufstand, begann ich wieder zu zittern, und ich spürte, wie mir die Tränen das Ge-sicht herunterliefen. Ich konnte einfach nicht glauben, dass das alles wahr war, ich konnte noch nicht an die Unabhängig-keit glauben und ich vertraute den Sicherheitspolizisten nicht. Dann wurde die südafrikanische Flagge eingeholt und die na-mibische Flagge wurde gehisst. Das Feuerwerk begann, und das war wie der Anfang einer ganz neuen Welt, als ob sich ein neuer Weg öffnete, als ob eine neue Zeit geschaffen würde. Ich fürchtete, dass alles aus und vorbei wäre, sobald unsere Flagge gehisst war. Aber das war nicht der Fall. Es war der Anfang eines neuen Lebens, und harte Arbeit kam auf uns zu.

Dutte Shinyemba beschreibt darauf, dass sie am folgenden Tag mit einer kleinen Propellermaschine ins Owamboland flog, um ihre Familie zu besuchen. Sie war der einzige Passagier. Außer ihr waren der weiße Pilot, der weiße Kopilot und die weiße Stewardess an Bord. Sie hatte kein Vertrauen in die Besatzung, fürchtete jeden Augenblick des 90 minütigen Fluges um ihr Leben, sie war sicher, als Owambo der Verfolgung und Rache durch Weiße ausgesetzt zu sein. Deshalb gab sie sich als Nigerianerin aus. Das führte zu einer recht komischen Situation, als die weiße Stewardess auf dem Flugplatz in Ondangwa einem Owambo sprechenden Taxifahrer erklärte, dass er die Dame aus Nigeria bitte in das Hotel Continental No1 bringen möge. Die ausländische, aufwendig gekleidete, angebliche Nigerianerin konnte sich dann mit dem Taxifahrer fließend auf Oshiwambo unterhalten.

Linda Nambadi erzählte mir von ihrer Rückkehr:
Im Exil hatten wir ein festes Ziel, wir wollten siegen, den Kolonialismus besiegen und Namibia befreien. Als wir das Ziel erreicht hatten und zurückkehren konnten, waren wir verängstigt und verstört. Wir kannten uns in Namibia nicht mehr aus, wussten nicht, was uns erwartete. Vielleicht wollte man uns töten. Während der elf Jahre im Exil war Namibia für mich zu einem fremden Land geworden.
Es dauerte Wochen, bis ich zu meiner Familie Kontakt aufnahm. Schließlich bat ich einen guten Bekannten einem meiner Onkel zu sagen, dass ich hier sei. Dieser Onkel hatte mir nach Schweden geschrieben und ein Foto von sich geschickt. Ich wusste also, wie er aussah. Weißt du, die Sache war die, ich

konnte mich nicht mehr an die Gesichter meiner Verwandten
erinnern. Ich war sehr jung gewesen, als ich fortging, und ich
hatte vergessen, wie sie aussahen. Jahre nach meiner Flucht
traf ich meine Schwester Punny in Angola. Man sagte mir, dass
meine Schwester gekommen sei. Ich freute mich und suchte
nach einem kleinen Kind. Ich wusste nicht mehr wie sie aus-
sah, und auch sie wusste nicht, wie ich aussah. Wir guckten
herum, blickten alle an, suchten einander und erkannten uns
nicht. Da lachten ein paar Mädchen:
,Du suchst ein Kind, nein, Punny ist groß'. Sie führten uns zu-
sammen, und das war so gut, wir schwatzten und erzählten
uns alles und waren froh.
Ich hatte meine Mutter verlassen und hatte sie anfangs sehr
vermisst. Ich hatte viel geweint und versucht zurückzugehen,
aber das war nicht möglich gewesen. Es gab keinen Weg zu-
rück, nur voran, und mit der Zeit habe ich vergessen. Es war
komisch. Als ich in Kamerun und dann in Schweden war,
hatte ich Heimweh, aber nicht nach Namibia, sondern nach
Angola. Namibia war aus meinem Gedächtnis gelöscht, ich
sehnte mich nach meinen Freunden in Angola.
Die Rückkehr zu meiner Familie war so: An einem Sonntag-
morgen, kam mein Onkel mit seiner Frau und sie fuhren mich
in mein Heimatdorf. Als wir ankamen, waren noch alle im
Gottesdienst, deshalb gingen wir auch in die Kirche. Mein On-
kel führte mich nach vorn, vor den Altar. Die Gemeinde kann-
te ihn und seine Frau, aber wer war diese dritte Person? Mich
erkannte niemand. Mein Onkel stellte mich vor und rief meine
Mutter. Sie kam angerannt, so schnell, dass sie beinahe hinfiel.

Es war so schön. Da waren wir, zusammen, vor der versammelten Gemeinde. Alle waren glücklich, alles war gut. Meiner Mutter ging es gut, meiner Großmutter auch, nur älter waren sie geworden.

Kurz nach diesem Treffen fuhr ich wieder weg, ich misstraute allen, ich wusste nicht, ob sie mich bei sich duldeten, ich fürchtete, man würde mich töten. Deshalb hielt ich es für besser, in unserem Camp zu bleiben. Aber ich kam wieder, und bei meinem nächsten Besuch gab es ein großes Fest. Noch immer fehlte mir Vertrauen, und nach dem Fest konnte ich nicht bleiben und verließ das Dorf. Als ich dann zum ersten Mal wieder zu Hause blieb, schlief ich mit meiner Mutter zusammen. Als sie nachts austreten ging, wachte ich auf und guckte nach, ob sie auch kein Gewehr, keine Waffe im Bett neben sich hätte. Nicht einmal zu deiner eigenen Mutter hattest du Vertrauen. Bei den Mahlzeiten aß ich aus ihrer Schüssel, aus Angst, das Essen in anderen Schüsseln könnte vergiftet sein. Jetzt ist das Misstrauen verschwunden, ich weiß, dass sie meine Mutter ist und dass sie mir nichts Böses will. Aber das hat lange gedauert. Schwierig war es auch, eine Arbeit zu bekommen. Ich war Lehrerin geworden und hatte gute Zeugnisse, deshalb bewarb ich mich bei verschiedenen Schulen, zuerst in meinem Heimatdorf, aber man wollte mich nicht. Ich klapperte alle Schulen um Oshakati herum ab, überall wurde ich abgewiesen, obwohl Lehrer fehlten. Man sah sich meine Zeugnisse an und sagte: „Was ist das? Das verstehen wir nicht. Das kennen wir nicht." Bei den Kollegen ging die Angst um, dass wir Exillehrer sie verdrängen könnten. Wir waren ausgebildet und viele der na-

mibischen Kollegen unterrichteten ohne Qualifikation. Endlich
beschloss ich zur Polizei zu gehen, da gab es Jobs, und meine
Mutter, meine ganze Familie war arm, ich musste Geld verdie-
nen. Aber meine Tante verwehrte es mir:
‚Das kommt gar nicht in Frage‘, sagte sie, ‚du bist gut ausgebil-
det. Du gehörst in die Schule‘. Sie wandte sich ans Erziehungs-
ministerium, und schließlich bekam ich eine Stelle.

Suoma Hangula,
Schulleiterin in Omulonga, Kreis Okongo

Ich war glücklich, als ich 1994 an die Efuta Grundschule versetzt wurde, denn das ist die Schule in Omulonga, und Omulonga ist das Dorf, in dem ich geboren wurde. Ich hatte schon
immer Leiterin dieser Schule werden wollen, denn ich wollte
die Entwicklung in diese Schule bringen. Und in das Dorf
auch. Mein Vater war im Jahr zuvor gestorben, er hatte als
Stellvertreter des Dorfältesten diese Schule gegründet, und das
war schwer genug gewesen, denn der Dorfälteste hatte keine
Schule gewollt. Mein Vater war zu allen Leuten gegangen und
hatte gefragt, wieviel Kinder sie haben, hatte einen Antrag geschrieben, war drei Tage zu Fuß nach Ondangwa gegangen
und hatte den Antrag der Regierung vorgelegt. Die Regierung
hatte den Antrag angenommen, genehmigt und eine Schule gebaut, drei zwei-Zimmer-Klassenräume aus Lehmziegeln

mit Wellblechdächern, Tafeln, Tischen und Stühlen. Aber die Schule lief nicht. Die Lehrer arbeiteten nicht. Sie wussten, dass der Dorfälteste die Schule nicht wollte, also waren sie faul, sie gingen nicht zum Unterricht, sondern zum Cucashop und tranken Bier.

Ich begann meine Arbeit mit einer Rede und sagte: *„Ich bin die Schulleiterin. Das bedeutet nicht, dass ich alles weiß. Es bedeutet, dass ich unsere Arbeit organisiere. Jede Arbeit muss organisiert werden, und ihr müsst das machen, was organisiert wird. Ihr habt unterrichten gelernt, und man erwartet von euch, dass ihr unterrichtet. Ihr könnt nicht einfach tun, was ihr wollt. Ihr tut, was ich tue. Wenn ich in die Klasse gehe, geht ihr auch in die Klasse. Wenn ich hier sitze, könnt ihr auch hier sitzen.“* Das war meine erste Rede. Ich musste noch oft reden, aber nun ist es besser, die Lehrer fehlen nicht mehr, und die Schüler auch kaum noch.

Ich wollte die Entwicklung in die Schule bringen, aber auch ins Dorf, das war nicht einfach, weil der Dorfälteste Oiva Ndevahoma gegen mich war. Ich glaube, er hatte Angst, dass ich Dorfälteste werde wollte und ihm seine Position wegnehmen würde. Immer, wenn ich etwas plante, legte er mir etwas in den Weg.

Zum Beispiel war die Mitarbeit der Eltern notwendig, bei Disziplinproblemen oder wenn Schüler sehr schwach waren und nicht mitkamen. Ich lud die Eltern zu Schulversammlungen ein. Wenn Oiva das mitbekam, ging er zu den Eltern und redete mit ihnen und sagte, ihr braucht nicht zur Schule zu gehen, es gibt keine Versammlung. Also kamen die Eltern nicht, und wir Lehrer mussten allein mit allem fertig werden.

Das sagte ich dem Schulrat, und gleich ging er zu Oiva und fragte:

„Stimmt es, dass du den Eltern sagst, sie brauchen nicht zur Versammlung zu gehen?"

„Ja".

„Bist du eigentlich ein Lehrer?"

„Nein."

„Bist du Mitglied der Schulkonferenz?"

„Nein."

„Hast du ein Kind auf der Schule?"

"Nein."

„Dann hör auf dazwischenzufunken!" sagte der Schulrat.

Und Oiva hörte damit auf, und heute haben wir viele Versammlungen, und manchmal nimmt Oiva daran teil, aber nicht immer. Übrigens, der Schulrat ist Oivas Bruder.

Wir hatten noch ein Problem: Es gab in unserer Schule kein Wasser, im ganzen Dorf nicht. Mit Eseln holten wir unser Wasser von einer etwa 10 Kilometer entfernten Wasserstelle. 1999, als die Entwicklung anfing, schrieben wir einen Antrag, damit in unserm Dorf ein Brunnen gebohrt würde. Wir gingen zu dem zuständigen Regierungsbeamten, und der sagte, der Antrag müsse von dem Dorfältesten unterschrieben werden. Aber Oiva unterschrieb nicht. Er hatte ein Auto, und damit fuhr er sein Wasser holen. Er machte sich über uns lustig, weil wir kein Auto hatten, wir hatten nur Esel.

Da beantragte ich einen Brunnen auf dem Schulgrundstück, also nicht auf dem Dorfgelände. Ich schrieb auf, wie viele

Haushalte in unserem Dorf und wie viele in der Nähe des Dorfes waren. Ich schätzte, wie viel Stück Vieh und wie viele Ziegen es gab. Dann fragte ich die Dorfältesten der Nachbardörfer nach der Anzahl ihrer Haushalte. Ich unterschrieb den Antrag selbst und sandte ihn an die Behörde. Er wurde genehmigt und die Regierung schickte Leute, die zu dem Dorfältesten gingen und sagten, sie würden bei der Schule einen Brunnen bohren. Oiva sagte nichts dagegen.

Nun sollten wir ein Wasser-Komitee bilden. Ich hatte den Antrag gestellt, und so wurde ich zur Vorsitzenden bestimmt, und die Leute vom nationalen Wasser Projekt schulten uns. Wir mussten N$ 10.000 aufbringen, dann würde eine Solarpumpe installiert werden. Die Regierung wusste, wenn die Leute bezahlen, dann kümmern sie sich auch um den Brunnen. Alle sollten merken, dass der Brunnen ihnen gehörte. Alle Familien mussten zahlen, jede N$ 174, 30. Das war schwierig, denn der Dorfälteste zahlte nicht. Er war gegen die Regierung und traf sich mit allen, die auch gegen die Regierung waren, und sagte, sie bräuchten nichts zu zahlen. Wir brachten nur N$ 2.000 zusammen. Was sollten wir tun? Wir redeten mit jedem einzeln und bekamen Ziegen, viele Ziegen. Die schlachteten wir, brieten sie und verkauften das Fleisch. So kamen 4.000 N$ zusammen. Dann gab uns der Schulrat ein Rind, wir verkauften es und hatten jetzt 6.000 N$. 4.000 N$ fehlten immer noch. Wir baten die Regierung, trotzdem die Pumpe zu installieren, damit die Leute Wasser holen konnten, sie würden dann das Wasser bezahlen. Zuerst wollte die Regierung nicht, aber dann installierte sie die Pumpe doch, und wir regelten das so: jede Familie, die Wasser holte, musste 50 N$ sofort bezahlen und 124 N$ später, dafür durfte sie ihr Vieh tränken und 5 Tage lang Wasser holen. Danach musste sie das Wasser wieder woanders holen, bis der Rest bezahlt war. Die Leute kamen und zahlten, sogar der Dorfälteste. Der Schulrat hatte zu seinem Bruder gesagt:

„Du bist gegen den Brunnen, dabei bist du der Dorfälteste, der Leiter der Gemeinde. Du arbeitest nicht für die Gemeinde, aber das müsstest du tun. Du musst zum Wohl der Gemeinde arbeiten. Du hättest den Brunnen beantragen müssen."

Da bezahlte der Dorfälteste 200 N$, er zahlte also 26 N$ mehr als er musste.

Ich weiß nicht mehr, wann wir die 10.000 zusammen hatten, aber wir haben es geschafft. Wir zahlten sie auf ein Bankkonto ein, denn das Geld war für den Betrieb und für Reparaturen bestimmt. Der Kampf um den Brunnen war noch nicht zu Ende. Die N$ 174 reichten nicht, und die Familien mussten jährlich weitere 6 N$ bezahlen. Manche taten das nicht. Wir hatten viele Versammlungen, und mit der Zeit zahlten mehr und mehr Leute. Manche sind immer noch dagegen, aber wir schaffen es.

Noch eine Geschichte. Der Vorgänger unseres Dorfältesten hatte einen Kindergarten gebaut, der ist im Befreiungskampf abgebrannt. Ich wollte einen neuen Kindergarten bauen, damit die Kinder die Grundlagen für die Schule bekommen. Der Dorfälteste wollte dafür kein Grundstück hergeben. Vielleicht war er gar nicht gegen den Kindergarten, vielleicht war er nur gegen Suoma. Wir bauten den Kindergarten dann auf dem

Schulgrundstück, und als er fertig war, wollte er nur Kinder von den Leuten, die er mochte, hingehen lassen. Wir mussten wieder kämpfen, und schließlich änderte er seine Meinung. Als dies Jahr jemand vom Kreis kam und einen zweiten Kindergarten bauen wollte, stimmte Oiva gleich zu.

Unser letzter Kampf ging um Cucashops, diese kleinen Bars, in denen Bier und Erfrischungsgetränke verkauft werden. Der Dorfälteste hatte die Grundstücke neben der Schule Leuten gegeben, damit sie darauf Cucashops bauten. Die Cucashop-Besitzer drehten das Radio auf volle Lautstärke und machten viel Krach. Wenn ich in die Klasse kam, tanzten die Schüler nach der Musik. Unterrichten und Lernen war gar nicht möglich. Ich lud zu einer Schulkonferenz ein, um darüber zu sprechen, und fragte die Eltern, wie sie das fänden, aber wir kamen zu keinem Ergebnis. Also redete ich mit dem Schulrat und der schickte seine Schwester, aber das half auch nichts, denn der Dorfälteste sagte, die Cucashops bringen wirtschaftliche Entwicklung.
Für den folgenden Sonntag wurde eine Versammlung angesetzt, mit dem Schulrat, dem Regierungsbeamten unseres Bezirks und dem Polizeihauptmann. Der Dorfälteste beredete sich vorher mit seiner Frau. Vielleicht war der Dorfälteste nicht das Problem, sondern seine Frau. Sie war ganz und gar gegen mich, weil sie Angst hatte, dass ich genauso klug sei wie mein Vater. Mein Vater war wirklich sehr klug gewesen, er galt als weiser Mann. Was mich angeht, ich weiß nicht. Frau Ndevahoma dachte vielleicht, solange Suoma die Schule leitet, wird

sie immer das Sagen haben. Suoma kann die ganze Gemeinde beeinflussen und sie sagt alles dem Schulrat weiter. Sie wird sich nicht ändern. Vielleicht dachte Frau Ndevahoma so. Der Schulrat hatte seinen Bruder in Versammlungen öfters gefragt: ‚Woher weißt du dies, woher weißt du das. Sagst du das von dir aus oder hat dir das jemand anders gesagt'? Deshalb hatten die Ndevahomas Angst vor Diskussionen und kamen lieber nicht zu den Versammlungen.

Diese Versammlung begann der Regierungsbeamte mit der Frage:

„Ich habe euch einen Brunnen besorgt. Das Wasserproblem ist also gelöst. Was habt ihr jetzt für ein Problem?" Nach dieser Eröffnung sagte niemand etwas, alle waren still. Ich meldete mich und sagte:

„Wir haben kein Wasserproblem mehr. Aber da sind diese Cucashops neben der Schule. Vielleicht sind die ein Problem." Der Schulrat fragte:

„Wer hat die Grundstücke für die Cucashops hergegeben?" Der Dorfälteste sagte:

„Ich". Der Regierungsbeamte wandte sich an die Cucashop-Besitzer und fragte:

„Seid ihr Namibier?" Sie bejahten. Er fragte weiter:

„Habt ihr Kinder auf der Schule?" Sie bejahten. Da fragte er:

„Und was haltet ihr davon, dass eure Kinder nicht hören, was die Lehrer sagen, sondern wie die Musik spielt?"

„Äh, äh..." stotterten sie. Dann sagte jemand:

„Lasst uns abstimmen und sehen, wie viele für die Cucashops sind und wie viele dagegen".

Da wurde der Schulrat wütend und rief:

„Nein, hier wird nicht abgestimmt. Wir spielen nicht Demokratie, wir meinen es ernst. Es geht um unsere Schule, um unsere Kinder. Wir wollen, dass unsere Lehrer unsere Kinder ordentlich unterrichten und entwickeln. Wir wollen auf gar keinen Fall Bars in der Nähe von unsern Kindern haben, wo es Alkohol und womöglich auch Drogen gibt. Die Bars müssen verschwinden. Es geht nur darum, dass wir uns darauf verständigen, bis wann". Und man einigte sich auf einen Termin.

Hinter jeder Geschichte steckt ja noch eine andere Geschichte, und die Probleme zwischen dem Dorfältesten und mir gehen auf alte Zeiten zurück. Mein Vater und der Dorfälteste kommen aus derselben Familie, sie sind Cousins, mein Vater war von Sakaria, Oivas Vater, adoptiert worden. Mein Vater war klug und bei allen beliebt, und Oiva war immer eifersüchtig auf ihn gewesen und ist es jetzt auf mich. Oiva war dumm und wild. Er hatte keine guten Zeugnisse und seine Kinder verließen die Schule auch schon nach der 4. Klasse. Oiva war gegen alles, er war so eine Art schwarzes Schaf. Die Beziehung zwischen Oiva und seinem Vater Sakaria, dem damaligen Dorfältesten, wurde schließlich so schlecht, dass Sakaria den Sohn aus dem Haus und dem Dorf jagte. Oiva lebte darauf bei seiner Schwester in einem anderen Dorf. Erst als er heiratete, kam er zurück. Sakaria war immer noch gegen ihn, aber die Leute sagten, das geht nicht an, er müsse seinen Sohn im Elternhaus heiraten lassen.

Als Sakaria sehr alt war und einen Nachfolger suchte, gab es niemanden für das Amt außer Oiva. Da sagte er zu den Leuten: *„Der Dumme wird euer Dorfältester. Wenn es Schwierigkeiten gibt, möge Gott euch helfen".*

Die Schwierigkeiten in unserer Familie haben auch politische Gründe. Als mein Vater jung war, Ende der dreißiger Jahre, wurde er in die Schutztruppe der Kolonialmacht eingezogen. Er bekam eine Nummer und man sagte ihm:

„Jetzt bist du ein Hitler Soldat." Er wusste nicht, wer Hitler war und was das bedeutete. Er sollte die Grenze (zum Betschuanaland) bewachen, aber da war nicht viel zu bewachen. Schließlich ging er zu den Missionaren in Engela und lernte Krankenpfleger und Prediger. Da fand er heraus, dass wir kolonisiert waren, und dass das nicht gut war, und dass die Missionare auf Seiten der Kolonialherren standen, und es kam zum Konflikt. Mein Vater verließ die Missionsstation und trat 1960, in ihrem Gründungsjahr, der SWAPO bei. Meine Eltern waren also sehr früh Mitglieder der SWAPO. Aber Oiva nicht, im Gegenteil, er hasste die SWAPO. Er arbeitete damals in den Minen in Oranjemund und zeigte SWAPO Mitglieder an.

Kurz nach der Unabhängigkeit wurde er dann auch Mitglied der SWAPO. *„Ich muss auf Seiten der Gewinner sein",* erklärte er. Um zum Schluss zu kommen, ich bin sehr froh, dass ich Schulleiterin in Efuta geworden bin. Vieles ist besser geworden. Es ist wirklich sehr wichtig, dass unsere Kinder zur Schule gehen, dass die Eltern ihre Kinder zur Schule schicken. Nur so kann die Entwicklung in unser Dorf kommen. Das haben die Leute verstanden, die meisten jedenfalls. Wir wollen nicht zurückbleiben. Der Kampf geht weiter.

Anhang
Anmerkung zu Entwicklungspolitik und
nicht-Regierungsorganisationen

Im Teachers' Resource Centre in Ongwediva wirkten und kon-
kurrierten Ende der 90 Jahre staatliche und nicht-staatliche
Organisationen miteinander; Zusammenarbeit fehlte oft. Die
skandinavischen Staaten hatten sich während des Unabhängigkeitskrieges stark für Namibia eingesetzt, Großbritannien
desgleichen. Seit der Unabhängigkeit machten sich die amerikanischen Peace Corps Vertreter breit und stark.

Auszug aus einem Brief 1998: Ich arbeitete in einem nationalen Ausschuss für Zensurengebung und Prüfungen mit, darin waren alle an Erziehung beteiligten NGOs vertreten; aber
keine namibischen Schulleiter und Inspektoren, nur ein oder
zwei namibische Alibi-Sekretäre oder Lehrer. In der Regel
diktieren die Amerikaner das Prozedere, sie erklärten, was
'world-standard' sei. Die Europäer waren oft nicht einverstan-
den und Namibier hatten keine Gelegenheit, ihre vermutlich
ganz anderen Vorstellungen von den Prüfungen vorzutragen,
obwohl sie diejenigen waren, die die Schüler darauf vorbereiten sollten.

Die NGOs waren zu einem weltpolitischen Machtfaktor geworden, wie neulich in der ,Zeit' zu lesen war. Finanziell wurden
in diesem Jahrzehnt viele zurückgeschraubt, so auch ,dienste
in übersee' (dü), meine Organisation. Je mehr der Haushalt
zusammengestrichen wurde, je stärker versuchen NGO-Funk-
tionäre, ihre und ihrer Organisation Unentbehrlichkeit zu be-

weisen. Sie kämpften gegeneinander um Projekte und die Gunst der namibischen, kenianischen oder welcher Regierung auch immer. Die Funktionärin von ‚dü' besuchte uns Ende April. Ich hatte – sehr naiv - angenommen, um sich nach dem Wohl und Wehe der Mitarbeiter und Mitarbeiterinnen zu erkundigen, denn so war uns mitgeteilt worden. Mitnichten. Als Akquisiteurin war sie in Südafrika, um für dü möglichst viele Projekte an Land zu ziehen oder zu verlängern. Das musste nicht schlecht sein, hinterließ bei mir aber einen unangenehmen Beigeschmack.

Finanzkräftige Organisationen haben es in einem armen Land leicht. Das zeigt sich am amerikanischen Unterrichtsmaterial, vielerorts wird es verbreitet, weil es nichts kostet. Nach dem Urteil der Schweden und anderer Europäer gehört es aus fachlicher Sicht in den Reißwolf.

Zu den Workshops kommen fast alle Teilnehmer per Anhalter, das kostet 5 N$ für 10 km. Viele fahren über 100 km weit. Die Regierung erstattet offiziell Fahrkosten; die meisten Seminarteilnehmer haben es aber aufgegeben, Anträge zu stellen, weil es nichts oder zu wenig bringt, nur 8 N$ wenn man 50 N$ bezahlt hat, nach einem Vierteljahr, falls man alle notwendigen Angaben einschließlich der Unterschriften der Fahrer hat, die einen mitgenommen hatten. ‚Ibis', die reiche dänische Organisation, zahlt Fahrkosten sofort und in bar aus. Warum ich das nicht tue, werde ich immer wieder gefragt. Als ich der dü-Funktionärin davon erzähle, meint sie, dass die Qualität meiner Veranstaltungen dieses Manko sicher aufwiege. Oje, …

Erklärungen

Braai:	Afrikaans: Grillen, Barbecue
Casspir:	minengeschützter, gepanzerte Truppentransporter mit Allradantrieb
Cuca/Cucashop:	angolanisches Hirsebier, kleine Bar
Etosha:	Wildpark in Namibia
Fufu:	Hirsebrei
Homestead:	umzäunte Wohnanlage mit mehreren Hütten für eine Familie
Koevoet:	bewaffnete Schlägertruppe der südafrikanischen Polizei
Mahangu:	Hirse
Nelkenrevolution:	Militärputsch in Portugal 1974. Die Soldaten wurden mit Blumen gefeiert.
Oniipa:	Sitz von ELCIN, der ev. luth. Kirche in Namibia
Ongandjera:	Geburtsort von Sam Nujoma
Oshana:	a. Region im Ovamboland
	b. Landschaftsform,
	c. flache Wasserbecken
Ovamboland:	Nördliche Region Namibias
Resolution 435:	1978 rief der Sicherheitsrat der Vereinten Nationen zum Rückzug der illegalen Verwaltung Südafrikas in Namibia auf. Die Macht sollte dem Volk von Namibia übertragen werden.
Semi, Semi, ou li peni:	Sam (Nujoma), wohin gehst du? Revolutionslied
Veld:	Afrikaans: freies Feld, Äcker, Weiden
!Gonteb –	Nama und San sprechen Klicksprachen, die Klicks werden mit Zeichen (!?:…) angegeben.

Historische Personen

Kwame Nkrumah, 1909 - 1972, Ghana, 1. Präsident
Jomo Kenyatta, 1893 - 1978, Kenia, 1. Ministerpräsident
Patrick Lumumba, 1925 - 1961, Zaire, 1. Ministerpräsident, ermordet
Samuel (Sam) Nujoma, 1929, Namibia, Ovamboland,
SWAPO-Gründer, 1990 - 2005 Präsident
Julius Nyerere, 1922 - 1999, Tansania, Präsident
Joshua M. Nkomo (1917 - 1999), simbabwischer Politiker
Toivo Shiyagaga, Ovambo, Gesundheitsminister,
am 7.2.1978 auf einer Wahlveranstaltung der DTA ermordet
Hendrik Witbooi, 1830 - 1905, Nama Chief

Abkürzungen

CASS   Centre for Applied Social Science, NGO, Zentrum für
angewandte Sozialkund, Nicht Reguierungsorganisation

CCN   Council of Churches in Namibia
(Rat der 3 protestantischen Kirchen Namibias)

DTA   Demokratische Turnhallen Allianz,
gemäßigte Oppositionspartei für die Unabhängigkeit

dü   Dienste in Übersee, Entwicklungshilfeorganisation der
Ev. Kirche, heute: Evangelischer Entwicklungsdienst EED

GTZ/GIZ Gesellschaft für technische Zusammenarbeit, seit 2011
Deutsche Gesellschaft für internationale Zusammenarbeit

MPLA   Movimento Popular de Libertação de Angola
(Volksbewegung zur Befreiung Angolas) war eine der
drei wichtigsten angolanischen Befreiungsbewegungen
gegen die Kolonialmacht Portugal und ist seit der
Unabhängigkeit des Landes (1975) die herrschende Partei
Angolas.

PLAN   People's Liberation Army of Namibia, bewaffneter, gewalt
bereiter Arm der SWAPO

SADC   South African Developement Community

SWAPO South-West-African-People's-Organisation, Freiheits-
bewegung, Regierungspartei, hervorgegangen aus der
OPO (Ovambo-People's-Organisation), einer reinen
Ovambo-Partei

Unita   União Nacional para a Independência Total de Angola
(Nationale Union für die völlige Unabhängigkeit Angolas)
wurde Mitte des 20. Jahrhunderts als anti-koloniale
Bewegung gegründet und ist heute eine politische Partei
in Angola.

Inhalt

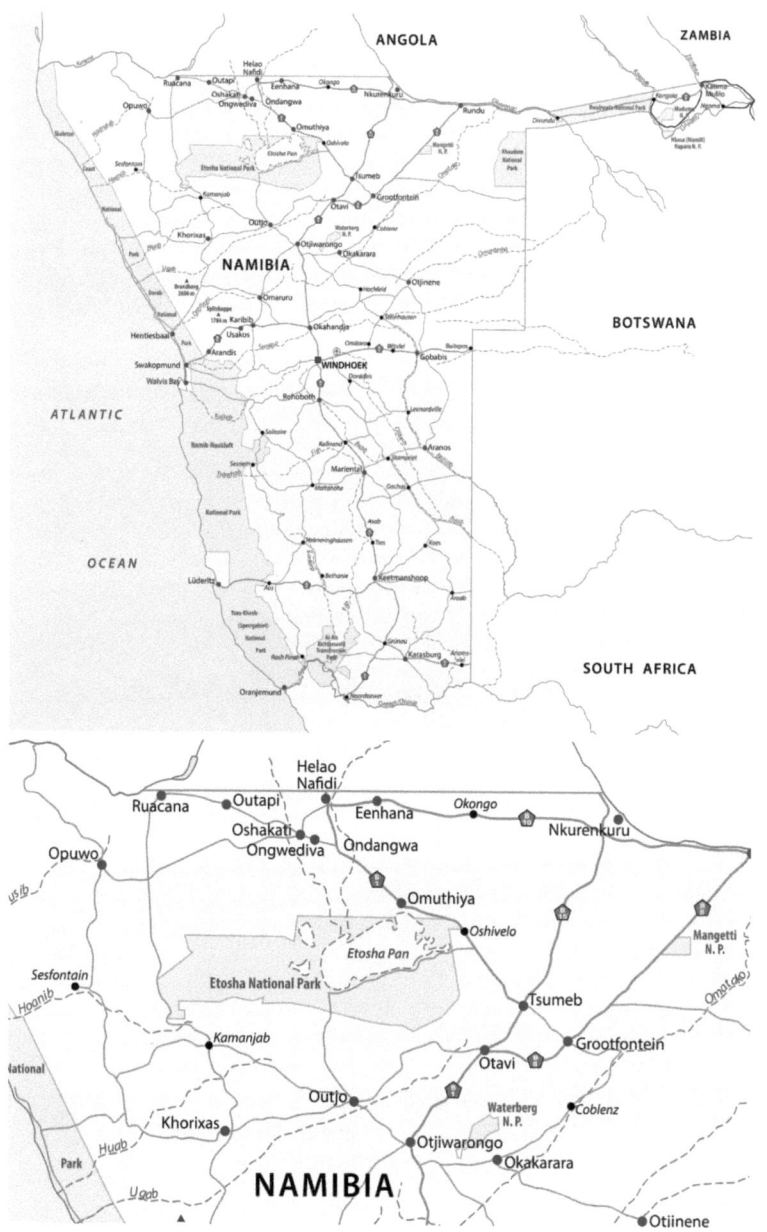

Herstellung und Verlag:
BoD - Books on Demand, Norderstedt
ISBN 978-3-7519-5435-8